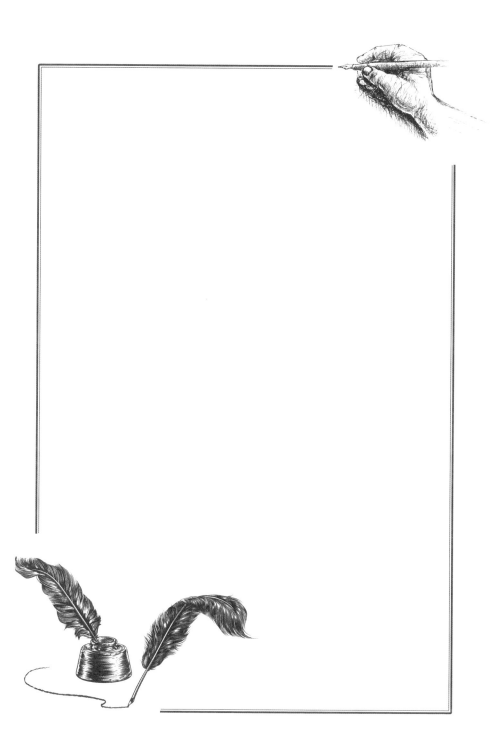

自序：新書在手

讀者手捧新書，會臆想書名含意，很少揣測當初怎樣訂定的。「迷離在時空裡」是最早的書名，後來遊走近八十個篇名，難下決定，最後還是回到起跑點。

人一生時光垂直進行，成家立業橫面發展，但不論橫豎都在時空裡運作。本書編輯擷取書中句子，放在封面，「他們把時光凍結了，卻讓時間流逝，讓自己永遠感覺新鮮。」書中循線而下，進入中心，「時間，生命和永恆都凍結了，人人是標本蝴蝶，沒有時間就無從享受絢爛。」編輯初看本書後評論：「寓哲思與深情於簡單的日常風景，餘味不盡，令人回味無窮。」雖是溢美之詞，但是「餘味，回味，趣味」，的確是初始下筆的方向。

近年，國人趨附「國際觀」，憧憬「地球村」。臺灣固然地窄人稠，但是放眼天下，心情總歸達觀進取，於是筆者外遊觀物，心懷「非僅求備於物」，希冀「取足於身」。

那篇〈愛因斯坦的夢〉認為時光流逝非但不消極，反而積極，因為「帶來新的規律和秩序」。有篇引用索忍尼辛的話：「這些老人安詳地離開人間，就像要搬到新居去。」有篇引用余光中談苦瓜：「詠生命曾經是瓜而苦，被永恆引渡，成果而甘。」美國街頭一個遊民說：「每天早上醒來，我感恩，還活著。」遊民問題令美國社會頭痛，但是少見「自我了斷」的遊民，他們沒有窩，仍然熱愛生命。反倒是富有，有成就的人，有時在安樂窩裡選擇這種

無奈而背棄時光的傷感方式。

　　〈天堂的舞者——寫在 911 紀念日〉，摘錄當時青年愛聽的一首歌曲 Dancing in Heaven：

　　昨中夜星閃爍，
　　我在天堂歌舞，
　　慢，慢，快，快，慢，
　　巴薩諾娃，巴薩諾娃，
　　黑暗滋生意，
　　宇宙在歌頌，
　　天體在吶喊。

　　最後三句，生命若能滋長於黑暗，世界哪來恐攻？如果人們歌頌宇宙，地球環境不像今日。如果群體吶喊天體，和平自由一定戰勝暴力極權。從而 911 受難者，本書談到的人，都是智者。

　　澳洲忠烈祠頂上聰明地開個小洞，算準每年 11 月 11 日 11 時，太陽運行，穿越小洞，向室內灑下一縷陽光，落在地面的一個字上：Love。整句話是經文：「他們付出的愛無與倫比。」這樣設計是紀念第一次世界大戰，澳洲參戰陣亡士兵。1918 年那天那時辰，德國向盟軍簽字投降。很難想像，經歷極少戰爭的澳洲人，多麼痛恨戰爭，可是當前世界，多的是想發動戰爭的人。

　　去年底，史丹福大學執教退休的連襟，莊因去世，生前寫給人的橫直幅，「隨緣何須著袈裟」。有年探望作家琦君女士，她坐在輪椅上迎接，「我八十八，滿地爬。」這樣的歡迎詞促人膝軟。我有本翻譯的書中，美國哲學家藍達斯（Ram Dass）說：「撥開雲

霧，總見陽光。」（詳見第三章〈新文明的催生與濫觴〉）。

　　從而，《迷離在時空裡》新書在手，希望無窮，何需臆想。

2023 年炎夏　加州聖荷西

註 1：本書照片對照文字，除三張借用別人拍攝，姓名均予註名外，其餘均為作者張至璋拍攝。

註 2：本書文章分別刊載於美國《世界日報》及《周刊》，臺灣《中央日報》，《聯合報》，《自由時報》，《中華日報》，《文訊》雜誌，《讀者文摘》中文及英文版，《光華雜誌》與網路《民報》。

迷離在時空裡

自序

第一章　逆境生幽默

我那神祕的馬克吐溫　　　　　　　　　　2

年老皺紋多　　　　　　　　　　　　　　9

天堂的舞者——寫在 911 紀念日　　　　12

黛比的日本情　　　　　　　　　　　　　16

四樓 13 號病房　　　　　　　　　　　　20

太浩湖的眼淚　　　　　　　　　　　　　25

費洛里的《朝代》　　　　　　　　　　　31

山不在高，有仙則名　　　　　　　　　　34

一張照片三張卡片　　　　　　　　　　　37

他們付出的愛無與倫比　　　　　　　　　40

投筆上前線　　　　　　　　　　　　　　44

薰陽之春　　　　　　　　　　　　　　　49

夢在仲夏　　　　　　　　　　　　　　　55

甘地迎秋　　　　　　　　　　　　　　　60

冷蚌之冬　　　　　　　　　　　　　　　63

響尾蛇的家鄉聖露易絲湖　　　　　　67

聖荷西桃花道　　　　　　　　　　　69

塔魂　　　　　　　　　　　　　　　72

冬雨淡水　　　　　　　　　　　　　75

我見證乒乓外交　　　　　　　　　　84

聯合國的斷腿椅子　　　　　　　　　89

詹森珍藏蔣公彩陶馬　　　　　　　　93

蔣家菜的經歷　　　　　　　　　　　97

史丹福的校園雕塑　　　　　　　　　100

萊斯大學南方的哈佛　　　　　　　　104

吉光片羽極短篇　　　　　　　　　　107

聖安東尼奧的驕傲　　　　　　　　　111

也是報復性旅遊　　　　　　　　　　114

第二章　時間 vs. 空間

愛因斯坦的夢　　　　　　　　　　　120

藍色多瑙河　　　　　　　　　　　　125

真善美的情鎖　　　　　　　　　　　131

酒與玫瑰的日子　　　　　　　　　136

這些電影為何好看　　　　　　　　138

西部大警長厄普和他的左輪槍　　　149

穿越比利小子的家鄉　　　　　　　154

倒在血泊中的埃爾帕索藝術家　　　157

冷熱無常阿拉斯加　　　　　　　　161

人鬼之間聖荷西　　　　　　　　　165

好萊塢蓋蒂博物館　　　　　　　　169

「閉門造車」的人　　　　　　　　174

華燈初上　　　　　　　　　　　　178

一號隊長破碎的臉　　　　　　　　182

抱殘守缺的古堡　　　　　　　　　186

馬侖堡一日三樣情　　　　　　　　192

加州傳道院風情萬種　　　　　　　197

安納西室雅何需大　　　　　　　　201

九彎十八拐聖塔克魯茲　　　　　　205

回到澳洲　　　　　　　　　　　　209

咖啡湯匙響叮噹　　　　　　　　　212

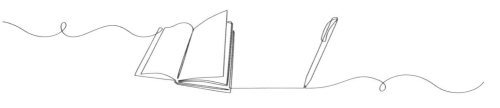

感恩之節　　　　　　　　　　　　　　　215

萬聖節──嚇自己取樂　　　　　　　　　219

外星入侵聖誕節　　　　　　　　　　　223

第三章　古道照顏色

懷念岳父何凡　　　　　　　　　　　　230

林炳文的花兒重現　　　　　　　　　　235

8 月之旅　　　　　　　　　　　　　　240

何不瀟灑走一回　　　　　　　　　　　245

新文明的催生與濫觴　　　　　　　　　250

新冠餘生，賺回此生　　　　　　　　　254

一把衡量價值的尺　　　　　　　　　　257

所羅門之歌　　　　　　　　　　　　　259

奧之細道已成絕響　　　　　　　　　　263

快樂地活，了斷地走──莊因模式　　　266

第四章　時事及析論

祝福【金山人語】讀者　　　　　　　　275

從新金山到舊金山　　　　　　　277

十二萬元三十年舊背心　　　　　279

納達爾和詹姆斯　　　　　　　　281

誰管網路霸凌　　　　　　　　　283

俄國老船長　美國瓶中信　　　　285

為咖啡站臺　　　　　　　　　　287

進廚房，別怕熱　　　　　　　　289

何處是兒家　　　　　　　　　　291

蔣中正的身分證　　　　　　　　293

臺灣想列英語為官方語言　　　　295

那個陰沉的早上　　　　　　　　297

于成龍和東方快車　　　　　　　299

余，光，中　　　　　　　　　　301

灣區走了條漢子　　　　　　　　303

人間世態百字足　　　　　　　　305

第一章

逆境生幽默

我那神祕的馬克吐溫

　　這張照片是在加州東部，接近內華達州的 395 公路旁，一個小公園內拍的，地點接近猛獁湖鎮 (Mammoth Lakes)。猛獁湖鎮地理上似乎延續優山美地國家公園 (Yosemite)，風景優美，但遊客稀少，因為猛獁湖鎮不是在優山美地西側，加州人口多的這邊，是在人口稀少的東側，接近內華達。

那次我們自矽谷出發，從優山美地西側入山，三天後翻過山從東側出山，目的地就是山明水秀的猛獁湖。猛獁湖較原始，湖水清澈見底，傳說上古出現有彎曲大牙的長毛巨象猛獁，因而得名。

那小公園一張雙人靠椅上，有個馬克吐溫坐姿的銅像，手拿著書，仰望天際，神態自若，遊客到此紛紛與銅像合照。我旅遊回來檢視，照片中「倆口子」同坐望天，令人豔羨。他們憧憬什麼？內華達荒瘠，紅土一片，藍天無雲，難見飛鳥，他們莫非在想哈雷彗星嗎？哈雷彗星這念頭，將我拉回到與馬克吐溫一連串「邂逅」的奇遇，有趣而神祕。

美國有十三位諾貝爾文學獎得主，人們樂道海明威，福克納，史坦貝克等人，他們的作品剖析人性，被列為學生讀物，還搬上銀幕與舞臺。受爭議的是前年流行歌曲作詞家巴比迪倫，扭捏於領不領獎，最後還是去領了，言明不告訴新聞界，結果新聞界大譁。童妮摩里森，則是唯一非裔美國諾貝爾文學獎得主，作品呈現黑人社會的無奈，頗為寫實。除了這些人，美國還有不少極暢銷作家，卻沒獲頒諾貝爾獎，像馬克吐溫，傑克倫敦，史蒂芬金，乃至《飄》（電影《亂世佳人》）的作者米契爾等，其中馬克吐溫是人們自小熟識，小學讀書範本的兒童文學作家。

那年我們開車，先去優山美地和猛獁湖，然後去太浩湖（Lake Tahoe），住了三天後轉道內華達海拔 7,000 呎，一個與維吉尼亞州同名的小鎮 Virginia City，維吉尼亞市。這西部荒山的採金小鎮，遊覽車不上來，外國遊客不多，街上男人戴牛仔帽，女郎穿牛仔裝，腳蹬皮靴，在木板走廊上登登作響。長廊充滿遺跡，以前的賭場改裝成餐館，娼館改成旅館，錢莊變為藝品店，監獄

是史蹟館。當年維吉尼亞鎮山上挖的金銀礦，匯集到遠方舊金山，甚至鋪設了通往山下的運金石鐵路。

維吉尼亞鎮因金銀致富，資助林肯選上總統，林肯實踐諾言，推動內華達立州，州府卡森市就設在維吉尼亞鎮山下。有對夫婦在維吉尼亞鎮發達，到歐洲旅行時獨子不幸喪生，悲傷之餘，斥鉅資在現在加州地價昂貴的帕洛阿圖 (Palo Alto) 附近，買下連山的大片土地，創辦了如今美國頂尖的史丹福大學 (Leland Stanford Junior University)。「小李藍史丹福」，就是紀念兒子為名。

維吉尼亞鎮有張老式綠絨布賭桌，人稱「自殺桌」，因為桌上曾有三名賭徒喪命。第一個是名場主，在桌上賭輸了牧場，當場舉槍自盡。第二個是賭博起爭執，一名賭客槍殺了另一名。賭場老闆認為桌子不吉利，把它封存。後來因財務不佳，又開放自殺桌。一晚老闆上桌一搏霉運，沒想到竟把賭場輸了出去，天沒亮，老闆就飲彈了結生命。自殺桌從此永久封存，只供參觀。

如此粗獷之地，轉角一棟紅磚樓，招牌竟寫著「馬克吐溫博物館」，還說「馬克吐溫發源地」。我很納悶，馬克吐溫在佛羅里達出生，在密蘇里長大，在密西西比發跡，怎麼和遠在西部的深山小鎮發生關聯，還稱是發源地？我們買票入館，拾階而下，地下室昏暗狹窄，放著一架由皮帶轉動的老式印刷機，因為空間小，原本該是水平轉動的皮帶，改成直立吊在天花板，一張木質舊辦公桌椅放在角落，閃亮銅牌上刻著：「馬克吐溫使用桌椅」。試想，當年這陰暗地下室空氣污濁，工人操作和機器噪音嘎嘎，大文豪馬克吐溫當真在這環境寫作過嗎？

真是如此。原來 1858 年底維吉尼亞鎮成立 Nevada Territorial Enterprise，內華達地方商情報，就設在這地下室。1863 年來自東

部的青年薩繆爾・克萊門斯 (Samuel L. Clemens, 1835–1910) 加入為撰稿員。克萊門斯文筆好，擅寫幽默小品，可是覺得名字太刻板，配不上文風，想取個有趣響亮的筆名。他回憶兒時在密西西比河邊，看駁輪的領航員站在船頭對舵手大喊 "mark twain!"，意思是「水深刻度二，接近河底，小心擱淺！」克萊門斯便取為筆名，沒想到這 Mark Twain 日後竟使他成為世界大文豪。馬克吐溫在維吉尼亞鎮只住了一年，後來寫的《湯姆歷險記》和《頑童流浪記》等書，成為世界名著。原來這兒真的是「馬克吐溫發源地」！

　　鎮上還有家「馬克吐溫書店」。我想大人物多半保不住自己姓名權，誰都能開家「李白酒店」，「莎士比亞沙龍」一類，這家書店必也一樣，用馬克吐溫的名氣招攬自己的財氣。老闆是個有鬍鬚的老白男，「歡迎光臨，你現在站的地方，正是馬克吐溫站過的。」我笑了笑，貿然問他，「貴書店開張多久了？」他回答，「二十五年，我是唯一老闆。」我笑笑，「了不起呀！可是馬克吐溫已去世一百年，他如何能站在你書店裡？」老白男收起笑容，繃臉說，「你若讀過馬克吐溫書該知道，馬克吐溫童年替人油漆圍牆賺外快，長大對油漆有感情。我買這店面，原屋主幾代經營油漆店一百多年了。本鎮當年規模小，不過十來家店，馬克吐溫住了一年，能沒進過油漆店，能沒在你腳下站過嗎？」老白男說完，吹著口哨轉身逕自去拂拭桌案。我悻悻然退出書店，後悔剛才不該對老闆追根究柢，但是悟出個道理，「外來客千萬別挑戰在地人。」

　　不料一個月後，我又撞上了馬克吐溫，這回是活生生的。我們應邀前往灣區朋友崔大姐家作客，她引領我進入飯廳，牆上掛

著兩個鏡框，一個是馬克吐溫照片，一個鏡框裡有封信，信尾的簽名，Samuel L Clemens。我很吃驚，「應該是真跡吧？」她回答，「沒錯。」我直問，「沒想到拿去拍賣，賺一筆嗎？」崔大姐說，「我們交給國際拍賣會，賣了一百封他的親筆信，自己保留牆上這封。」

這時崔大姐的美裔先生克利夫，端來冰果汁，囑我們坐下，聽他細說乾隆。

克利夫集郵，在洛杉磯退休後，1985 年一名他熟悉的雜貨鋪老闆說，近日進貨兩鞋盒舊信件，「這一百多封信上總會有你喜歡的郵票，愛就抱走，五十元一盒。」克利夫把兩個鞋盒抱回家，粗看全是些早年國內平信郵票，國外的也不過倫敦等大都市的一般國際郵票，並不罕見。可是當他檢視信件內容時，發現這一百零一封出自同一筆跡，文句流暢豪邁，信末署名 Samuel L Clemens，克利夫吃驚非同小可，星星從天上掉進手裡了。

「多半是馬克吐溫的家信，很多是寫給孫女的，閒話家常。比如他提到與蕭伯納共同在白金漢宮接受英王頒獎，說他穿的禮服襯衫僵硬筆挺，使他頸子也變為僵直，難於轉頭，很不舒服。信內容雖是家常事，卻很親切，重要的是大文豪的親筆軼事。」克利夫接著說，「翌年 1986 年，我們先把這些信請柏克萊加大驗證為真跡，隨後交給克里斯蒂國際拍賣會 (Christie's Auctions)，他們建議分兩批拍賣，造勢也造值。我們聽從克里斯蒂，分兩批拍賣了一百封信，自己留下一封鑲在牆上，作為紀念。當年很多媒體訪問我。這就是整個故事。」

我想知道拍賣結果，但基於禮貌不便問。克利夫明察秋毫，指指他家客廳，「我們當然賺了一筆，賣了原來房子，添購了車

子，還訂購了車牌，TWAIN4U。」我會意，車牌就是 Twain for you，「向馬克吐溫致意」。當晚我們四人在附近河岸晚餐，燭光閃閃，河風習習，我頗感與有榮焉。可是想想，如果換成在他們家飯廳，在照片和手跡下，那馬克吐溫不就和我共餐了？

半夜回家的山間高速公路，要開兩個小時，車輛很多，同方向的車都亮著紅色尾燈，在山裡蜿蜒形成一條彎曲的紅河，另一條路反方向來車，頭燈都是白色，形成白色的河，紅白二河映著天上晶瑩的銀河。旁座叫道，「你小心開車！」我回答，「妳記得我從臺灣轉換澳洲工作，正是克利夫把馬克吐溫的信，公布問世的 1986 年嗎？那年恰逢哈雷彗星接近地球，那兩天附近的傑爾斯公園裡，人們架設高倍天文望遠鏡觀星。妳記得這回事嗎？」旁座說，「當然記得，那又怎麼樣呢？」

「哈雷彗星在天體運行，每七十五到七十六年接近地球一次，那幾天人們會看見它的燦爛。馬克吐溫誕生那年 1835 年恰逢哈雷彗星來到地球，他對人說，哈雷帶我來到人間，我要在它下次來時，帶我離開人間。果真七十五年後哈雷彗星再次出現的 1910 年馬克吐溫逝世，多有趣。」妻說，「真是巧合！」我說，「不只巧合，再下一次哈雷彗星出現就是 1986 年，馬克吐溫藉克利夫之手，把私密家信公諸於世，他又回到世間和人見面了。馬克吐溫在耍弄幽默！」她說，「太神祕了，不過跟我們 1986 年搬去澳洲有什麼關聯？」

我一時語塞，想起「馬克吐溫書店」老白男的教訓，不想與妻爭辯，然而內心卻萌生強烈的思緒，纏繞不清。首先，我上山維吉尼亞鎮巧遇馬克吐溫，不久，在崔大姐家巧遇馬克吐溫親筆信，又在鄉下巧遇這位老兄的雕像，我和這老頭無三不成禮。而

馬克吐溫一生招惹哈雷彗星，也是逢三成禮。誰知道以後還會發生什麼事？下次哈雷彗星來到地球約在 2064 年，我有信心，會在天國遇見大文豪，我倆是忘世交。不過到時候，我絕不向他挑戰。為什麼？

馬克吐溫先上天堂，我後去。他是在地人，我是外來客。

猛獁湖與遠方優山美地國家公園

年老皺紋多

東西方幽默不同處，在於環境。

身處逆境，西方人蹦出個幽默，化解尷尬；東方人埋天怨地，找人出氣。身處順境，東方人說句笑話，錦上添花；西方人惡作劇，胡鬧起來。不妨稱之「逆境幽默」和「順境幽默」。

這樣一板正經分析，不夠資格談幽默。但是非談不可，不然更不幽默。

記得小布希嗎？八年任上不風光，世貿被炸，伊拉克戰爭，房貸政策錯誤。下臺前他去伊拉克告別記者會，被人扔上臺一隻皮鞋，記者當場問他感受，布希說，「沒什麼，那皮鞋尺寸十號。」

雷根也有個逆境幽默，那年他被槍傷，侍衛推他進醫院急救。共和黨的雷根狀甚痛苦，躺在手術臺上問操刀的醫生，「有誰是民主黨嗎？」大家聽了大笑，主治醫生說，「總統先生，今天我們都是共和黨。」

不久我也進了手術房，切除白內障。隔日去摘除眼罩，澳洲醫生問，現在看世界是否更美麗？我回答，「原來你如此英俊。」不料他繃下臉說，「麻煩就在這裡！」我也繃緊臉，怕大笑會使眼球出血。

當年剛從臺北遷居墨爾本，鄰居請我們去他家後院吃聖誕節烤肉（南半球聖誕節夏天），農曆春節我們回請他們來吃年夜飯，

妻做了酸甜肉，檸檬雞等西方人愛吃的菜，說是向華人朋友學的，那朋友招待過澳洲老闆。這時我那鄰居放下筷子，淚流滿面地問，「那老闆還活著嗎？」妻猜想，他嚼到了辣椒籽。

　　有天我們買了個閃閃發亮的不鏽鋼菜盆，我手上托著盆子走向出口結帳，對面來了對澳洲老夫婦，老先生從衣袋掏出個一角硬幣，匡噹一聲丟進我托著的盆子，大家互笑而過。我一時想不出怎樣應對，走出門來電了，我告訴妻何不說，「歡迎來街頭聽我演奏，請丟一元硬幣，不是一角。」她說，「那你該先練會一種樂器。」我沒練樂器，也沒有人再丟錢給我，因為後來買盆子，不再托著拿了。

　　有次妻在文具店挑了張慰問卡，老闆娘一邊把卡片裝進紙袋，一邊問，「是給親友的嗎？」妻說，「對，我朋友的母親去世了。」這時妻覺得卡片精美，很難再遇到，我建議多買兩張，日後總會有用，於是她告訴老闆娘加買兩張。老闆娘邊包裝邊問，「死了三個母親嗎？」

　　有年聖誕節前記者團下鄉訪問一家酒廠。起伏的葡萄園裡，接待室在湖邊，我們享受著美酒，乳酪，美景。園主是位白髮老紳士，手中抱著一大瓶香檳進來說，不要喝這垃圾葡萄酒，開瓶香檳慶祝。其實「垃圾酒」和香檳，都是他的酒廠釀的。只見老紳士撕去鋁箔，擰開鐵線，搖搖瓶子充氣，以大拇指頂瓶塞，但怎麼頂也頂不出來。他又搖搖瓶子充氣，彎腰低頭，用力拔瓶塞，「梆」一聲，瓶塞經他臉射到天花板。老紳士慘叫一聲，摀著臉，蹲在地上。大家嚇了一跳，怕瓶塞擊中眼睛，有人拿來毛巾，有人要去叫救護車。老紳士騰出一隻手，大搖特搖，要大家別緊張。

　　片刻後他站起身，放下毛巾，露出一對紅腫的淚眼，我們靜

悄悄地不敢說話。老紳士擦擦白髮說，「大家一定關心瓶塞是否打傷了我，很幸運，沒有。」接著他說，「倒是那噴出來的香檳酒，灌進我的眼裡，可惜不是嘴裡！」

人入老境，以幽默看待人生會更快樂。那年我們去看望作家琦君，她坐在輪椅上歡迎說，「我八十八，滿地爬。」那天下午輕鬆愉快，聊到遲暮。

愛爾蘭詩人葉慈說，「老頭子不過是門後掛的舊大衣。」其實舊大衣雖邋遢，風雨中卻很管用。我喜歡一句話，「笑臉生皺紋」，年老了別怕皺紋多，那是生活愉快的痕跡。

所以我常照鏡子。

天堂的舞者——寫在 911 紀念日

妮可・凱蘿・蜜勒（張至璋繪）

　　離家車程十分鐘處有片阿馬登湖 (Almaden Lake)，是水源集散地，水鳥棲息，住戶中上人家，有些是早年臺灣留學生家庭，從 IBM 退休，這兒以前有座 IBM 研究室。2010 年我們從澳洲墨爾本搬來加州，矽谷之都聖荷西的柳谷鎮 (Willow Glen)，就在阿馬登鎮旁邊。一個臺灣家庭約集了二十來位文藝同好，邀我們去談寫作。初遷美國，駕車穿越柳谷鎮和阿馬登，深覺這兒是片好地方。

　　阿馬登湖附近有兩個大商圈，一個以日常生活購物為主，例如 Costco，Trader Joe's，Walmart，和 Whole Foods，是美國人最

愛。另一商圈以體育器材，野外服裝，遊樂船艇為主，兩處都有餐館。環湖住家多半是美國人，但也不乏各國移民，林蔭下，涼亭中，常見一桌桌東歐人打撲克牌，中國人下象棋，墨西哥人烤肉。美國人則繞湖慢跑，騎自行車，打湖邊設置的室外保齡球。我們常去阿馬登湖，走一圈五十分鐘，然後尋家小吃館。阿馬登湖水幽靜，面對水鴨和大雁劃破湖面，令人想起在西雅圖灣吃海鮮，一架架水上飛機降落水面，撇起浪花。

妮可喜歡的阿馬登湖

　　今夏全球都熱，灣區不例外，但是也有涼爽的要穿薄外套的時候。坐在湖邊木椅休息時，妻指著椅上銅牌說，「她叫 Nicole Carol Miller。」我發現地上有個大石塊，同樣刻著「懷念妮可·凱蘿·蜜勒，1980 年 3 月 4 日至 2001 年 9 月 11 日，天堂之舞」。Dancing in Heaven 指什麼？是說這位 911 罹難的不幸女郎，如今已在天堂跳舞嗎？我拍了兩張照片，回家立即搜尋。

　　原來 Dancing in Heaven 是 911 那個年代流行的青年歌曲，也是舞曲，21 歲的妮可個性活潑，喜歡歌舞，人緣很好。她從我們

這區的先鋒高中 (Pioneer Hight School) 畢業， 進入西谷學院 (West Valley College)。那年她先去東岸會男友，911 當天上午，妮可單獨搭聯航 93 班機，從紐約飛舊金山回家。93 班機比起撞進世貿大樓的兩班聯航，起飛晚許多，這班飛機乘客身在天空，已從手機知道紐約發生了可怕的事，所以當暴徒脅迫飛機改變航道，衝向華盛頓白宮時，好幾名乘客奮勇而起，與暴徒做生死鬥。中午 12 時整，93 班機墜毀在賓州山克斯威爾 (Shanksville) 郊野，全機無人生還。新聞說，機上打鬥非常激烈，槍聲經手機傳到外界親友們的耳際。

　　好幾年後，妮可的母親才能收斂心情，提起勇氣收拾她的房間，檢視妮可許多明星般的美麗照片，以及 Dancing in Heaven 的 CD。那歌詞中唱道那歌詞中唱到：

眸中夜星閃爍，
我在天堂歌舞，
慢，慢，快，快，慢，
巴薩諾娃，巴薩諾娃，
黑暗滋生意，
宇宙在歌頌，
天體在吶喊。

　　歌詞彷彿在隱喻妮可的宿命，很是懾人。然而妮可不會知道，後來她哥哥生了個女兒，以她為名，象徵妮可重生。她也無法想像要是還活著，現在四十多歲會有幾個兒女。她也不知道，西谷學院以妮可為名設立獎學金，父母在她喜歡的阿馬登湖邊豎立這張涼椅。妮可更想不到，遠在太平洋彼岸的臺灣，如今有篇紀念她的文章。

涼椅上的紀念牌

黛比的日本情

　　加州灣區鄰居有對美國夫婦與我們同年，先生史君以前是洛杉磯會計師，太太黛比在蓋蒂博物館工作，雙雙退休後，比我們早一年搬來這社區。夫婦本來住在好萊塢羅德奧街的巷子裡，在比佛利山腳下，是個房價高昂的地方。八年前賣了房子，北上灣區定居，是為了能就近去聖塔克魯茲的療養院，探訪自小身心障礙，難於在社會立足的唯一兒子。

　　美國人喜歡日本文化，時髦漂亮的黛比一樣，她加入鄰近市鎮的箱根花園 (Hakone Gardens) 為會員，擔任義工。她尋找灣區好吃的日本料理，與朋友共賞。多年前，黛比興奮

舊金山金門公園的日本花園

地和一群美國朋友,參加箱根花園舉辦的日本之旅。行前她向我們出示新買的輕巧手推箱,示範如何將幾套不同場合穿著的衣服鞋子,以不壓皺,最省地方的方式裝箱。她知道我們到過日本多次,回來後快樂地展示照片,送給妻一方日本絲巾。

翌年我們從臺灣回到加州,史君拉住我嚴肅地說,黛比因肺腺癌住院,已經擴散。我

難渡溪水的銅橋

們驚愕之餘,趁她精神好時去探望,只見她臉色蒼白,由人一口口地餵冰淇淋。黛比平日爽朗愉快,現在沉默不語,令人心酸。網上說,肺腺癌如果發現異狀才就醫,末期病人的存活率不到一半。終於一天早上接到史君電話,哽咽得說不出話來,片刻後他囑我別去看她,他不會有事。

依照他們的心願,我們把奠儀寄贈兒子的療養院,這是美國人常見的方式。一個月後在追思會上,他們的朋友抱著吉他唱黛比生前心愛的歌, 約翰丹佛與多明哥合唱的 〈也許愛 ⋯⋯〉 Perhaps Love。幻燈片中,黛比和史君從年輕到老,典型的美國愉快生活紀錄。最後一段是她的日本之旅,寺廟,花園,歌舞,美

食。她那麼快樂，輕鬆，滿足，還不知道體內正在發展她生命最後一年的癌細胞。追思會後不久，箱根花園的坡地上，一棵樹下安放了一把日本式雙人木椅，銅牌上刻著「紀念深愛日本文化的本園義工黛比」。人們坐上黛比的木椅，腳下的春天是櫻海，秋天是楓紅。

　　美國人鍾情日本文化，是近代史促成的。日本先炸珍珠港，接著美日太平洋血戰，最後美國以兩顆原子彈結束戰爭。在對抗蘇俄與中國的大前提下，美國扶植日本戰後經濟復甦。政府的外交聯誼和軍事同盟，催化了民間感情，「不打不相識」也存在國與國間。

　　北加州灣區有好幾座日式花園，最出名的是舊金山金門公園裡的日本花園，黛比很喜歡。金門公園東西長五公里，南北寬一公里，面積比紐約中央公園還大。每年吸引 1300 萬遊客，是美國遊客第五多的都市公園，次於紐約中央公園，芝加哥林肯公園，聖地牙哥巴伯亞公園和傳教灣公園。到金門公園的遊客很多是衝著日本花園去的，在茶亭歇息，面對庭園流水，亭臺花榭，喝日本茶，吃日式點心。

　　對我們來說，每到日本花園，總憶起翩翩明星般的黛比，耳畔飄盪那首熟悉的歌：

也許愛，就像是海洋，
不斷沖激，滿是痛苦，
外表冷峻，內心似火，
風雨之中，雷霆貫耳，
如果我能永生，

夢想都能成真，

愛的記憶，只有妳。

後記

上半年住在灣區時，我們奇怪許久沒見到史君，車庫裡仍放著他在黛比去世後，新買的白色凱迪拉克 SUV，少見開動。偶爾和史君相遇，僅站著聊幾句舊事，史君變得沉默寡言，身體疴傻。我問他健康情況，他說很好，要我放心。妻要我別再當面問史君的健康。我們兩對的年齡一樣，對方看我們的心情，也許正是我們看對方。不料最近另一鄰居，黛比病危之日餵她冰淇淋的熱心人蘿絲，告訴我們，史君在前往洛杉磯看望家族時中風了，醫生說很不樂觀。蘿絲說家族會北上灣區，處理史君和黛比的產業，包括門廳裡懸掛的畢卡索素描真跡。至於那個住在療養院、高大靦腆的兒子近況，人們說，聽說療養院的病人，失去父母後，病情會更加嚴重。

我們設想，史君不會回來了。經過他家門口，仍放著十多年前黛比設計的插花盆景，儘管增多了灰塵，卻提醒人們，她和史君是多麼喜愛日本文化。朋友今天來信，他們的房子賣了。

這對美國人，史君是法裔，黛比猶太裔。

2023 年 11 月 7 日

四樓 13 號病房

現代醫學昌明，病人忌諱仍多，有的醫院沒有四樓，或不設 13 號病房。我有幸在澳洲醫院住過四樓 13 號病房，一住十六夜，體驗不錯，收穫良多。

2004 年底我從加州返回墨爾本，得了感冒，發燒止了，咳嗽不停，一連數週。一位年輕香港醫生笑著說，「年紀大了常咳嗽，慢慢就好，不需吃藥。」他的「經驗之談」彷彿人老就該咳嗽，何必大驚小怪。這話催我老境將至，那年我六十多歲。一直到隔年咳嗽沒慢慢就好，反而呼吸困難，需坐著睡，我換了澳洲醫生，他說感冒造成鼻竇炎，氣管炎，並一語說穿我的心事，「你容易轉發肺炎。」

一年內換吃幾種抗生素沒效，還導致胃出血。我呼吸短促，心跳加速，爬不上樓梯，更別談游泳。拖到 2006 年 6 月下旬，終於在心跳一百，神智仍清之際緊急送進 Epworth 醫院，一家運動明星常去的醫院。我的澳洲健保完善，還買了私人保險，可以選醫院，可惜二十年來無緣享受。那天被推進醫院時頗覺興奮，那僅剩一間的單人病房有扇大窗子，窗外是高大松柏樹頂，綠意映照室內蒼白。不知窗子的設計，是為配合窗外大樹，還是先有了大窗子，才啟發種大樹？

正在先有蛋或先有雞之際，洋護士笑著進來說，很快就給我換房間。我問，「為什麼要換？」她說，「James，你太太覺得 13

不好，四樓華人聽成死樓。」我指指窗外，「可是松柏會讓我長壽。」我想說烏龜也會，但是洋人都有怪癖，不喜歡長命烏龜，偏愛短命青蛙；討厭有鱗片東方龍，喜歡會噴火的西洋龍。其實我住進來，是因為一般單人病房滿了，只剩下四樓這間，這層樓住的是癌症末期病人。我與眾不同，只是插班。感謝護士和妻體諒病人為大，尊重我，沒有換房。朋友來訪都忌口不語，我問是否容易找到，他答非所問，「你的病房好記。」

　　檢查後，我心臟很好，肺功能只剩 37%，正常人是 95–100%。我的肺本身無毛病，奄奄一息是因為支氣管發炎被液體堵住，肺得不到足夠氧，使肺功能急遽下降，心跳加快是因驅動血液取氧。簡言之，肺心間產生因果關係，與蛋和雞不同。醫生說，「再拖下去不是心臟出事，就是腦子缺氧，你來醫院急救正是時候。」聽到腦子缺氧，妻說，「早就覺得你癡呆了。」

　　所謂液體就是痰，充塞各處無法抽，只能以藥物化解，主要成份為 Cortisone 和 Salbutamol，前者急速消炎，但多用會骨質疏鬆，免疫力降低，後者擴張氣管。這一年來我漸形成氣喘，需長期服用吸劑，而且要隨身攜帶緊急氣管擴充劑，以備不時之需。說到這兒，眼前見到了鄧麗君。

　　我身上裝配許多管線，粗大的蛇管覆蓋口鼻，引導牆上送來的氧氣。幫浦嘶嘶，正氣凜然，令人心安。透明管把蒸汽藥物送進蛇管，呼吸間濕潤溫暖，彷彿回到夏季的臺北。冰涼的點滴注入靜脈，讓人心情平靜，手指間還有測量脈搏，血壓和血氧的夾子。照鏡子，我要駕駛戰鬥機。

　　「如體力許可，每天下床兩次，拿掉夾子蛇管，推點滴在走廊轉一兩圈，前後要通知我們。」護士還說可量力增加。於是我

穿著綠袍，十七天內從走廊轉一兩圈，進步到上下樓梯一兩層，到上下十層，最後三步併兩步，還以碼錶算成績，就像比賽登101。除了靜脈針，我會拆裝管線，調整點滴速度，溫度和濕度，還會操作電腦心肺紀錄，甚至知道用藥，慶幸就快「久病成良醫」。

　　為何要住院這麼久？因為肺功能過低，回升緩慢，short breath 呼吸短促，在家有生命危險，醫院要保證安全才放行。我住院時肺功能37%，出院時71%，半年後85%，次年105%。「為什麼有105？」醫生說，「保持運動，增加肺活量就有。」有人建議我泳渡日月潭，我沒試。他是真意，我是假情。

　　那醫院每天七頓餐，清晨五時服藥後送來百分百純果汁，六時早餐，依前日病人電腦所點送來香腸，火腿，蛋包，麥粥，乳酪。九時上午茶，咖啡配起司酥餅。十一時午餐，各式三明治或各種漢堡，蔬菜，豆，蛤蜊或奶油南瓜湯。兩點下午茶。五點晚餐，牛柳，蒸魚，嫩豬排或小羊排，芋泥，薯條，生菜沙拉，肉末湯或豆湯，蛋糕，冰淇淋或提拉米蘇。九點宵夜，我愛烤雞沙拉或洋蔥鮪魚醬全麥麵包。醫院廚房烹調技術很好，可惜不供應葡萄酒。那兩週剖腹難忘，醫院像天堂。

　　當時正值2006年德國世界盃足球賽，我趕上在病床看複賽十六強的澳洲對義大利，最後7月9日決賽，義大利與法國延長賽1:1平手，靠比罰球贏得冠軍。緊接舉行的是英國溫布頓網球賽。我每天很忙，要抽空上下樓奔波，鍛鍊體力，還要應付醫生每天兩次巡房，護士不斷送藥，換點滴。特別護士上下午各一次，盯著我進行呼吸與咳嗽復健，每天一次騎在我背上一陣陣敲打鞭策，就像馴服野馬。因此安排擠出時間看激烈比賽，是個難題，也是

享受。

　　人一興奮，胃口就好，當那名高大員工推著發亮的食物架子，一天七次送進 13 號房，盤盤碗碗擺滿一桌，別的房間多半是小碗麥片粥，還常整碗端回去。他看我如此好胃口，宵夜送完，笑說，「晚安，Mr. Chang，好好享受！」我微笑言謝，心頭一酸，內疚感油然而生，左鄰右舍是人生將盡的病人，白天安靜，夜晚哀嚎，護士就來打針使其安睡。這送飯員工卻祝我「好好享受」，想來他是心善，祝福我「一路好走」吧。

　　十七天內見到四個人被白布單蒙頭推走，家屬靜靜跟在後面。四樓有間「聖室」(sacred room)，沙發，鮮花，檯燈，書桌椅，飲水器。十字架下我翻開大記事本看，各種筆跡，「主，請引領我們六十八年的美好時光，有個善終。」一個小孩筆跡，「請您在天上照顧爺爺，他愛吃冰淇淋。」一個病人筆跡，「主，請讓巴斯達與新主人融洽愉快。」巴斯達一定是隻老狗。

　　13 號隔壁是個五十歲的白皙中年人，戴眼鏡，頭髮整齊，猜想有個好職業，我從未和他打招呼。那晚我去小廚房熱宵夜，回來看見他奮力把輪椅挪出房門，我端著食物無法幫忙，他會意，向我笑笑，我說晚安，他也說晚安，聲音非常細弱。

　　第二天妻照常來陪我。當時是南半球的冬天，身子薄弱的妻很辛苦，每天上午來醫院，下午四點離開，趕天黑之前回家，避免塞車。她到家要爬坡開鎖開燈進入屋內，那時孩子念研究所住校。這天下午她一離開病房，立刻退進來關上門，悄悄說隔壁門開著，一家人低頭圍繞病床，有人帶領祈禱，她不便走過。等了一個小時，隔壁傳來搬桌椅聲響，原來病房已空，清潔工在打掃。

　　妻離開後，護士進來換點滴，我問，「昨夜他還在自己推輪

椅?」她說,「這種事常有。」我驚異生命如此脆弱,後悔那麼多天,為什麼不少看些電視,和他聊聊。

索忍尼辛的小說《癌症病房》中有段敘述,「這些老人並不頑冥自傲,也不自誇能戰勝病魔,他們只是平靜地逝去。他們並不阻止人們準備後事,他們內心平靜地等待著,在適當時候交代這匹馬留給誰,那匹驢子留給誰,然後安詳地離開人間,就像要搬到另一棟新居去一樣。」

費德勒得到溫布頓冠軍後,我也出院了,妻開車,我回頭望向松柏樹頂的窗口。她問道,「還在懷念烤雞沙拉嗎?」我回答,「我永遠不會再來這兒!」回到家,進入久違的書房,翻開日記,我記下最簡單的定理,「人不能生病,生病要達觀,遵醫囑,不盲從。更重要的是,別迷信。」

出院兩年後,2008 年與妻夏祖麗攝於朋友喜宴

註:《癌症病房》 *Cancer Ward*,Alexander Solzhenitsyn 著,1969,紐約,英語版。

太浩湖的眼淚

　　雖說「一年四季的太浩湖」，事實上只兩季，冬天到春天是滑雪季，夏天和秋天是遊湖季。登山，滑雪，遊湖，小吃，看秀，賭場，就環繞兩季。我去過四次，兩季都體驗，最懷念的卻是那深夜湖面泛光，清晨沁人心涼。

　　太浩湖 (Lake Tahoe) 在北加州，浩瀚 422 平方公里（日月潭 8 平方公里）。南端有座伸入陸地的橢圓小湖，翡翠灣，6 平方公里 (Emerald Bay)，狹窄的出湖口與太浩湖一衣帶水。太浩湖是碧藍的，翡翠灣卻翠綠，因為灣裡滋生綠藻，所以有翡翠令名。人們說「翡翠灣是太浩湖的一滴眼淚」，淚中有個旖旎故事，起源竟是北歐的維京文化。

　　不妨把車停在 89 州道維京屋 (Vikingsholm) 的停車場，蜿蜒下山兩公里。起先整個翡翠灣盡收眼底，四周金黃沙岸隔絕了環山的暗綠。下到山路一半，視野只及湖水局部。等到踩上沙灘，水在腳下，湖中心的芬妮特島 (Fanette Island) 高聳眼前，上面的百年石砌茶屋清晰可見。

　　維京屋藏在杉林，面對沙灘，環灣車道，碼頭，獨立木屋，設備齊全。Viking──維京，是中古北歐海盜，「維京屋」不是海盜屋，是維京時代房屋（Viking's Home）。1928 年，伊利諾州的約瑟芬奈特夫人 (Josephine Knight, 1864–1945) 醉心北歐文化，以 25 萬美元天價買下翡翠灣南端產業，包括水，地，山路，沙灘和

牆上掛的奈特夫人像

芬妮特島。她聘請紐約和瑞典的建築師，隨她到北歐，察考 11 世紀瑞典教堂和挪威古堡石砌建築，訂購建材，收購藝術品，回美國組成兩百人工作團隊，在翡翠灣湖畔蓋成這座四合院，夏季度假私人大別墅。

正面是三層主樓，包括客廳，餐廳，娛樂間，圖書室，上午茶室及六間套房臥室。兩旁側樓是客房，四間傭人房，廚房，洗衣間，傭人餐室。側樓下是車庫，馬房，馬車房，

園丁房。後側是馬匹車輛入口，正門只能步行出入。維京屋旁有座祕書居住的北歐式農舍，以及容納更多賓客的美國印第安式賓館，蒐集了許多印第安藝術品。湖邊有座大船塢，供奈特夫人的大小遊艇停泊和修理。她那條美輪美奐，桃花心木遊艇是當年太浩湖上一景。建築加上裝潢，闢路，奈特夫人花了四十多萬美元，當年是巨大的數字，如今還不夠買一戶湖邊單間小套房。

十五年內每逢夏季，奈特夫人分批邀請美國各地親友，來維京屋度假一週。自己先從她居住的南加州聖塔巴巴拉，率管家祕書來到維京屋，分配客人居住，商討每天的菜色，活動細節。

「奈特夫人經營過旅館業嗎？」我問近九十歲的歷史學家海倫史蜜絲博士 (Dr. Helen H. Smith)，「沒有。奈特夫人的父親是成功的律師，擁有幾家大企業，她不需要商業賺錢，所有受邀的賓

客也不需要付費。但是以奈特夫人的教養和教育，如果經營旅館，相信會很成功。」

　　史蜜絲是史丹福大學博士，也是研究 20 世紀教育史的學者，「維京屋」專家。她的父母應奈特夫人之邀，每年帶她來到維京屋做客。她說，「現在已找不到當年來維京屋做客的人了。」那年我和祖麗訪維京屋，有幸遇到史蜜絲。她知道我們的工作，熱心引導在這大四合院的三層樓上下左右跑動，就好像在自己家裡。史蜜絲老太太身手俐落，令人讚佩。

　　我們穿過一間間古樸奇特的廳房，北歐家具，鉛條彩玻璃，鑲花木餐桌，三隻腳的餐椅。正門立著一具歡迎賓客的木雕女僕，面孔是具老鐘。「女僕的重要工作，是提醒賓客時間。」

　　「史蜜絲夫人，妳必定有許多兒時記憶吧？」我問。「太多了，我們被安排每天早飯後散步，爬山或讀書看報，下午的茶點有時要渡水爬芬妮特島，僕傭早就先上去打點了。晚飯後的活動琳瑯滿目，在室內聽有才藝的賓客彈琴，說笑話，跳舞，三五打撲克牌，或在湖濱烤肉，營火會。總有一兩個晚上大夥泛舟遊湖，到對岸市鎮聽場音樂，看場電影。你知道，月夜下湖面的波浪，是銀色的。」

　　「妳最深的記憶是什麼？」「我是孩子，喜歡早上隨總管坐小船到翡翠灣北端的聚集地取信。只見 42 呎的瑪麗安號小貨輪，冒著煙，穿破濃霧，從太浩湖駛進翡翠灣，扔給我們一袋維京屋郵件。回到古堡，我幫助分信，奈特夫人的，賓客的，二十幾名僕傭管事的。賓客的信排列在客廳長几上，等待取走。」

　　「真有趣。」史蜜絲接著說，「每次總有一天令賓客驚喜，早上被庭院的鼓聲驚醒。一群穿彩羽戰衣的印第安人，翻山涉水，

在與維京屋的默契下，不請自來，表演歌舞。然後展示許多美麗的藝術品，難得的機會，賓客爭購，也少不了給歌舞小費。印第安人不諳英語，無法聯絡，和維京屋交往全憑誠信，各取所需，年復一年，準時來，準時去，始終如一。」

史蜜絲說，「維京屋的客人天天都猜測，奈特夫人今晚準備什麼樣的主菜，她會親手做什麼樣的沙拉或濃湯。今晚每人座位上是朵什麼樣的鮮花，飯後帶回枕邊。」

「維京屋賓客都是中老年人嗎？」「不，總有青年，幾對情侶，還有孩子，我就是。維京屋有個規矩，飲酒不能過量，否則以後不獲邀請。但是奈特夫人對人很好，遠道駕車來的，會在抵達維京屋幾分鐘後，發現沾染風塵的車子被擦拭一亮，油箱已加滿了。騎馬來的客人進房梳洗一番後，發現愛騎已經被餵飽糧草，沐浴得毛髮光亮，就像馬上要出發趕路一樣。」

「這些家庭，這段相處時光，總有些趣事吧？」「當然，大家相互久仰，每年藉此互道一年別離，有歡樂，有遺憾，也有令人唏噓的事。」史蜜絲狀似墜入霧中。考慮到史蜜絲，奈特夫人和那群「上流社會」人群隱私，我沒追問細節。

但是我想，1930 到 1945 年前後維京屋時期，美國和世界遭逢大蕭條和世界大戰，但這段時間也正是賽珍珠的《大地》，希爾登的《失去的地平線》，史坦貝克的《憤怒的葡萄》，海明威的《戰地鐘聲》，乃至川端康成的《雪國》，這些改變世人思潮的文學問世，震撼文壇的時候，他們藉人性的表徵揭露世界混亂。而維京屋那些美國上流社會人們，樂得應奈特夫人之邀，齊集維京屋，翡翠灣，太浩湖，遺世獨立，尋求桃花源式寧靜，陶醉香格里拉式境界，自我獨立於世界。然而也虧有奈特夫人，無私地體現獨

維京屋的空中樓閣，閱覽室

樂樂不如眾樂樂。就不用說，更早的蘇軾與客泛舟江上觀赤壁，非僅為風景了。

「奈特夫人的動機是什麼？」「問得好，她喜歡朋友，深愛北歐文化是主要原因。」史蜜絲停頓一下說，「奈特夫人有兩次婚姻，第一任丈夫早逝，第二次婚姻不如意，令她心灰意冷，卻激發她到處旅遊。北歐的發現，維京屋的誕生，賦予你我今天談話的因緣。」

約瑟芬奈特 1945 年去世，維京屋轉手兩次，很快落入加州政府手中，成為古蹟地標。維京屋每年只有 7 到 9 月開放，恰是奈特夫人每年接待賓客的時節。

註：賽珍珠《大地》 *The Good Earth*，Pearl Sydenstricker Buck, 1932。
希爾登《失去的地平線》 *Lost Horizon*，James Hilton, 1933。
史坦貝克《憤怒的葡萄》 *The Grapes of Wrath*，John Steinbeck, 1939。
海明威《戰地鐘聲》 *For Whom the Bell Tolls*，Ernest Hemingway, 1940。
川端康成《雪國》 *Snow Country*，Yasunari Kawabata, 1948。
蘇軾〈赤壁賦〉，宋神宗元豐五年，西元 1082 年。

費洛里的《朝代》

　　古蹟，多古才算古蹟？亞洲或歐洲以千年為準，所謂「千年古蹟」。到了美加，澳紐，立國不過三五百年，一棟百年老屋已算古蹟。有些朋友說他的老房子是「古蹟」，語帶認真。

　　舊金山以南 40 公里丘陵中，有片占地 16 英畝的「費洛里莊園」，建築美，收藏美，庭院美，環境美，被列為加州地標和國家歷史古蹟。美國 1981 年到 1988 年的著名家族連續劇 Dynasty《朝代》在這兒連續拍了八年。2023 年 11 月 15 日拜登和習近平參加舊金山舉行的 APEC 會議，兩人抽空，躲開記者，私下跑到舊金山南端一個古樸的大莊園，舉行

費洛里的前院樹林

世人矚目的拜習會，地點就是費洛里莊園。

　　儘管加州天氣晴朗，可是舊金山半島的 280 高速路上，從伍德賽到聖布魯諾丘陵地這段，清晨的太平洋濃霧像流水般翻山越嶺，聚向谷地。穿過這段路，藍天綻破，綠坡夾道，花朵齊放。再沿湖開一段路，費洛里就在丘陵中。

　　費洛里 (Filoli) 不是人名或地名，是組合三句話的前兩個字母而成，Fight for a just cause, Love your fellow man, Live a good life.「為正義奮鬥，熱愛同胞，好好過活。」三句話是首任屋主，威廉包爾斯伯恩二世 (William Bowers Bourn II) 的座右銘，Filoli 就是伯恩取的。

費洛里的鐘樓

伯恩當時擁有舊金山一帶最豐富的金礦，還有一座水質極佳的水庫，也是供應全舊金山的春谷自來水公司主席。伯恩夫婦買下 654 英畝的整片丘陵，利用其中 16 英畝，聘請名建築師，結合加州和愛爾蘭風格，設計了費洛里莊園。二十年後，費洛里在伯恩身後轉手到羅斯夫婦手中。羅斯維持建築原貌，卻發展庭院，以薔薇，杜

鵑，山茶花為主，闢建了前、後、側院幾個大花園，增添雕像，茶屋，游泳池，小森林。1975 年羅斯慷慨地將整個費洛里捐給國家歷史保護信託局，現在交由非營利組織「費洛里中心」管理營運，員工多半是義工。

如今遊客遠離塵囂，來到費洛里，停好車總先進入大廈，投身精緻恬適的客廳，親切的餐廳，華麗的聚眾大廳。走出大廈後，邁入一個個色彩繽紛的花園，或杉柏，尤加利的小森林，然後再返回大廈，進入餐廳或藝品店。中心人員說，遊客在室外徜徉的時間比室內多。

瀏覽伯恩的書架，能從藏書體會他的努力方向，正如座右銘所說「為正義奮鬥」。從兩任房主的聚會和社會活動照片，可感受「熱愛同胞」，而這座高尚舒適的建築，結合自然的花園無疑是「好好過活」的印證。我覺得，伯恩與羅斯不只自身享受了費洛里，後世人們來到這兒，憧憬上個世紀的《朝代》，沐浴半天美好的生活，也很有意義。

山不在高，有仙則名

　　歐巴馬全家到加州優山美地 (Yosemite) 國家公園度假時，感慨地說，「氣候暖化延長了草地枯黃期，野兔被迫遷向更高山地，尋找草原。」不只野兔，阿拉斯加冰河快速消退，海面上升威脅佛羅里達沼澤生態，儘管歐巴馬是美國最保護大自然的總統，儘管國家公園創下三億遊客紀錄。

　　美國風景優美，全國五十九座國家公園中十四座被聯合國列為世界遺產。美國五十個州中只有二十七州有國家公園，加州最多，九座，阿拉斯加八座。第一座國家公園黃石公園，是格蘭特總統在 1872 年簽署成立，但國家公園管理局在 1916 年 8 月才成立，2016 年 8 月成立 100 週年，全年舉辦活動，民眾趁機大玩。

　　這五十九座國家公園總面積 21 萬平方公里，最大的是阿拉斯加的聖艾利亞斯國家公園，3.2 萬平方公里，略小於臺灣。最小的是阿肯色暖泉國家公園，只有 24 平方公里，還不及臺北市大安森林公園。遊客最多前五名是北卡的大煙山國家公園，再次是亞利桑那大峽谷，佛羅里達大沼澤，加州優山美地，懷俄明等三州交界的黃石國家公園。臺灣遊客最熟悉大峽谷，黃石公園和優山美地國家公園，後者容易去，從舊金山或矽谷開車，三小時內就可入山。

　　有個錯誤說法，「美國有四百座國家公園」。想來是誤把國家風景保留地、國家地標，或州立公園一併算成國家公園。「國家公

「園」標準非常嚴格，關乎聯邦編列預算，許多國家公園是由總統推動成立的，例如最新的加州「巔峰國家公園」2013 年才由歐巴馬推動成立，去過的人還不多。「巔峰」距筆者住的聖荷西約兩小時車程，離大文豪史坦貝克家鄉薩林納斯半小時，我去過兩次，真是個世外桃源。那天我剛在薩林納斯鎮的史坦貝克咖啡店裡，喝咖啡打尖；半小時後就置身林木高聳，奇石參天，芬多精薰人的化外境界，感受真妙。

原來「巔峰」的奇石，是因為美國西岸惡名昭彰的聖安地列斯地震皺谷，千萬年來從地底擠壓出土，所以名為 Pinnacles National Park。不只奇石，山中有兩種瀕臨絕種動物，加州草鷹和加州禿鷹，牠們專在高大松柏樹幹上啄洞，吃裡面的蟲或窩藏的小動物，比啄木鳥厲害。牠們受到嚴密保護，是「巔峰」之寶，不但不可獵殺，牠們覓食時遊客不准接近，以免干擾用餐。這兩種鷹就在山中過著神仙般生活。

上圖：約翰繆爾雕像　中圖：小圃千浦雕像
下圖：千浦作品，優山美地奇石

　　優山美地國家公園，也有兩位神仙，一位是蘇格蘭人約翰繆爾 (John Muir, 1838–1914)，另一位是日本人小圃千浦 (Chiura Obata, 1885–1975)。

　　繆爾十一歲隨父母移居美國，是美國最有名，最受敬重的大自然研究家，出版十五本研究美國大自然書籍，足跡遍及全國風景區。繆爾特別鍾情優山美地，當年在他促成下，政府通過優山美地為國家公園。全美有十四處風景區以繆爾為名，包括金門大橋北端的繆爾紅木森林，另外，人們熟知的是開車會穿過的繆爾樹洞。

　　千浦生於日本本州岡山市，十八歲獨自來美，後任教柏克萊加大，被譽為美國引進現代日本繪畫的鼻祖。他描繪大自然的畫風簡潔，神韻清新，得獎無數，聲譽極高。千浦也極愛優山美地，是所有描繪優山美地的藝術家中最受歡迎的。優山美地遊客中心的博物館內有繆爾和千浦兩人的雕像，人們遵奉兩人是優山美地之神。

　　「山不在高，有仙則名」。巔峰若失去老鷹，優山美地若沒有繆爾和千浦，人們遊興和山中靈氣，肯定不一樣。

一張照片三張卡片

　　現在翻看老照片比以前容易，以前要搬出厚重相簿，一本本攤開膝上，要避開燈光反射。如果人物太小，需借重放大鏡，可是如果拍得模糊，放大還是模糊。等到看完兩本相簿，眼睛和脖子痠痛，雙腿雙膝要找地方伸展，難過的是也不過才翻閱兩本，相簿好像秦俑，難見天日。現在不同，儲存電腦，一張張記憶，手指隨時點石成金，還能跨越年份尋找。更重要的，畫素清晰，某年某月的某一天，就像一張美麗的臉。

　　2018 年的新年和聖誕假期，我只寄出三張卡片，也只接到三張，孤獨站在壁爐上。曾幾何時，層層貼滿壁爐。本文這張 2012 年拍的照片，仔細數數，二十八張卡片，今年三張，六年減少九倍，令人心驚，不用說，大家網傳，不再郵寄了。有些是不宜再郵寄或網傳，因為天堂沒有地址。

　　今年的三張卡片，一張是朋友先寄來，一張我先寄去，對方回寄，一張空中來去交會。給墨爾本鄉下老鄰居，給北歐獨居的女士，給香港病痛的老友。大家都寫滿卡片，填滿一年疏離。小虎隊的成名歌〈年輕不要留白〉，年老更不留白。

　　很多年前與那老鄰居為鄰，在四百萬人口的墨爾本郊區。我們在週末搬進新居，翌日上午有人敲門，自說是隔壁鄰居，他有個拖車，我們剛搬來，需要丟棄空紙箱等物，市政府發的丟棄券他還沒用完，可以載我去扔。隔了兩週聖誕夜，這鄰居請我們去

他後院吃烤肉，澳洲南半球聖誕節是夏天。

一個月後農曆除夕，我們回請他們過來吃年夜飯，妻做了西方人喜歡的甜酸肉，宮保雞丁等，是朋友給的菜方，她的澳洲人老闆愛吃這些菜。我那鄰居吃了口宮保雞丁，緊鎖眉頭，閉上嘴，吞下半杯冰水說，「妳那朋友老闆，還活著嗎？」我們猜想他咬到了辣椒籽。多年來，這笑話兩家一直回味。

宮保雞丁沒有嚇走友情，後來他結束事業，搬到鄉下，我們也另遷新居，離開澳洲，但每年都互寄聖誕卡或照片。

二〇一二年壁爐上仍然有二十八張卡片

　　北歐女士那張，那年夏天她知道我們回臺灣，便遠道飛來會面。她是首次來亞洲，首次體驗十五樓公寓，首次身臨颱風。吃完晚飯，窗外狂風暴雨，叫不到計程車，便夜宿我家。次日分手時她笑著說，「昨夜的經驗難得而珍貴，歡迎來我家看北極光，會飄大雪，不會颳颱風。」她的國家，人們讀書，即使博士，即使留學國外，都由政府負擔。

　　至於香港病痛纏身的朋友，我只見過一次面，多年前在臺北陳若曦家。她與妻談得來，結為好友。她從事編劇，廣東人，國語說得標準，後來不斷生病，腦子和身上都動過手術，但很積極樂觀，參與社區活動。她把房子抵押為養老金，可供養老到一百歲，她滿足地說，餘生夠了。她的卡片跑了南北東西半球才到我們手裡，原來先從香港寄到墨爾本，退回香港，再轉寄太平洋彼岸美國。卡片就像她的奮鬥，我們深受感動。

　　這張多年前拍攝的照片中，二十八張卡片故事自然更多，我翻照存檔，它們肯定不會遺失，隨時可見天日。

註：本文寫於 2018 開年，隨後無人郵寄卡片，2021 年唯一接到來自該香港老友手寫的信，仍然蒼勁。疫情肆虐之際，她還是保持樂觀向上。

他們付出的愛無與倫比

　　縱使住過二十四年，從舊金山飛回墨爾本，仍令人悸動。

　　想看的地方是城南大片草坪上，砂石砌蓋的墨爾本忠烈祠。正前方是條寬廣的石板人行步道，筆直插往遠方熱鬧的市區，兩旁盡是公園，雕刻，水池。每逢節日，遊行從忠烈祠走進市區，或從市區走向忠烈祠，人們夾道鼓掌致敬。從不見政治性的抗議遊行，來這兒會生反效果。莊嚴，

墨爾本忠烈祠的長生火

肅靜，忠魂，人們來忠烈祠是為瞻仰為國陣亡的將士。

　　1918 年 11 月 11 日上午 11 時，德國簽字投降，第一次世界大戰結束。戰勝國之一澳洲，在墨爾本蓋了這座雄偉的忠烈祠。巧奪天工處在於最高頂上，開了個很小的窗洞，讓太陽光射進室內，一縷光線在壁上地上遊走，直到陽光照不進小窗洞。

　　算準了天體運行，每年 11 月 11 日 11 時，小窗洞射進的陽光恰好落在地上黑色大理石板上鐫刻的一句話中的一個字：Love。陽光掃過整句話 "Greater Love Hath No Man" 的時間四分鐘 。人們每年這一天來致敬，也來看奇景。靜肅的忠烈祠內，這時只聽到細小的驚嘆聲。

　　這倒裝句出自《聖經》，就是 "No man has greater love"——沒有人會有更偉大的愛，亦即「他們付出的愛無與倫比」。陣亡將士犧牲生命，他們的愛同胞、愛國家精神沒有人比得上。《聖經》裡這句話全文是 "Greater love hath no man than this that a man lay down his life for his friends." 「有人為朋友犧牲了自己性命，世間沒有比這更偉大的愛。」《聖經》裡這人指的是耶穌，忠烈祠裡指的是陣亡將士。

　　忠烈祠外有個長生火爐，爐火熊熊，永不熄滅，象徵陣亡將士精神永照人間。11 月間在盛開法蘭德斯罌粟花的血紅色花圍裡有座雕像刻著 "Widow and Children"，寡母與子女。一名母親帶著一對兒女，兒子手中拿著花圈。這家人獨缺父親，令人心酸。樹林中有十二座直立碑，紀念與澳洲士兵並肩作戰陣亡的各國將士。

　　法蘭德斯罌粟花 (Flanders Poppies)，生長在法國北部的法蘭德斯地區，每年夏季遍野盛開血紅色罌粟花。當年很多澳洲士兵在附近陣亡，澳洲便把法蘭德斯罌粟花移植墨爾本忠烈祠。南半球的澳洲 11 月進入夏季，罌粟花盛開，輝映著 11 月紀念陣亡將士。

　　雖然有這些溫馨感人的故事，不幸幾年前發生一件意想不到的事，造成當年的戰敗國土耳其，要求戰勝國澳洲道歉。

　　原來澳洲鄉下警察局接到一家人寄來包裹，裡面是顆人的頭顱骨，頭上有個子彈洞。包裹裡有封信，說這家人在清理老屋閣樓時，發現這顆頭顱骨，旁邊有封說明，說是一次大戰時一名澳洲士兵從歐陸戰場帶回來當戰利品。澳洲政府費了很大功夫，以現代科技求證，證明這顆頭顱骨是土耳其人，子彈洞是一次大戰

期間盟軍使用的武器造成的，但無法證明誰開的槍，誰帶回澳洲，頭顱骨主人是誰，只研判它在這閣樓上與歷代屋主共同生活了一個世紀，現在才被發現。

澳洲外交部通知土耳其駐澳洲大使館，說明調查經過，並表達歉意，在一項儀式中把頭顱交給土方，運回土耳其埋葬。但是土耳其向澳洲提出抗議，指責澳洲處理草率，主張至少應由外交部長主持運回土耳其，並要求澳洲正式道歉。後續的新聞難查出來，不知道澳洲是否正式道歉，是否重新辦理儀式，也不知道土耳其是否繼續追究。

罌粟花中的「寡母與子女」

　　或許百年後的現在，這件事已不重要，該敬重的是「他們付出的愛無與倫比」，特別是埋骨異域。

　　齊邦媛教授曾為我出的書《跨越黃金時代》寫序〈良性移民的橋樑〉，序中說：

　　……談話中我詳詢南十字星對澳洲人的意義，也談到在一個湖畔過夜首次看見天際此星的興奮。當時我不覺提到哈代詩《鼓手浩基》（Hardy, *Drummer Hodge*, 1902）哀悼一個埋骨南非的英國鄉下來的募兵　（英國與荷蘭爭南非的殖民權的波爾之戰 The Boer War, 1899–1902）。全詩三段都以不同星象的困惑作結。這個為效忠皇家殖民政策而肝腦塗地的鄉下孩子，血肉化成蠻荒草木，他的靈魂不明白為什麼每夜在他天空上閃耀的星群與他英國家鄉所見的不一樣。

　　墨爾本忠烈祠和土耳其與澳洲的爭執，可會紓解那些因戰爭而彼此埋骨他鄉的靈魂的困惑嗎？

投筆上前線

1966 年 7 月起，我服預官役，先在高雄左營受訓，繼派陸軍第 10 師政治教官，與師長同桌吃飯，很是威風。

人生無常，三個月後全師調防馬祖，挑我為本營九名打前站之一，我搭上中字號登陸艇前往。非職業軍人派負重任，頗感榮耀。

打前站工作是，比部隊先到前線，認識環境，記錄山坡海邊路線，各碉堡特性，火力配置，配駐人員，通信兵在哪裡。其功用在於，前面部隊調走，後面部隊接防，青黃不接，有了先來打前站的人，不致忙亂。我代理尚未到任的連級輔導長。輔導長的指揮地位，次於連長和副連長，相當於 Nancy Pelosi 在任時之於美國第三順位國家領袖。我深感，國家已扛在肩上。

不像金門，馬祖是列島，沒有任何單獨的島叫馬祖。馬祖防衛部設在南竿，我們這個配屬師的師部在北竿，當時編制沒旅，團部在西犬（今西莒），營部在東犬（今東莒），往下不再分。一營三個戰鬥連，一連一百二十四人，全營三百七十二人，繞東犬島一圈駐防。誰想攻占東犬，必須打敗我們這三百七十二人。東犬缺水沒電，有兩個上鎖小井，士兵每週輪流開鎖取水，多取井會乾。冬天水面結冰，夏天洗澡爬下山坡，面對大海，與對岸裸裡相見。老實說，東犬荒蕪。

站在西犬山坡，能以高倍望遠鏡看見對岸的卡車行動，但是

無法想像七億人裡，父親在哪兒。1949 年初的上海十六埔碼頭父親沒有上船，只因為全家少張船票，他犧牲自己，成全了我們搭中興輪去基隆，後來音訊全無。小時我常照鏡子，揣摩父親的模樣，因為母親告訴我，長得像父親。

我與副連長同住一間碉堡，我的「床」是兩端各放一木箱手榴彈，上面架三條粗木板，鋪上深綠色軍毯睡覺。副連長菸癮很大，我很注意他的星火別蹦上我的床頭木箱。軍官每月配發八包上等莒光菸，我都給部下，不鼓勵本碉堡抽菸點火，儘管我倆同浴戰火。

睡覺穿軍服，沒人穿睡衣，煩人的是那把左輪槍和子彈帶。連長說，槍別弄丟，丟了你退不了役。槍怎麼會丟？可能有人趁你退役之前偷，或他退役前偷，頂替他丟的，或帶回臺灣賣，或自己留用。一般充員兵是鄉下孩子，但也有三教九流。我兼負責小福利社，常坐水鴨子（合字號登陸小艇）去南竿辦貨，夜晚睡覺槍不離身很彆扭，與電影不同。連裡一百二十四人只有連長，副連長，輔導長，三個排長，以及士官長配有手槍。

雖說前線，謹慎點沒有危險。過去曾有水鬼夜裡摸上岸，我駐防時沒有，也沒有砲擊，只有年節對岸打來宣傳彈，在天上爆炸，灑下來「賀年」並號召投誠的傳單。駐防那一年裡，有過兩次意外，都與對岸無關。

東犬山坡和海邊，或兩個碉堡間銜接地帶，布署了地雷，駐軍和漁民（東犬有幾戶漁民）日常都避開這些地區。那種「塑膠雷」像月餅大小，二十公斤重量就能觸動爆炸，威力不大，但會炸斷人腿。有天突然轟地一聲，震驚全島，大家怕有人踩到地雷，結果炸死士兵養的一條大狗。

　　另一件事，想起來發毛。一個寒冷沒有月光的深夜，副連長兩點鐘叫醒我，與他按排表共同查哨。我們著裝，打綁腿，戴鋼盔，佩槍，電筒，驗證今天的口令後，出發在山坡摸黑兩小時，查七八個哨。電筒只准偶爾閃半秒鐘，以防萬一。當年士兵配備國造中正式步槍，平時站哨採托槍或持槍，槍口朝天，子彈不上膛。前線夜晚採端槍，槍口向前，子彈上膛。遇見同袍立即改採持槍，槍口朝天，手指離開扳機。

　　我們來到一個哨，黑暗中和哨兵交換口令，那哨兵叫道「副連長好」，我發現他沒改採持槍，仍在端槍，槍口對著副連長，手指扣著扳機。我一陣冷汗，什麼話也不敢說，怕觸動那根手指。副連長靜靜上前一步，「好，好，你辛苦了。」突然他揚起左手，擋開槍管，右手一個大巴掌砸向哨兵，「他媽的，你要打死我呀？」哨兵被打得踉蹌後退，所幸沒扣扳機。副連長回頭對我說，「沒事。」我一夜睡不著，不確定換成自己怎麼應付，也不知道抽菸是否有助臨危鎮定，同浴戰火？

　　翌年退休，東犬後來改名東莒。去年疫情鬆懈時，一對朋友參加東莒觀光團，居然飛機來回。他們知道我曾在那兒服役，把所拍影片傳給我。令人十分驚訝，東莒不但有水有電，住民增加了，有餐館咖啡館，還有「景點」，想不透椰子樹是怎麼種出來的，東莒像個世外桃源。

　　我想念老東犬，哪怕只啃片魚乾，喝碗我從南竿辦貨運來的馬祖老酒，也心滿意足了。

2022 年 8 月　溽暑臺北

2021 年的東莒已非 1966 年的東犬，成為馬祖觀光勝地（楊天強攝影）

註 1：當年國軍登陸艇依噸位分「中、美、聯、合」四級，最大中字號可載
數百人，卡車坦克車。最小合字號俗稱水鴨子，可搶灘。筆者調防及退役
搭中字號，平穩。小島間辦貨搭合字號，在海面跳躍，要抓穩，防落海。
回程有貨物壓重，稍穩。登陸艇均為平底。

註 2：中正式步槍，俗稱七九，抗戰的精準武器，有效射程 500 公尺，口
徑 7.9，後座力很大。每班配一支美造 M1 半自動連發，類似卡賓槍，但稍
重。

註 3：本文為筆者記憶所及的短期經驗，五十多年來國軍編制，駐防，武
器，戰力變化極大。

薰陽之春

《文訊》2021 年 11 月

春日，古宋國村夫曬日取暖，頗為自得，回家面妻，想把發現呈獻國君。「野人獻曝」義涵有三選項：一，曬日取暖人盡皆知，所以村夫愚昧。二，寓言愚昧。三，本文愚昧。

住在淡水，春陽可愛，白天通體舒暢，黃昏落日迷人。怕讀者不知道，趕快寫出來。

狗

《紐約郵報》2 月報導，田納西州八十三歲的獨身企業家多里斯去世，將五百萬美元，遺贈牧羊犬露露，成立信託基金，請好友波頓照顧。八十八歲的波頓憂心，露露如何能花盡遺產。露露八歲，屬壯年。

也是獨身，1924 年東京教授上野英三郎，養隻二歲的小狗八公。上野每天出門前為八公準備一天的飯，下午返家與八公玩樂。八公每天陪上野去火車站，下午按時去接主人回家，老小作息定時。

好景不常，上野在課堂中腦溢血去世，八公當天沒接到主人，此後八公每天滿懷希望去車站，失望而歸，一連九年，定時孤獨作息，直到死亡，當地代代相傳八公事蹟。八公來自本州秋田縣，這種白褐毛的狗便叫秋田犬。

我和祖麗注意到，淡水新市鎮有幾條流浪狗，爭食互相排擠，

吃完群聚一起。雨天躲在簷下或公車站，躲雨的人多了，牠們走回雨中，讓出人的地盤。牠們從不跨越馬路，怕被輾壓。車輛行人停在路口等綠燈，牠們也駐足靜候。車輛啟動，牠們尾隨行人過街，如此遵守紅綠燈，狗的社會。

　　有名騎士的機車違規轉向，撞倒一隻黑狗，牠慘叫兩聲，跳上人行道。此後狗群的最後一隻，總是那條黑狗，蜷起後腿，瘸著三隻腳，落單在後。牠是殘障，但無特權。

　　春雨午後，隨祖焯覽遊石門十八王公廟，見十層樓高巨雕黑狗，面海守護臺灣北角。清朝中葉唐山十七人渡海來臺，遇海難，所攜黑狗護主喪生，合稱十八。這隻黑狗護主，享有特權。

歐洲河輪狹窄的中庭，入夜無人

夫妻

疫前與幾對朋友飲春酒談來生，是否和老伴再結連理，最佳答案獎勵一瓶酒。

一位太太說，「我願意，相信我先生也願意。」先生忙點頭搗蒜。

一個老公說，「我願意，太座隨她啦！」太座笑說，再倒次楣吧。

一名太太說，「算了吧，今生夠了，還要來生？」先生神祕苦笑。

有對夫妻不語，焦點轉向他們。

太太說，「我不知道有沒有來生，你們問他吧。」

先生說，「我不管來生，我倆這輩子是在還上輩子願。」

眾人讚許下，紅酒獎給這一對，雖然他們沒說答案。有人評論，夫妻無需對下輩子立誓許願。另一人說，答案多少失真。多數人贊同，若把此生當成還上輩子願，夫妻會更恩愛，體恤，珍惜。所以每個人都同意，這瓶春酒獎勵得恰當。

愛之船

朋友的朋友，照顧慢慢失智的妻子，帶她一站站搭遊輪，默默上下。他們是在重拾往日歡樂，追逐日漸失憶。

加州一位朋友失妻，攜帶愛妻護照，獨自搭遊輪橫越大西洋，完成曾經計劃的旅程，回來後把日記編印成小冊。他含著淚水編，朋友接到冊子，加注了淚水。

前年我和祖麗從舊金山飛到阿姆斯特丹，坐河輪橫貫歐洲，萊茵，梅茵，多瑙。滿載的船上只有一百九十名乘客。每天大夥

上岸遊覽，回船美食，歌舞，猜謎。乘客都來自美國，背景相近談話容易，互不相識沒有顧忌。

有個墨西哥裔美國家庭，父母和中年女兒，衣著高貴，住特等艙房。女兒告訴我們，她向公司請了假，招待父母遊河輪，因為父親時日不多。父親自己不知情，母親很難過。客服人員把老頭連輪椅推上岸交給女兒，老母蹣跚在後，讓人看了心酸。那父親對我笑，誇獎妻女，說自己在安享人生，我祝他人生幸福。我們年齡相若，他不知道自己在說假話，我知道自己在說假話。

有家也是三人旅遊，比爾和莎侖夫婦，以及莎侖妹妹凱琳，年齡七十上下。第一天晚餐與我們共桌，凱琳撇頭，出示左耳給祖麗，耳環丟了，「相信是下午掉在小鎮上。」上菜時祖麗推開座椅，在地毯撿拾，「凱琳，妳的耳環沒丟。」凱琳的嘴，眼睛，皺紋，鑽石，霎時同放光亮。

莎侖凱琳姊妹情深，凱琳丈夫過世，比爾剛退休，生意做得成功。「這幾年我們的旅行，都是比爾請客。」凱琳說，「比爾重視家族，但得過不少重病，他不與陌生人談病情。」

比爾高大開朗，祖先來自瑞士，他身體不好，不能長期度假。我沒問他，為何這次長途旅行。比爾弟弟早年在越戰陣亡，他很傷心，使他極端反共。「我邀請你們來我家作客。」旅程中他提過兩次，很有誠意，但礙於他的健康，我們沒答應成行。

十四天後河輪抵達終點布達佩斯，大家互相道別，他們回美國，我們去瑞士晚輩家。比爾沒去過瑞士，說他身體不好，可能一生無緣去拜訪祖籍地。在瑞士的日子，我們心中

梅茵河穿越德國黑森林，乍雨還晴

一直念著比爾三人。

　　70 年代 ABC 影集《愛之船》The Love Boat，杜撰感人故事，如今一趟河輪，真的遇上。

　　　　　　　　　　　　　　　2021 年春日　煙雨淡水

萊茵河中谷地區小鎮，詩情畫意

夢在仲夏

2021 年 7 月 21 日

　　沉睡之美伴隨夢，美夢嘴角含笑，惡夢胸口猛跳。人們說，多夢證明熟睡，醫生卻說，失眠者並不知道自己熟睡過，甚至做過夢。夏日炎炎正好眠，你常做夢嗎？

噩夢

　　我的夢裡常見墜機，只因曾經目睹。許久前，宜蘭中學大夥登上陽臺，看校友駕噴射機表演，當天是他獲准單飛第一天。學校在農地中央，噴射機超低空飛越陽臺，大家不期然低頭，再抬頭，那架翅膀尖端有副油箱的 T-33（詳見文末），轟然栽進農田，大團火球，濃煙滾滾，就像電影。我們奔過操場，跨越碎鋁片，田中央有個巨洞，洞底正在冒水。

　　幾天後司令臺舉行悼念會，同學魚貫安慰駕駛員弟弟。我想，他飛回家鄉，要不是違規，就是為號召投考軍校，但肯定沒獲准首次單飛就飛那麼低，拉不起來了。可想見剎那間，他的神經反射驚恐可懼，青春宛如鴻毛般脆弱。

　　以後的年代，韓航飛彈擊落，華航大園空難，法航協和墜機，馬航印度洋失蹤，近年臺灣軍機失事，包括兩架 F-5E 相撞，兩名飛官喪生。墜機填塞我的夢境，夢中總在逃避，知道在做夢，很難醒過來，人說這叫鬼壓床。

淡水東望大屯山朝陽（二○二一年夏日）

織夢

我仍愛搭飛機。不論旅遊，出差，返家，總有期盼，總歸正能量。1972 年仲夏，一個半月搭了十九次班機，不到五天一班，隨國家女籃隊遠征澳紐印尼，旅途勞累，上機就織夢，舒服的雲端。

夢要怎麼織？三千年前周公平定叛亂，制禮作樂，奠定禮儀章典，所謂文武周公。孔子尊崇周制，卻在老年感嘆體弱，不復夢見周公。孔子織夢對象是比他早九百年的偉人，說明孔子本身的偉大。現在是 21 世紀，往回倒算同樣歲月，有誰夢見過岳飛？

夢幻比人生美妙，美國作家歐文筆下，紐約農夫李伯 Rip Van Winkle（同書名）誤食迷幻藥，一睡二十年，醒來衣帽已爛，

槍管已鏽，家鄉走了樣。李伯這場大夢避過 1776 年的戰亂，睡夢中送走英王，催生美利堅合眾國。

　　唐朝書生赴京趕考，落榜回鄉，在客棧休憩，夢見中了榜，安享榮華富貴。醒來發現，爐上煮的黃粱飯還沒熟，一盞茶須臾萬頃，黃粱一夢。莊周雲遊於野，景色優美，蝴蝶繞身，倚石而臥，夢見自己是隻蝴蝶，翩翩飛舞，優哉遊哉。醒來不見蝴蝶，懷疑是自己化身，莊周夢蝶。

　　然而再玄，再美，又悲，又喜，敢愛，敢恨，加在一起也比不過曹雪芹的百回小說《紅樓夢》。整套故事，整個家族，所有人物，悲歡離合，不過是曹雪芹編織的俗世夢，理不清，詳還亂。

《紅樓夢》人物長年縈繞世人，後人放眼身旁，歷歷在目。原來曹是在替後世築夢，世世代代。

圓夢

　　築夢織夢未必美，圓夢詳夢意境高，莊周李伯可說東西同圓。一百五十年前英國人寫《愛麗絲夢遊仙境》，一百二十年前美國人寫《綠野仙蹤》。《愛麗絲》揉合可愛動物陪主角去冒險，而《綠野仙蹤》的歐茲國裡，失去勇氣的獅子，有腦子的稻草人，類人類錫鐵人，圍繞在小女孩身旁。人和動物同心同理，愛護動物協會可否想到可把這兩個童話標為圖騰，如臺灣十八王公黑狗，日本秋田犬？

　　圓夢詳夢，也許都不及莎士比亞的希臘情侶，在《仲夏夜之夢》揉合的現實與浪漫。莎翁的筆下，愛國詩人歌頌的生命和自由，都比不上愛情，次序變成「生命誠可貴，自由價更高，若為愛情故，二者皆可拋」。經過莎翁一圓一詳，希臘愛情夢昇華天堂了。

　　或許人們該衝破夢想，省視人生。可憐的馬丁路德金有個夢，不幸賠上生命，緬甸人肉身擋子彈，川粉衝進國會，主人因此逐出白宮，臺灣旅客清明祭祖，命斷太魯閣號隧道。

　　收拾起眼淚，我愛吟唱瑞典雙姝 (The ABBA)，1979 年推出的〈我有個夢〉I have a Dream，歌詞大意謂：

> 我有個夢，吟唱首歌，
> 幫我助我，萬事辦妥，
> 看見神奇，遇見美善，

把握未來，無論勝敗，

真有天使，真有良知，

涉水翻牆，眼前夢鄉。

2021 年　仲夏淡水（比臺北盆地涼快 1.5 度）

註：T-33 Shooting Star，流星式，美國空軍次音速噴射教練機，T-33 之同型戰鬥機為 F-80 流星式戰鬥機，由 Lookheed 洛克希德廠製造。首度試飛於 1948 年，是 1950 年代美空軍主力戰機之一，1958 年宜蘭墜機事故，顯示臺灣當年配備美國主力軍機。繼 F-80 後為 F-84 雷霆式及聞名的 F-86 軍刀式，當時亦為美臺空軍主力，臺海空戰期間，對抗米格機占盡優勢。國軍現在主力戰機為 F-16 之改良型，首次試飛為 1974 年。F-16 雖仍為美國空軍戰機，但纏鬥及炸射性能遠不及 F-18，F-22，F-35。例如第二次海灣戰爭，先由澳洲 F-18 機群掃清伊拉克首都巴格達地面部隊，次日由美國陸軍順利攻入占領。

甘地迎秋

回憶兒時聽大人唱歌，「秋，靜靜地排隊，靜靜地排隊。」心想老師叫小女孩「秋」安靜排隊。長大知道，才不是這回事，而是「秋，靜靜地徘徊，靜靜地徘徊。」

為什麼秋天靜靜地徘徊？因為一年四季，秋最短，最美，人們希望秋留連不去。有人不平，說春勝過秋，說季節如人生，兩頭最重要，春天要歌頌，冬天吃尾牙。這春冬重要的想法，是春季占一年之始的便宜，而冬送走懷念的一年。但並不合邏輯，如果忽視一年的中段，頭尾怎能單獨存在？人生如果只重生死，模糊中段，行屍走肉哪算人生？所以人生要靠中段點綴，有了夏秋，頭尾的春冬才益顯寶貴。珍惜四季就像醫生，掌握生死，照顧中段。近日美國醫學界發表報告，人生創造力最豐富，分析力最強的階段是六十歲到八十歲，八十歲以後仍然興旺，只是體力不逮。雖說六十五歲退休，卻是腦力強盛的年紀。美國人說，拜登老謀深算，這老頭雖偶有失態，卻正在過秋天。

因此一年四季，夏秋地位絕不輸春冬。夏季不需歌頌，自我熱熱烈烈，汗水變成鹽粒。秋姍姍迤邐，調適熱冷，使烈陽不再刺痛，夜涼還不致如冰。這樣珍惜楓葉，讓小女孩靜靜排隊。

老天安排秋負責收穫，人們卻說「秋後算帳」，話難聽。算帳何必等秋末，錢財，情仇，政治，都不該扯上秋。或謂本意是收穫既了，總結收成，檢討盈虧，那就該叫秋末回顧，或檢討收成，

別叫秋後算帳。算帳伴隨欠債還錢，有仇要報，斧鑿很深，非常殘酷，小女孩才不這樣排隊。

來點好聽的，五〇年代黎錦陽譜首輕快歌曲《黃葉舞秋風》，「蘆花白，楓血紅，只怕霜天曉角，雪地霜鐘。」以前周璇唱，到了臺灣紫薇，費玉清，誰都唱。秋風飛舞楓葉，迎來雪地霜鐘，多令人愛惜。記得「媽爸合唱團」(California Dreaming) 嗎？"All the leaves are brown. And the sky is gray." 樹葉變黃，蒼天轉灰。秋天於此，東西同悲。

那年深秋去瑞士小住，日內瓦一座公園秋意甚濃，滿樹金黃，有尊銅像栩栩如生，甘地。金風送爽中，甘地身穿罩袍，捧本書，袒胸盤坐在「楓血紅」中。那本書是他著名的傳記，銅牌上刻著甘地名句：My Life is My Message。

怎麼譯？「我的生命是我的訊息」，還是「我的生活代表我說的話」？然而或許該是，「終生奉行我的旨意」，較能貼切甘地一生追求的。那麼甘地一生奉行，追求些什麼？不妨反思他對人生最憂心的是什麼？甘地說是：

沒有原則的政治，
沒有道德的商業，
沒有品格的知識，
沒有良知的快樂，
沒有勞力的富裕，
沒有犧牲的崇拜，
沒有人性的科學。

甘地是國父，別小看他。國家都有立國精神，印度這貧窮大國也一樣，然而世界兩百個國家中，可有任何一個達成甘地追求

的旨意嗎？深秋的楓血紅，可曾緊拉住秋徘徊？或是樹葉黃了，
又枯，又發芽，要排隊等待來年？嗚呼，雪地霜鐘，秋在徘徊。

日內瓦聯合國總部隔鄰，阿里亞納公園 (Ariana) 甘地像

冷蚌之冬

朋友網路傳來養殖業者冬日取珠的短片。戴手套，穿橡皮衣褲的男人，拿小刀劃開蚌殼，刀尖一挑，蹦出一粒晶瑩的珍珠，冷蚌縮緊身體，抗拒比孕育珍珠更大的痛苦。很快一小盤珍珠在驕陽下閃耀，一大堆張嘴蚌肉不動了，幾隻在做垂死掙扎。

晚上大家共進臺菜佳餚，一盤熱騰騰的炒蛤肉，蒜片，青蔥，九層塔，「老張，趁熱吃。」我說，「謝謝，今天沒胃口。」

其一

空氣和錢幣，究竟哪樣病菌多？

南加州聖地牙哥市，冬季陽光暖烘烘，入夜依然冷。公園木椅上一個街友，穿著厚重舊外套，地上放個鐵罐，身上掛張英語紙板：

新冠肺炎的溫暖

上帝使我減少收入

我卻增加對人關懷

路人掏銅板的不少。有人問他，何不進入市區？他說，「現在市區人煙稀少，公園空氣比較乾淨。」又問他，晚上就睡在公園嗎？他說，「公園夜裡很冷，我進入市區。大樓都有出風口，呼呼送出暖氣。我張開大紙箱，臥在裡面一夜。」又問他暖氣不乾淨，怕不怕會有病菌？「我會戴上口罩睡。每天早上醒來，我感恩，還活著。」這時叮噹，叮噹，硬幣紛紛投進鐵罐。

他又說，「病毒在銅板表面，能存活兩天。我有三個鐵罐，每天輪換用。對不起，你的銅板安排後天花用。」

其二

名聲，留存不久。失去，難得恢復。恢復，不能持久。

2011 年 1 月 3 日，俄亥俄加州首府哥倫布 《先遣報》 *The Columbus Dispatch*，專門發掘社會百態的記者發了條消息。讀者按下網站，一名蓬頭垢面，無家可歸的非裔街友，面對攝影機，站在嚴寒街頭。記者看中他，因為他拿著一塊牌子，腳下一個鐵罐，「請你解囊，我回報以優美的聲音。」

記者開啟錄影機，「你有什麼優美聲音？」 街友清清嗓子，「報告夜間新聞，哥倫布市現在氣溫零下 4 度……。」沉穩，磁性，專業，年輕記者吃了一驚。

「你叫什麼名字？」

「泰德‧威廉斯。」

「你以前做過什麼？」

「很多， 二十年前， 我主持本市 WVKO 電臺夜間新聞節目。」

「你為什麼流落街頭？」

「我沒有錢，沒有家。」

記者帶威廉斯回報社訪問，上網，立即瘋傳。報紙，電視，捐款，工作，雪花湧來。換下街頭的狼狽，威廉斯不只金嗓子，瘦高英挺，應對一流，常識豐富，還能擺出歐巴馬姿態。有了工作和「聲譽」，四年後，威廉斯宣布獨立競選 2016 年美國總統，但斟酌情勢，又宣布退選。他對川普，極度不滿。

　　然而，為什麼會流落街頭？原來 1957 年紐約出生的 Ted Williams，自小醉心廣播，1980 年代終獲主持哥倫布市受歡迎的夜間節目。十年後威廉斯開始酗酒，吸毒。失業使他偷竊，搶劫，被逮捕七次，唯一的結果，流落街頭，直到遇見《先遣報》記者。可惜後來他又飲酒，戒酒，雖然也上節目。

　　命運安排這名「泰德‧威廉斯拯救街友計畫」發起人，與九個子女重聚，還結交了女友。

其三

　　鑽戒，珍貴之物。施捨與高尚品德，二者交集，是禍是福？

　　美國中部大街轉角有個街友，坐在地上，倚靠電桿睡覺，鐵罐很少叮噹聲。突然，叮叮噹噹，一名少婦掏出大皮包裡的小皮包，分分角角，稀哩嘩啦，倒進鐵罐。重擔既釋，輕鬆回家。哎呀，鑽戒呢？結婚鑽戒呢？

　　少婦和少夫出動，掃街去找。兩天後，啊，就是這轉角，就是這傢伙，黑毛線帽，滿臉鬍子渣，胖胖的非裔。少婦說，「先生，前天你坐在這裡，記不記得……」鬍子渣抬頭說，「是啊，我等了妳兩天了！」邊說邊拿出亮晶晶的鑽戒。

　　接續的發展快速，少婦少夫傾囊送給鬍子渣，請他吃頓豐盛晚餐，然後做了兩件有意義的事。首先，帶他去當地九號電視臺。第二天，帶他去銀行開捐款帳戶，設定每日取款上限兩百元。而鬍子渣從幾個工作中，選了健身房夜間保全組長，因為「十幾年前做清潔工時的同事，現在還在。」

　　長久失聯，相距兩個州以外的妹妹給他來了信，「自你十六歲離家出走，幾十年沒有音訊，全家都很想你，特別是媽媽。我們

合資為你買張機票，歡迎你回家看看。」鬍子渣回信道，「很抱歉當年不告而別，我很願意回來，感恩節有幾天的假。我現在有錢，無需你們破費，我自己飛回來，請代訂個旅館。」

2021 年初春　寒風淡水

響尾蛇的家鄉聖露易絲湖

聖露易絲湖具東西之美

　　聖露易絲湖本名聖露易絲水庫 (San Luis Reservoir)，在加州內陸，舊金山東南兩小時高速路車程。它的中文名與加拿大露易絲湖 (Lake Louise) 相近，但是沒有關聯。

　　美國文化東西不同，南轅北轍，比如麻州波士頓富英倫色彩，該市 NBA 數屆冠軍 Celtics 就以古不列顛人為隊名。德州聖安東尼奧西部俠骨柔情，NBA 數屆冠軍 Spurs 就以馬刺為名。佛羅里

達衝浪遊艇，終年短褲涼鞋，是海明威《老人與海》的溫床，海那邊是古巴。蒙大拿是李安《斷背山》的家鄉，夏夜穿皮外套，翻過冰山是加拿大。德州佬說，「我們若獨立，生活比美國好。」加州人說，「加州獨立，世界第六經濟體。」矽谷更進一步，「我們獨立，經濟力世界第十九。」矽谷面積相近雙北市。

聖露易絲湖安靜，因為蛇從不聒噪。「響尾蛇是本地住民，雖有劇毒，但不主動襲擊，除非受威脅，外來客請多尊重。」這停車場的招牌有人性，不用「毒蛇出沒，慎防被咬」。繞湖走走總會遇見，但人蛇相安無事，不見被打死曝曬的。

從舊金山或聖荷西南下洛杉磯，有四條高速路，濱海 1 號，風景優美，有許多「清水斷崖」。101 號很多文化小鎮。99 號是內陸農業區。5 號最快，有兩個景點，聖露易絲湖和哈里斯牧場餐廳。後者是美國西部最大牧場，臺灣的美牛多來自這兒。101 號和 1 號在一處小鎮匯合，以烤豬腿，烤綠番茄，生啤酒聞名。小鎮叫聖露易絲奧比斯波 (San Luis Obispo)，又是個露易絲。

聖露易絲湖的響尾蛇告示牌後面風景很美，腳下是綠草坡，遠處是金色山脈，中間是青翠的湖水。山水相接，暈染和諧，頗有國畫意境。張大千當年住在加州蒙特瑞，畫作不少。蒙特瑞往東一小時車程就到聖路易絲湖，張大千一定不會放過這渲染如國畫的聖露易絲湖，不過作畫時，可要小心「本地住民」。

我們捨不得離開，可惜聖露易絲湖區不設商業餐飲，於是順5 號路再往南疾駛一小時半，來到豪華美麗，現代化的哈里斯牧場 (Harris Ranch)，棕櫚，泳池，藝品店，咖啡廳，餐廳，旅館。餐廳牛排一級棒，想是怕砸牧場招牌。於是我們加入老美老饕，大嚼牛排，有誰理會瘦肉精了？

聖荷西桃花道

　　聖荷西號稱矽谷之都 (Capital of Silicon Valley)，居民百萬，美國第十大城市，幅員廣大，街道密布，能夠出門看見櫻海，桃紅，豔色旖旎，落英繽紛，何其有幸。可惜花越美，季越短，從開苞到凋零不及一個月，所以看花要把握，應了「花開堪折直需折，莫待無花空折枝」。我不摘花，也不折枝，不只因為公德，也因為花葉嬌嫩，離開母樹，活不長久。從沒聽過花市賣桃花的，或花瓶插櫻花的，就因為嬌豔欲滴。

　　然而住美國真在路邊折根花草，沒人理你，公園裡萬萬不可。西方與東方國家的倫理觀相去甚遠，女郎可以在海灘赤裸趴在浴巾上曬太陽，不為非禮，但是穿了睡衣睡褲走上沙灘，可能引起驚呼，妨害風化。

　　我家隔壁巷弄叫柳溪道 (Willow Creek Drive)，路名美化，不見溪流。柳溪道長一公里，不算小弄，相臨五十戶人家，每家占地相仿，都是平房，依據都市計畫和居民要求，建樓要徵得鄰居同意。路尾拐彎九十度，形成小圓圈，四五戶圍居，車子開到盡頭能迴轉，英語稱這種路叫 court。柳溪道沿路間隔種植柳樹，飄揚搖曳。有幾株健壯的棕櫚，加州標準景觀。也有高大的楓樹或松柏，再有，就是較矮小的櫻樹和桃樹了。

　　您不妨閉目，憧憬柳溪道的季節樹相和街景。溫暖的加州天氣使柳樹常綠，入夏飄逸涼爽，入秋金風吹黃，也吹紅了楓葉，

在空中飛舞。冬天松柏傲立，沿人行道鋪滿焦黃松針。春回大地則是白梅與粉紅櫻花桃花的天下，縱非天長地久。這些樹木高矮肥瘦各異，或謙恭俯首，或趾高氣揚，或遮天蔽日，或嬌柔含羞。如此安排人行道，不得不佩服都市規劃者的靈巧心思。他們運用天地造物，當然對顏色有盲點的人無法勝任這工作。

　　春夏秋冬，我們蹬上運動鞋，出門左轉柳溪道，一路到底，連帶巡禮中間非字形短巷，然後轉入另兩條街。一戶前院圍著白長木欄杆，綠草坪上立個鐵鏽大車輪，這「牧場」只缺牛羊，猜想屋主來自農村。一家紅磚房，前院立根高旗桿，星條旗桿頂不是圓球，是隻展翅老鷹，屋主老白男蓄翹尾仁丹鬍，吊帶短褲。一家草皮綠油油，從不澆水，塑膠假草皮，沒見過主人，聞得到傳出來的咖哩香，猜想這家裡燃香，點蠟燭。這樣一條條街，一戶戶人家品嚐下來，約莫 40 分鐘。衛生保健說，每天要走路 30 分鐘。

　　離我家不遠有條聖塔特蕾莎大道 (Santa Teresa Avenue)。特蕾莎是偉大的阿爾巴尼亞裔印度修女，聖塔特蕾莎是地名，街名，或團體名，源於天主教社會。巴西里約熱內盧市郊高級住宅區，也叫聖塔特蕾莎，山頂豎立白色耶穌像，伸展雙臂如十字架，是里約地標。

　　聖荷西的聖塔特蕾莎大街，卻沒有這種氣勢，路中央有一長排桃樹，2 月份突然轉成粉紅一片，非常迷人。我每週三天駕車去聖塔特蕾莎大街，不是賞花，是去 YMCA 游泳。他們的室外泳池不分寒暑維持華氏 84 度（攝氏 27 度），標準水溫。2 月天寒，入水容易出水難，抖擻間奔入沐浴室，熱水嘩啦啦，一陣舒服，然後沿桃花道去吃頓墨西哥玉米餅捲牛肉末，奶油蜆湯配燕麥麵

包，飯後一杯咖啡在手，享受運動舒暢，果腹充飢的矛盾。

　　此刻坐看窗外粉紅桃花，回憶從前住臺北，2 月上陽明山，擠破頭看櫻花。古人說錯話，獨樂樂勝於眾樂樂。

春天的聖塔特蕾莎桃花道

吾家隔鄰秋天的柳溪道

註：美國 2020 年全國人口普查，前十大人口都市依次為紐約，洛杉磯，芝加哥，休士頓，鳳凰城，費城，聖安東尼奧，聖地牙哥，達拉斯，聖荷西。另國人熟悉的舊金山 17，西雅圖 18，華盛頓特區 23，波士頓 24，拉斯維加斯 25，亞特蘭大 38，邁阿密 44，檀香山 56。除以上都市，臺灣移民較多的加州爾灣 64，橘郡 203，而聖塔芭芭拉郡 218，該郡包括庫比蒂諾，巴洛阿圖，山景城等矽谷城鎮。

塔魂

　　臺灣北部面海的山坡上，有座四方塊密閉金色巨塔。不是絕
對密閉，每層四個角落都有小窗，從裡向外看得見藍天，窗子打
不開，倒也能俯視腳下綠地杜鵑花，體會遠方洶湧海浪。住戶閉
目沉思，沒有與世隔絕，仍在人間。

　　巨塔裡住著我最親密的四位長者，父母，岳父母。母親最先
入住，民國 85 年 12 月，一個風雨下午，我們護送她進入金碧輝
煌的地下室，位於那尊不動天王背後，九十六高齡的母親得以安
眠。然後是民國 90 年，也是 12 月，八十三歲的岳母入住五樓。
翌年也是 12 月，九十三歲高齡的岳父陪伴岳母身旁。三位都在同
一個月份入住的機率是 1/144，都在 12 月是 1/1728，這與數學無
關，非刻意安排，也許冥冥中他們自行商訂。

　　岳母林海音女士十三歲在北京喪父，父親是臺灣移居的中學
老師。岳母的母親本籍板橋，無力謀生，帶著五個子女住進鄉親
的晉江會館（即晉江邑館），免收她們宿費。岳母是大姊，在成長
中練習照顧弟妹和母親，如此先天辛苦，後天卓絕的本性，一再
反射在她的整個人生，嘉惠環繞的人們和社會。

　　岳母自力完成學業，做那年代僅見的女記者，嫁到文化世家，
安排弟妹謀生。返歸臺灣家鄉，養育自己的四名子女，把孕育她
成長歲月的經歷，以教育啟發的方式，不著痕跡地鋪陳文筆，揮
灑在薄薄的鉅著《城南舊事》，以及許多動人小說裡，無疆域地在

華文界，國際提升人倫親情。岳母也是報社編輯，出版社長，一再激發像她一樣的作家，例子太多，多言是浪費紙墨。

我先「認識」的是岳父夏承楹先生——何凡，始於他連續三十九年的專欄【玻璃墊上】。學生愛看【玻璃墊上】反映對時事和社會的關心，很多青年如此。我更迷醉於他的詼諧幽默，詼諧使讀者對針砭銘記於心，幽默化解詼諧產生的窄心眼，這功夫勝過俗話，一笑泯恩仇。我曾為文說，「何凡的幽默冒自針尖」，有人問該是筆尖吧，我說寫字當然出自筆尖，幽默卻是文意精華，像注射針頭液體，像當前疫苗，經年累月結晶，點滴在針尖。岳父就是這樣，濟世精華。

我們都喜歡體育和運動，翁婿話題，身體力行。他更關心社會，有次我和經濟部長李國鼎在花東數日，每天晚飯後，李和記者聊天談經貿，他忽然轉頭說，「你岳父了不起。」岳父的案頭堆滿中英剪報，是寫專欄資料來源，李與岳父有互動，交換社經發展看法，這樣互通款曲的受惠者，自然是國家社會，令人佩服。

我的父母半生坎坷，民國38年春節剛過，上海十六埔碼頭的訣別，全家一分為二，只因少張船票，父親留在岸上，沒登船來臺，我們天人永隔，失去音信。我幸運，不只因為來到臺灣，是因為幼小，不知道他們怎樣話別，不能體會大人流的眼淚。父母籍貫北平，我管父母叫爹和娘。有次問娘，爹的模樣，她說我像爹，這話養成我照鏡子習慣，爹小時就是我這樣，以後的我就變成爹。

爹是中學老師，和黨政軍商毫無關聯，娘把盤纏留給爹，想是顧慮他的孤單處境。來臺灣後，我們先住在剛結婚的大姊家，後來搬去二姊家。娘很辛苦，爹必也一樣，但全家沒人用悲情字眼形容。娘生六個子女，衛生環境只活了一半，我是最小的，出

生時娘已四十歲，在那年代生育，孩子還活了下來。娘的茹苦含辛，在下半生沒有家當下，養育我成長，如今自己漸老，回首老母，恍如昨日。

兩岸隔絕，直到我去澳洲政府工作，才出差大陸。順道尋父無結果，回來文章迴響大，獲文學獎，國家大學 ANU 發表，作為研討題材。隨後在岳母鼓勵，大陸親友協助下，竟然找到解放之初，爹被迫重讀大學的資料和照片。據此溯源而下，一年年大江南北，一番番整肅文革，爹的奮鬥，叔叔的諜報，奇蹟更似神蹟，最終，爹被集體掩埋。我身懷他的五本手跡回來，燈下研讀，一篇篇隱喻，一頁頁彩繪，那些兒童，花草，孔雀。爹的孔雀，始終沒有開屏。

我們把爹的手跡護貝，送上金山，陪伴娘身旁。爹最後半年，寫過四封信到臺灣，沒有回音，吐血而逝。我設想那些信，若非投進郵筒，沒出國門，就是來到臺灣，投遞無門。

北京外語教授夏祖煇有感爹和我的故事，說他要問一聲，「我們的骨肉手足，有什麼過錯，要受這樣的懲處？」又說，「好了瘡疤忘了痛，穿著新鞋走老路，這種事，不容重演。」臺灣的季季評論爹和我的故事是「個人與歷史和解，血肉與血淚和解」。她說爹的雙身船偵探一般 「淒涼中感受熱度，微微炭火在閃爍」。我寧捨棄家國，往小看爹，他犧牲自己，成就全家，偉大超越衣冠塚。

宇宙中星球的光和影，要走無數光年，才到我們眼前，縱使那星球早已殞滅，我們還能感受它的燦爛。爹和我的童年影像，折疊紙船的歡樂，一定走到宇宙某處重現了。娘，岳父母也一樣。

今年清明節，農曆還沒出 2 月，杜鵑花還沒謝，金塔的精靈，在與花競豔。

冬雨淡水

冬日淡水十五樓，寒風習習，斜雨陣陣，五十年的情懷。

古人伴眠

那年夏天，從馬祖無水無電的小島服完預官役回來，政大管起予教授囑我到他家住幾天，共商謀職大計。管府在指南山下，教員宿舍狹小，沒有冷氣，夜晚挪開客廳桌椅，他拿出兩張單人蓆，鋪在塑膠地磚上，我們就睡在蓆上，頗為涼快。白天共商戰略，晚上出外搭檔賽橋牌，日子愜意。

管師母的臺菜做得很好，吃在口中有如天饌，遠非部隊饅頭，山坡野菜，倚槍而臥的滋味。早上陽光射進客廳，傳來管教授三個公子的老二練琴聲音。我對莫札特不熟，但是睡醒有老莫陪伴，好似天籟。如今不知道，臺大校長管中閔還拉不拉小提琴了？

幾天後，我一到南投大姊家，就接到管起予教授限時信，「我為你安排了淡江中學教高中國文，若來得及，禮拜天晚上九時前，到教務主任家報到，第二天開學第一節就是你的課。若來不及，第一節由人代課，這件事就作罷了。」一夜睡得很不安穩，無法確定這第一節課的課文，文言文裡有沒有生字，這風險高過馬祖服役。管教授對我有信心，我自己沒有，不同打橋牌。

清晨提著還沒打開的行李上路，從南投到臺中，搭火車到臺北，再轉火車到淡水，坐三輪車，細雨中到淡江中學教務主任家，

已晚上十點。「我以為你不來了。」他遞下來課本，我忙翻開第一課，還是韓愈〈師說〉，這篇我能倒背如流，老天真是有眼。他臨時安排的小房間，讓人一夜安眠。

　　清晨風雨清爽，和學生共進早餐，進教堂禮拜。芒刺既去，內心舒暢，我挺直腰板邁入教室，師生相對鞠躬，高中生很多比我高大，我一言不發，扭頭在黑板寫下三個大字：張至璋。轉身指著第三個字問學生，「誰知道這字的意思？」就在大家愣住時，我說，「好男兒。我們都是好男兒，好男兒要了解自己的文化。念通國文，聯考最容易得分。」我自忖，第一副牌看來贏了。

　　下課回到住處，窗外濕草地上，樹立若干十字架，都是英文名字，一人大名鼎鼎，馬偕。原來古人伴我一夜，怪不得安眠。

崔小萍關進去了

　　第二年我考上中廣記者，第一個先去報告管教授，他說，「新聞是你的志業，你當然該辭去淡江中學。」我如釋重負，揮別淡中八角樓風雨，進入新公園中廣小樓。只是，教室大朋友會不會想，老師鼓勵我們讀國文，怎麼自己先落跑了。管教授說得沒錯，新聞真是我志業，聯考第一志願政大新聞系，第二法律系，第三臺大政治系，結果按成績念了法律系。大一學生愛論聯考分發，我說，聯考我若多七分就進新聞系，少八分就念臺大政治系，現在念法律，心情七上八下。

　　法律不是不能念，但我終究沒通過高考，否則不是當法官就是律師，努力點能去爭國家大位，若真這樣，挨罵機會

面對西方煙雨淡水，取景自淡水新市鎮社區十五樓，高爾夫球場上（袁憶平攝影）

也多。中廣四年像天之驕子，兩份收入，每天早上主持《早晨的公園》，下節目當一整天記者。節目部經理王大空，新聞部經理張繼高，採訪主任洪縉曾，他們當然商討過誰主持這中廣招牌節目，也必然得到總經理黎世芬同意，關鍵在於是否把我改調節目部。我說，我考進來是做記者，不是要主持節目。這句話攻不破，註定了我跨新聞和節目二部，也使公司每天早上六點派車接我，怕睡過頭，現場節目開天窗，《早晨的公園》七點到八點。王大空說了句，張至璋膽子大。

那兩年每天六時趕赴播音室，主持《早晨的公園》後接著採訪新聞。晚半天要在新聞發完錄音剪輯做好後才下班吃晚飯，總在七八點鐘，是該與女朋友會面的時間。妻當年一定體諒過我的遲到。

膽子大不大，很多男孩子常會自問。中學以前我膽小，但是有幾件相反的事，我害怕上課遲到，也不敢和同學比賽騎車飛奔，但卻盼望蹺課，騎車去遠方看電影。我怕死亡和分離，可是喜愛實彈打靶的軍訓課。我拙於和生人交際，但是喜歡參加演講類的競賽，場面越大興致越高。這種兩極對撞的個性，使人迷惑，直到大學，直到結婚，才互相妥協。相對論中的時間和空間是互相作用還是互相磨合？南極北極兩頂點永不見面，可是現在它們很快融化，你舀起一瓢海水，如何分辨來自南極北極的成份？

不久接洪縉曾的是美國回來的楊本禮，他和周嘉川在年初結婚，我和祖麗在同年底。聖家堂裡我們是楊、周的伴郎伴娘，另一位伴郎是後來的外交部長程建人。我沒辜負中廣，1970 年大阪萬國博覽會場，彩紙千羽鶴漫天飛舞，場外雪花飄揚，開幕實況轉播使我從文化局長王洪鈞手中，為中廣拿到金鐘獎，王是政大

新聞系主任。白銀錄製了前言，「中廣以此節目參選，是因為轉播記者克服了廣播先天上沒有畫面的缺憾。」臺視和中視也作了博覽會同樣轉播。那是臺灣第一次派記者出國作衛星轉播，前一年的臺中金龍隊得世界少棒冠軍，是臨時請美國之音記者為中廣客串。

有件事，崔小萍關進去了！聽眾來信問我，猜謎晚會出題人王大空，風傳也進去了？這問題難在節目中回答，聽眾可能不信我說的。我想個法子，請王親自上《早晨的公園》出個謎面，節目結束前由他親自宣布謎底，謠言一舉攻破。這令人想起馬祖退役時，也有場類似把戲，馬祖司令苟雲森將軍設宴歡送預官，他以馬祖北方的高登島為名出上聯，對出下聯的人有獎。第二道菜沒上，我對出來，上臺領獎。苟將軍的上聯和我的下聯是：

上聯：高登高，登高登，人高志。

下聯：北平北，平北平，國北定。

我能對出來，沾了籍貫的光，其實我在南京出生，在臺灣長大。我的國語得自父母，純正的北平人，沾光也因念女師附小參加演講和作文比賽。多年後，雲林籍的陳東榮教授，他的國語標準，說是從小聽我節目學的。我和陳認識始自參加坎培拉，國立澳洲大學的一場學術研討會，有趣的是他後來和祖麗結為遠方親家。陳在美國研究非裔文學，曾任臺灣的駐紐約及駐澳洲文化中心主任。

有件有趣的事，我每天清晨被叫醒下樓，空著肚子去新公園主持節目，下節目穿過真正的早晨公園，去衡陽街三六九老店享受早點。公園裡豎個擴音器播送中廣節目，不少人晨運遛鳥，有個老者剛打完太極拳，我說，「老先生，身手很硬朗啊。」他笑

笑，指著擴音器，「你的聲音不錯，將來也能主持《早晨的公園》。」我沒回話，對陌生人保留個祕密，快感油然而生。

《早晨的公園》以談話為主，我設定主題為社會，人生，國內外新聞，風格好似空中談心。廣播雖是單向，但聽眾會以電話表達意見，寫信反映心聲，他們多為辦公，經商，學生，主婦，有一定水準。我的主持得利幾點，自己採訪新聞，也關心時事和人生，能把握節目水平和正確性。而祖麗的父母，我後來的岳父母，是文化，新聞，寫作界翹楚，他們的專欄，思想觀念前進，正確，振聾發聵。經林海音女士介紹，我遍訪文學和文化界人士，例如我安排琦君女士每週談詩詞意境，也請管起予教授固定談經貿發展。但岳父母從沒上過我節目。

《螢光夜話》

三六九點心附近環繞中央機構，總統府，國防部，中央銀行，遷建前的外交部，籌備中的賦稅改革會，美援停後的經合會。很多官員首長早上先吃三六九湯包，炒年糕，原盅雞火麵，才去辦公室，我認識他們，他們不認識這小記者。有次和來自美國的賦改會主委劉大中博士交談，他囑咐三六九為我付了帳，此後我入店前要眼快，迴避白吃的早餐。有人認為這是攀附的機會，可是我覺得不妥，否則記者會上如何詰問官員，萬一冒出來不名譽的事，是評還不評論？

這看法後來在岳父夏承楹先生（何凡）身上得到驗證。當時我是華視晚間新聞主播，後來擔任新聞主編，幾任總經理和新聞部經理曾文偉，都要求我請岳父在寫【玻璃墊上】之餘，主持新聞評論，岳父總是婉拒，「你就回總經理，電視靠廣告收入，也不

能得罪黨政軍和民代，我的專欄常評論經濟民生，政府施政和民代毀譽，電視臺能忍受嗎？」曾有記者訪問我，結婚是否因為景仰岳父，我回答，「人有時想不到會中獎的。」問我長期從事新聞景仰誰，「內舉不避親，岳父。外國是水門案的兩名記者。」岳父長年寫【玻璃墊上】專欄，對社會的建言，人民導引，政府監督，不在話下。《華盛頓郵報》記者冒著龐大政治壓力，揭露總統失德，尼克森因而辭職。

　　提到政治壓力，一生從事新聞和評論，對「白色恐怖」一詞的誤用，很感痛心。早先並沒有這詞，初見是專指有關臺灣實施完全民主之前的訓政時期　（不妨以 1996 年直選為訓政和憲政的分野），甚至回溯到國民政府遷臺之初，為「肅清匪諜」所做的正確或不正確措施，例如崔小萍事件。如果把一般維護治安的事都稱作「白色恐怖」，是誤用，才恐怖。

　　1979 年高雄發生美麗島事件，華視想做有益臺灣民主發展，有助社會和諧的政治評論節目，在晚間八點黃金時段播出，一連四天，雖然這樣做有損商業利益。我當時負責新聞製作部門，參與了該節目策劃，並擔任四天的主持人。

　　我認為，臺灣正值訓政走向憲政當口，社會要求民主殷切，暴力隨之而生。美麗島是民主與暴力混合物，法治有所抑止，政治則有所容忍，二者不必混談主從，該從政治和新聞宏觀面看。尤有重者，美麗島之於臺灣，需把視野擴大到與對岸比對，並非競賽。鄧小平掌政權，伴隨的是改革開放，未來的威脅不僅臺灣，是國際，這是競賽。我主張新聞評論節目要把對岸發展拉進來比對，也把黨外（後來民進黨）大幅拉進來同座討論，重點不是表面的暴亂，臺灣朝野在思想上要大氣，新聞該勇於做先鋒，我在

節目裡一再申述。

　　四十年前，這是很大膽的前衛觀念，獲邀參加節目發言的，各黨派族群都有，後來不乏成為社會主流，政府官員。我策劃，主持，節目每天下午錄影後，立即和經理金永祥剪接內容重複或整理儀容等不需播出的畫面，當晚播出。有次八點鐘播出的三十分鐘錄影帶，是剛剪好當天下午錄影的上半段，八點半要播映的下半段還在剪接中，所以這節目的錄影，剪輯，播出，極為緊湊，工作人員沒時間吃晚飯。《螢光夜話》得到新聞性節目主持人金鐘獎，我非常欣慰，不是為自己，是為參與節目人士的言論得到金鐘獎社會評審人士的肯定。有人質疑，那時代新聞節目要先送審，特別是《螢光夜話》這種新聞政治性節目。我回答，「不對，這個節目根本沒時間送審，就算送審刪減了參加者的發言內容，他們會大力抗爭，可能又會是場美麗島，不是製作主持節目的本意。」

所得與所失

　　1986 年我辭去華視新聞評論和行政工作，前往澳洲國家廣播公司，擔任海外部新聞主編，兼任《讀者文摘》翻譯工作，直到退休。2010 年我們搬到加州，與祖麗手足四家住在灣區，我加入撰寫《世界日報》專欄十年。去年疫情嚴重，我們回到臺灣，也下決心搬來淡水，安享雨露。有人說這是落葉歸根，這樣說應加解釋，我在臺灣工作二十年，出國三十六年，不但保有中華民國籍，也保有戶籍。二十多年前臺灣開始實施全民健保，我們自始按月繳交臺灣健保費用，雖然全家早已享受澳洲健保，因為我們心中已定歸宿，總要回到臺灣。永遠記得老師在畢業紀念冊上的題言，「人無遠慮，必有近憂。」

　　1997 年我們在墨爾本舉辦三天 「中華文化與移民文化研討會」，三十位國際學者作家參加，我是主席，祖麗負責議程，也各自發言。大英國協作家獎得主，艾列克斯米勒 (Alex Miller) 提出個問題，「人的歸屬和本質在哪兒？移民社會裡，家的真義在哪兒？」我的回答是，「對移民來說，人的本質是文化。在移民社會裡，家的真義是四海。」 研討會後出版雙語文集 《文化跨越》 *Chinese Cultures in the Diaspora, Emerging Global Perspectives on the Centre and Periphery*，寄贈世界著名大學研究移民文化的圖書館。

　　淡水有古蹟，淡水河，觀音山，漁人碼頭，詩情畫意，滋生愛情。那年和妻剛認識，我帶她去淡水，也是火車，也是三輪車，我們不遮車子雨棚，怕擋住視線，紅毛城，古砲臺，淡江中學八角樓。在她來說遊淡水是新鮮，我是強項。一年前管起予教授一百歲，我們去臺北拜望，他拄拐杖起身，我忙扶他坐下，他說，「夏祖麗，妳還是那個可愛的小女孩。」管師母拉著祖麗的手沒放過。一回到加州，驚傳管教授離開人間，我們那天的合照是他一生最後身影。恩師，恩師，我頓有所失。

　　淡水有雨，但是雨過天晴的落日最美，染紅青天。如今搭輕軌能直達漁人碼頭，左邊淡江大橋正在興建，右手情人橋綿綿細語，腳下木板登登響，頭上彤雲捲捲滾。臺北的腳踏車道國際馳名，起點就在淡水，但是我想，怎麼沒有人興起念頭，重啟淡水三輪車呢？

2021 年　冬雨淡水

我見證乒乓外交

　　近年「戰狼外交」,「氣球外交」炙熱,當年所謂「乒乓外交」已歷五十二年。

　　回憶 1971 年中華民國仍與美日歐澳維持外交關係,當時中共力求擺脫文革的不良國際形象,亟欲和西方建交,桌球雖非國際熱門,卻是中國運動強項,即使當年他們尚未參加奧運,但是小白球衝出鐵幕,很是吸睛。四月間大陸邀請美國桌球隊訪問北京,遂有翌年尼克森回訪大陸。十月間臺灣退出聯合國後,數年內中國桌球隊造訪各國,幫助中共一國國建交,國際稱此為「乒乓外交」。

　　澳洲屬大英國協,是內閣制的社會福利民主國家,自由黨連續執政二十三年,1972 年底的大選前,在野的工黨聲勢很盛,民調大幅領先,工黨如果在大選獲勝,黨魁惠特蘭 (Edward Gough Whitlam, 1916－2014) 就是總理,實質的國家領袖。惠的競選外交訴求是,與中華民國斷交,和中華人民共和國建交。七月間臺灣獲悉大陸派出國家乒乓隊訪澳,增長工黨聲勢,幫助勝選。緊急之下,執政的國民黨中央和外交部組織國家女子籃球隊,趕在中共乒乓隊之前,抵達澳洲比賽,希望搶得國際宣傳先機。

　　籃球在亞洲是熱門,當年大陸還沒進入亞洲籃壇,臺灣男女籃球隊在亞洲很紅,澳洲剛開始發展籃運,臺灣派國家女籃隊訪澳是招好棋。因為時間來不及辦選拔賽,便以女籃冠亞軍國泰和亞東二隊好手組成聯隊,隊員包括梁美雲,應莉莉,莊瑞美,王

冷，陳素貞，許素貞，陳美枝，洪玲瑤，以及其他好手，教練由國泰洪金生擔任，領隊是臺灣中小企業協會理事長劉今程。由劉任領隊，當是考慮他的民間身分。

當年出國手續繁複，辦澳洲簽證尤其麻煩，執政的國民黨中央五組（後來的社會部）主任詹純鑑，協調外交部和澳洲大使館，居然在三天內幫兩名華視記者辦妥簽證，我和攝影記者李光國成為獨家隨隊記者，在乒乓隊之前到達澳洲，播出比賽實況，提高臺灣女籃隊在澳洲的聲譽，有助親臺灣的澳洲自由黨選情。

英國人稱澳洲 Down Under，雖然戲謔，不無道理，因為世人「下去」那兒的不多。飛雪梨的波音 727 上，臺灣的女籃球員，職員和記者，占了一半座位，大家嘻嘻哈哈。我心想，她們的任務很重，競賽的對手不只是澳洲籃球，更是對岸桌球。

照安排，先在雪梨比賽四場，再去其他地方賽，最後回雪梨再賽，然後飛紐西蘭。雪梨的四場比賽臺灣女籃全勝，澳洲各報和電視大幅報導。每場比賽的中場臺灣女籃不休息，唱歌娛樂觀眾，賓主一片歡樂，出盡鋒頭。然而大家心中有塊烏雲，大陸乒乓球隊就要來分庭抗禮了。

賽了兩場，中共乒乓隊抵達雪梨，澳洲電視轉播他們首場比賽，我們在螢光幕前靜觀。比賽前先由中國領隊致詞，他開口就說，「我知道有一個敵對體育團體，已經先來到悉尼比賽，這不是澳大利亞待客之道，我們嚴正抗議，宣布罷賽，直到臺灣團體離開為止。」接著，他竟率領球員離場，不比賽了，讓買了門票的觀眾一陣錯愕。

臺灣駐澳洲大使沈錡為女籃訪澳，忙碌盡責，當晚沈邀集總領事，領隊，教練和我到他房間開會。大家興奮地談論臺灣比賽

勝利，澳洲媒體大肆宣傳，以及中共的突兀行為。記者無大小，我起身說，「我們還有兩天就要離開雪梨，乒乓球隊巴不得我們趕快離開。我建議，不如改變行程，我們留在雪梨不走。雪梨有很多女籃隊可以安排加賽，觀眾和新聞界也樂得看這場熱鬧。我們不走，他們就不賽，把難題留給乒乓隊。」

這回輪到大家錯愕，沈大使看看總領事和女籃領隊。領隊沒有意見。協調賽程的總領事說，接下來首都坎培拉和墨爾本的比賽，澳洲方面已經排定，票已賣出，突然改變賽程，會為難主人。我解釋，「是中共罷賽為難主人，不是我們。他們沒邦交，做得比我們還凶。臺灣向惠特蘭和澳洲人表現強度，這是唯一機會，外交為要，不要錯失。」沈錡說這建議很好，大家研究一下。

第二天吃早飯時，劉今程過來，盡量平淡地對我說，我們照原訂行程去坎培拉，不留雪梨。有個隊員知道這插曲說，「張記者，你好凶。」我說，「我不凶，是對方凶，乒乓隊罷賽，是他們不顧地主面子。」有個澳洲記者訪問劉今程，又過來問我，我說，「正如領隊說的，他們是小球，我們是大球。」那記者笑笑，我加一句，「他們是不好看的男生打球，我們是好看的女生打球。」他大笑。

我心中卻想，假如女籃隊真僵在雪梨不走，一場場的比賽歡呼，一篇篇新聞發酵，難看難捱的會是乒乓隊。但是你人走了，就讓出場子了。離開雪梨後，我留意澳洲的報紙，他們對兩支球隊都正面報導，但乒乓隊說，他們趕走了臺灣球隊。隨後的一個月，女籃隊在坎培拉出賽，乒乓隊在雪梨。女籃隊去墨爾本，乒乓隊在坎培拉。女籃隊跨海去塔斯曼尼亞島，乒乓隊遠飛布里斯本，乒乓隊一直追隨女籃隊路徑。自從出現乒乓罷賽風波，澳洲

在安排上煞費苦心，誰叫你們冤家不聚頭呢？

　　那年七月我赴澳洲採訪時，祖麗正待產頭胎，估計兩週後生產，正是我返臺時刻。祖麗在新聞界聞人張任飛創辦的《婦女雜誌》任編輯，王力行在張創辦的《綜合》任編輯，嵇燕兒在張的《小讀者》任編輯。巧的是這三位女編輯同時請產假，預訂同一個月生產。少了三員大將，難想像張任飛怎麼能順利出版三份雜誌的。

　　我到了澳洲才知道，女籃隊訪問澳洲後，要延長訪紐西蘭和印尼，全程一個半月。將在外，身不由己，當時還沒有網路傳遞，只靠勤於打國際電話和臺北家中聯絡。當我在澳洲布里斯本時，得悉大兒在臺北出生，岳母林海音女士關心女兒外孫，把母子接到娘家坐月子，我回到臺灣才把他們接回家。國家對抗乒乓外交，我把全家人槓了上去。

　　1972 年底惠特蘭上任，和臺灣斷交，紐西蘭、印尼跟進，那些年臺灣受制乒乓外交，在國際黯淡。1976 年蒙特婁奧運，中華隊接到加拿大邀請函，卻不獲簽證，受阻門外，隨後國際體育組織一一仿效，排除臺灣。1978 年卡特無預警，宣布與中華民國斷交，和大陸建交，臺灣外交和體育的國際關係，跌入谷底。

　　危機當真轉機。1979 年我負責華視新聞製播工作時，忽然找我兼任中華角力協會理事兼副祕書長，任務是規畫重返國際角力聯盟。在我關劃下，經過五年的波折和努力，結交許多國際角力界重要人士，包括國際和美國角力聯盟祕書長，最後國際聯盟開會，臺灣終於成為會員。

　　1986 年我辭去華視的工作，進入澳洲國家廣播公司，擔任新聞主編，兼任《讀者文摘》翻譯，直到退休。在澳洲那二十四年

跑遍各地，都是當年女籃比賽過的地方，「乒乓外交」雖然早已遁入歷史，心中感受依然新鮮。

　　丘逢甲的〈離臺詩〉中說，「孤臣無力可回天」，又說，「捲土重來未可知」，不知古人的話是否應驗今世？

聯合國的斷腿椅子

總部前的斷腿椅子

　　近年臺灣加入或重返世界組織呼聲很高。國際組織規模最大，影響力最大的是聯合國，世界大多數國家是會員，不幸五個創始國之一的中華民國，在 1971 年聯大開幕日被迫讓出，不只地位讓出，現在還要否定你的存在，冤屈深藏了半個世紀。臺灣想重回聯合國困難，因為要得到過半數會員國同意，而且會有常任理事國否決。

　　聯合國轄下的機構組織，研究訓練，基金開發計畫，區域和專職委員會，非常詳密。紐約聯合國祕書處廣場上有個巨大銅雕手槍，槍管打個結，象徵摒棄武力，但是和平解決爭執是聯合國最難達成的政治目標。日內瓦聯合國歐洲總部廣場有個巨大斷腿椅子，說明聯合國的目標是努力維護世界的完美。 椅子靠四隻腿支撐平衡，人坐在上面才安全，世界的缺陷很多，就像椅子斷了腿。

　　日內瓦總部入門處有個彩色大牌子，以符號和文字說明聯合國的十七大目標：

1. No Poverty 消除貧窮
2. Zero Hunger 解決飢餓
3. Good Health and Well-Being 健康福利
4. Quality Education 優質教育
5. Gender Equality 性別平等
6. Clean Water and Sanitation 衛生飲水
7. Affordable and Clean Energy 乾淨廉價能源
8. Decent Work and Economic Growth 正當工作與經濟成長
9. Industry, Innovation and Infrastructure 工業改革與基礎建設
10. Reduced Inequalities 降低貧富懸殊
11. Sustainable Cities and Communities 都市社區永續發展

12. Responsible Consumption and Production 良知性消費生產
13. Climate Action 改善大氣
14. Life Below Water 保護水中生物
15. Life on Land 拯救陸上物種
16. Peace, Justice and Strong Institutions 和平，公正及有效制度
17. Partnerships for the Goals 團結合作邁向目標

聯合國的十七個目標

　　聯合國把這十七項，綜合列為永續發展目標 (Sustainable Development Goals)，意味不會因一時達成目的而廢棄永恆發展。

　　這些發展目標都切合時宜，且有成效，但執行屢見偏差。例如重要組織聯合國開發總署 (UNDP) 的工作為調查研究開發中國家，並著手執行政府及民間建設，包括維持和平，重建秩序。維持和平常須動用軍力，重建秩序必須推動民主選舉。聯合國沒有常備軍，和平維持軍都是雇傭兵，戰力和水準不一，雇傭文職人

日內瓦聯合國歐洲總部

員一樣，容易滋生弊端，效力不彰。

　　即使力求守法公正，但是往往受到政治干預或影響。多年來會員國常詬病，常任理事國代表性不全，卻擁有否決權，事情照其利益決定。前兩年的例子，美國認為對世衛捐獻最多，世衛卻反向美國而行，因此美國停止捐獻，揚言退出。但是美國的退出，反而讓世衛的反美派得逞。此外南北蘇丹常年爭戰，緬甸政治妥協下發生滅族屠殺。地球大氣破壞，不釋放碳氣的小國受到威脅最大。這些現象如同該是會員的國家，卻因政治因素被逐出一樣。

　　從而，紐約的「打結手槍」，日內瓦的「斷腿椅子」，成為聯合國的諷刺和自我警惕。

詹森珍藏蔣公彩陶馬

詹森紀念館展示的 1960 年代白宮總統辦公室

　　美國第三十六任總統詹森去世後，人們在其家鄉，德州首府奧斯丁 (Austin) 的德州大學奧斯丁校園內，蓋了座內藏豐富的詹森紀念圖書館。美國僅有少數總統有紀念館，詹森立館顯示美國人對他的崇敬。詹森紀念館中展出蔣公當年送給詹森總統的兩座彩陶馬。

　　1963 年 11 月 22 日甘迺迪總統遇刺後兩小時，副總統詹森在華盛頓趕往出事地達拉斯的總統專機空軍一號上宣誓繼任總統。隔年他代表民主黨選總統，囊括四十四州四百五十九張選舉人票，共和黨候選人高華德只得到六個小州的五十二張票，詹森是真正的「雪崩式勝利」。四年後他不尋求連任，退出政壇。

　　詹森任職總統的時間不長，但政績斐然，歷史留名，影響至今。主要包括推動民權法案，賦予黑人投票權，號召奮戰貧困，強化醫療，改制教育，增進環保，並壓制強勢政客。這種革命性作風好像是他出身微寒，事實不然，詹森父親有片牧場，當地一個市鎮還以詹森叔叔為名。詹森二十七歲時就被羅斯福總統任命為美國青年部門德州負責人，二十八歲就當選眾議員。德州是共和黨大本營，民主黨鄉親詹森贏得德州佬極大尊敬。

　　正義感強烈的詹森內政顯赫，但處理越戰褒貶不一，他極力保衛越南政府，對抗瘋狂進攻的越共，把駐越美軍從一萬五千人增加到四十五萬，主要是地面戰鬥部隊，他還下令地毯式連續轟炸北越，想徹底消滅越共。但也就是因為越戰，美軍和財力損傷過鉅，詹森明哲保身，不尋求連任，尼克森得以入主白宮，得以退縮越戰，得以私通中共，最後自己因水門竊聽案被迫辭職。

　　中華民國臺灣過去傳統上喜愛共和黨，認為共和黨才反共，但那段時期反共最強的是民主黨，甘迺迪幾乎與蘇聯核子開戰，詹森猛打越共，共和黨的尼克森卻一直傾心中共，還派國務卿季辛吉偽裝肚痛，瞞過各國和新聞界，飛往北京，為與中華人民共和國建交，與中華民國斷交鋪路。當年蔣公並未情有獨鍾共和黨，他派副總統兼行政院長嚴家淦，在 1967 年 5 月 6 日，率重要閣員李國鼎，陶聲洋，沈錡等人訪問美國，重點就是會晤詹森總統。

我想如果詹森連任，尼克森沒上任，越戰美國可能會勝，會貫徹反共，歷史不會是現在這樣。

詹森紀念館珍藏蔣公贈送詹森的一對彩陶馬

　　奧斯丁位居德州中心，是首府，德州第四大城，僅次休士頓，聖安東尼奧和達拉斯。奧斯丁的教育人文水準高，音樂藝術昌盛，市容既有美國西部和南方古樸風味，又有最現代化的建築文明，很吸引人。詹森紀念館是棟圖書館，底部樓層一個區域有些玻璃櫥櫃，陳列人們送給詹森的禮品。全世界送美國總統的物品何止千百，但是詹森紀念館陳列的只有二三十件，嚴家淦代表蔣公致贈的兩匹仿古彩陶馬，顯著地以專櫃保存，並附有嚴家淦與詹森

在白宮庭院會面照片以及對彩陶馬的解說：「紀元前 2 至 10 世紀西周與東周時期，墓穴不再以生命陪葬，改為雕塑品。唐代更制定依死者身分，規定陪葬雕塑的大小和數量，美麗炫目的彩陶因而大行於世。此為 1967 年 5 月 9 日，中華民國副總統嚴家淦代表蔣中正總統，贈送之兩匹彩陶馬。」

　　詹森總統重視的當然不只彩陶馬，他重視那段中美友誼，兩位領袖的反共情誼，時隔半世紀，在奧斯丁市保存下來，世事滄桑，能不令觀者動容？

註 1： 嚴家淦副總統 1967 年 5 月代表蔣中正總統訪問美國，會晤詹森總統，致贈彩陶馬。詹森總統 1973 年 1 月 22 日去世，時已卸任總統。1978 年臺美斷交。作者 2007 年參觀詹森博物館，館內人員表示，外國元首贈送詹森的紀念品，只有少數展出，並無輪換展出計畫。據此判斷彩陶馬展出多年，似乎未受政治外交壓力撤除展覽。

註 2：詹森以推動民權法案，增進衛生，教育，公共服務著稱。在國際政治立場非常反共，打擊越共。蔣中正贈送彩陶馬，表彰自古不以生命陪葬，以雕塑的形體陪葬，也是對生命和民權的尊重。此外蔣詹均以反共者著稱，彩陶馬正在奧斯丁詹森紀念館得以長期保存展出，自非偶然。

蔣家菜的經歷

　　這張照片攝於距今十年前，澳洲墨爾本郊區的一家中餐館「蔣家菜」，Post-Chiang Cafe & Bar。「蔣家菜」只存在兩年，我們曾「慕名」去品嚐。

　　大墨爾本區人口四百萬，熱鬧在東南郊區，有很多小市鎮，其中 Box Hill 華人很多，老僑稱其「博士山」。我家離博士山不太遠，開車 15 分鐘，無需上高速公路。去那兒多半為買菜，順便吃

小館子。有個高爾夫球場，只有九洞，是一般十八洞的一半，很
適合時間不夠打十八洞的人。我退休後有時去打，兩個半小時後
去游泳，伸展不同筋骨，舒暢無比。

　　我不去健身房，健身房再大也是室內，空調再好也是「集體
仰息」。高爾夫不一樣，頭頂藍天白雲，腳踏青青綠草，球道兩旁
都是成排的澳洲尤加利樹，偶爾有袋鼠蹦過，水鴨一字橫越是常
事。聽說佛羅里達偶爾遇見鱷魚，內華達要小心踩到響尾蛇。

　　人們說游泳這運動最好，不游泳不能體會 360 度伸展四肢或
立體翻滾的樂趣。有人認為游泳池裡放了氯，漂白水，讓游泳的
人吸進肺裡，但是空汙的浮懸粒子和化學物更加嚴重。總之買菜，
下館子，打球，游泳，我們常經過博士山十字路口的「蔣家菜」，
巨幅蔣公像側頭總是在向我微笑。

　　我們忍不住進去了。以小吃店來說，餐具桌椅堪稱講究，以
大餐館標準，並不豪華。進門有面牆上放大裱著蔣委員長當年在
大後方對群眾號召，「以時間換取空間，爭取抗戰最後勝利。」蔣
身著軍服，胸前斜肩皮帶，握拳高呼，其勢凜然。蔣的話語以中
文和英文印在畫面空白處，澳洲人紛紛挑選蔣肖像下的桌子，吃
飯喝酒，談笑風生，陶醉在蔣公瀟灑的威權下。

　　我們看菜單點菜，發現多半是酸甜肉、檸檬雞、醋溜魚這類
唬弄西方人口胃的菜，非常懷疑蔣老以前住在士林官邸，喜歡酸
酸辣辣，多油多鹽，大量味精的玩意兒嗎？就在我們的舌尖被麻
醉後，一名黑西裝，黑領結的中年男人過來禮貌地問，「菜色還合
意嗎？」我回答，「很下飯。」下飯是真心話，如果嘴裡沒有一大
口飯，那肉太甜，雞太辣，魚太酸，需藉飯來調和。

　　我問老闆是否臺灣來的，他回答浙江來的，沒去過臺灣，但

和蔣介石同鄉。我問他是否認識蔣，他說沒見過，但凡是浙江人都喜歡江浙菜。我告訴他，臺灣有很好的江浙菜和點心。我問他餐館為何以蔣為名，他說，蔣愛吃的江浙菜，大家都愛。此外他說喜歡蔣介石，不喜歡毛澤東。這是句討好話，我於是付帳外出，以時間換取空間。

這經歷本不值為文，但蔣老一定不知道遠在南半球，多年後曾有人以他招搖，也曾有人不幸接受了招搖。

史丹福的校園雕塑

　　美國的名校會在暑期成為 「旅遊景點」，人手一台相機，iPhone，iPad，selfie。花巾迤地的老奶奶摟著 NBA 衫的孫兒，豎起 V 手勢。 老爺爺笑出黃板牙被孫女攙著 ，驕傲地站在星條旗下。起亞車中鑽出老紳士，新婚孫兒孫媳讓他立中間。一對情侶，刺青彩髮，熱褲三寸鞋，挨著英文校牌，感染書卷氣。暑假一過，異象消逝，學生，教授，單車，慢跑重現，真幣驅逐偽幣，還我河山。

史丹福的金碧輝煌教堂兼禮堂

　　加州的史丹福大學，以 2016 年為例，有四萬三千九百九十七名學生申請入學，錄取二千零六十三人，錄取率 4.69%，每一百人申請不到五人錄取。史丹福擊敗美國傳統八所常春藤名校，成為全美最難進的大學。那年常春藤八校以哈佛最難錄取，5.2%，依次是哥倫比亞 6.04%，耶魯 6.27%，普林斯頓 6.46%，布朗 9.01%，賓州 9.31%，達摩斯 10.52%，康乃爾 13.96%。錄取率未必代表學校的學術排名，卻是學生喜愛的指標。

　　史丹福位於加州灣區，帕洛阿圖市和門羅公園市交界處，北方直達舊金山，南接矽谷，東臨舊金山灣，西面是丘陵，翻過丘陵是太平洋。當地天氣涼爽舒適，生活機能和治安良好，孕育極佳的大學環境。史丹福有許多「勝景」，進校門方圓一公里的尤加利樹林，金黃砂石堆砌的校舍，輝煌壁畫的教堂，圓拱長廊，綠草爬藤，人物雕塑。胡佛圖書館史料蒐藏豐富，包括蔣公日記。產業範圍內還有史丹福醫學中心和癌症中心，史丹福體育場，高爾夫球場，高品味的史丹福購物中心，以及直徑 46 公尺，天文教學並重的史丹福太空望遠鏡。

　　大學創辦人李藍史丹福 (Leland Stanford, 1824–1893) 於紐約出生，淘金熱時期搬來加州，挖金礦，築鐵路有成，推動加州共和黨選上州長及聯邦參議員。1884 年全家赴歐洲考察羅丹藝術途中，十六歲獨子因傷寒病逝義大利佛羅倫斯，夫婦傷心之餘捐贈四千萬（合現在十億多美元），在帕洛阿圖購地創辦大學，學校就以獨子為名，小李藍史丹福大學。1891 年秋季大學首度招生，第一屆學生中有位赫伯胡佛 (Herbert Hoover, 1874–1964)，後來成為美國第三十一任總統胡佛 (1921–1928)。但是加州淘金築路時期，排華聲浪很大，李藍史丹福擁護白人種族主義，雖然旗下鐵路公

司僱用大批華工。不過多年來，史丹福大學培育了許多亞裔學生。

柯林頓和希拉蕊的獨生女雀兒喜在史丹福念書時，總統夫婦常從白宮飛來探視，住在帕洛阿圖一家規模不大，卻很高級的旅館。隨和，愛吃，愛逛的柯林頓，常抽空驅車在各小鎮溜達，吃三明治，漢堡，披薩一類速食，筆者附近社區和小吃店常有他們身影。我按圖索驥，發現柯林頓逛的幾條弄道極有氣質，小速食店也好吃，即使店裡沒有桌椅，要拿到店外，在樹下站著吃，柯林頓可真會找。其實柯林頓一定是由隨扈或伴隨的當地人預先安排的，這使我想起，以前蔣經國也愛到處吃肉羹，扁食，麵線，豆干。柯林頓退休後血糖過高，遵醫所囑改吃素食，蔣經國晚年也為糖尿病所苦。俗云，「病從口入，禍從口出」，不過若真到這地步，至少享受了口福。

人們對史丹福校園各處的雕塑很好奇，特別是那有名的法國大師羅丹作品，六具人體銅雕「卡萊鎮民」(Burghers of Calais)。卡萊是法國北海岸小鎮，14 世紀被英王占領，19 世紀羅丹應卡萊鎮所託，工作了五年，於 1889 年完成雕塑。六具黑色人體栩栩如生，道盡卡萊鎮民在異族占據下的飢餓，貧困，絕望，如同難民。銅雕安置在綠草如茵，金黃砂石的史丹福校園，對比強烈。

還有兩對白色人體雕塑作品，是美國藝術家喬治希格（George Segal, 1924–2000，非同名演員）的「同性戀自由化」(Gay Liberation)。一對女性坐著，一對男性站著，在彼此聊天談心，神態平靜自若，狀似好友，白色雕塑益顯純潔無邪。這件作品原安置在紐約曼哈坦，後來移置史丹福。許多遊客加入「他們」留影，只因雕像逼真，誤以為只是史丹福一般青年男女學生。

羅丹的卡萊難民雕像

　　然而不論卡萊難民還是同性戀，史丹福大學沒有色彩，藝術歸藝術，學術歸學術，體育歸體育，暑假還讓出校園給世界，不同種族的造訪者。

萊斯大學南方的哈佛

　　德州萊斯大學因為中共副總理來訪，將原先懸掛於校園走道，以中華民國國旗為底設計的旗幟撤換下來，引起該校臺灣留學生抗議。副總理離去後，學校又把美麗的青天白日滿地紅旗幟掛了回去，撤旗那幾天掛的是「中性」的英國米字旗。學校解釋是基於國際禮儀，只好暫時撤旗。換句話，禮儀讓給政治。

萊斯大學畢業的女太空人佩姬惠特森

　　不清楚兩岸情勢的外人覺得好笑，知道的人明白學校撤旗原因是受到壓力，結果造成無辜的學校和臺灣留學生兩方都不愉快。事到臨頭撤旗，使一方感覺受辱，可見萊斯大學對兩岸並不了解。

　　萊斯大學 (Rice University) 在德州休士頓市郊，富商威廉馬許萊斯 (William Marsh Rice) 於 1912 年創設開校，以應用工程，材料科學及太空研究聞名，規模不大，現有學生四千人，但是師生成就很大，出過三名諾貝爾獎，兩名普立茲獎的學生，以及許多著名獎學金得主，萊斯 2019 年的全美排名十六，號稱美國南部的哈佛，學費四萬美元出頭，略低於普林斯頓。著名小提琴家林昭

亮和臺灣作曲家陳士惠都在該校擔任教授，臺灣留學生不少，成績也好，很受重視，選掛臺灣的國旗就出於此，一來尊重，二來也藉以宣揚學校。

那條有樹蔭的走道在美麗的校園中間，沿走道有許多旗桿，平常懸掛的多是與學校有關的人物像，或各國旗幟。我們去參觀時，懸掛的是該校畢業的女太空人佩姬惠特森 (Peggy Whitson)，上面寫著「開發太空無上限」。

萊斯大學校園不大，可是很美，整潔有序，許多建築有著文藝復興時期的哥德尖頂外型，卻又有象徵墨西哥沙漠的土黃和橘紅色彩。理工學院內部大廳色彩繽紛而大膽，非常醒目，讓人直覺好像進入藝術殿堂，不是生硬的理工科系，不知是否有助於學生，增進對人生的憧憬？

左圖：理工學院好像藝術系　右圖：校園中石砌流水池

　　學校前院樹林中的設計給人深刻印象，一座石砌的長方形流水池裡，水從許多大鵝卵石中流出，滋潤了樹木，旁邊樹蔭下是桌椅休息處。東方人看來，流水如同教育生生不息，滿溢而出象徵富足不匱。從此而觀，學校撤旗，或副總理不願見到青天白日滿地紅，不值一笑，而臺灣學子和教授有幸在萊斯攻讀和任教，可說如沐春風。

吉光片羽極短篇

　　人生總有邂逅。我先後有過五個相機，結識不少偶然鏡頭，永恆回憶。

　　第一台相機必須在暗中裝底片，是我從馬祖小島服役回臺買的，交女友的機緣成為一生廝守。第二台相機隨我轉播 1970 年大阪博覽會，各國建築藝術盡收眼底。第三台是老同學自創品牌，奈其癌症去世，壯志未酬。第四台是數位傻瓜相機，幫助妻和我搜尋家父與岳父母事蹟，回澳洲撰寫三老傳記。第五台相機隨我們遊歷，就是本文照片，都在歐洲，都是偶然。歐遊後 2019 年 12 月底，新冠肺炎，變種至今，照片益覺珍貴。

　　次頁上圖在瑞士舊城小巷，背景很不像平均一千多人就有一家銀行的國家。迎面曳曳來個白鬍老者，戴太陽眼鏡，低頭沉思。白鬍子抬頭看我一眼，又低頭，繼續數他的磚塊。我看不清他表情，黑眼鏡，毛髮太多。他或在沉思哲理，像蘇格拉底。

　　次頁下圖法國鄉下安納西，時髦的女郎戴耳機，玩手機，一手抽菸，一手打拍子，她斜著頭，紅髮飄揚，風姿很上鏡。我趕忙拿起相機，她已警覺，立即正襟危坐，不打拍子，就是這張姿態。我走上前，她抬眼笑笑，我說照片很好。也許不諳英語，也許不願摘下耳機音樂，她沒答腔，卻深深吸口菸。吐納間菸霧飄散，恰似女郎難捉摸。整個過程不出 15 秒。

　　再次一張在德國科隆。可愛，快樂的洋娃娃，剛會跑步，小

腿健步如飛，左右飄忽不定，繞銅像跑。爸爸不知道，捕蟬的螳螂背後有黃雀，我也累。洋娃娃突然駐足，螳螂黃雀都按下快門。爸爸站起身，我問他是男孩女孩，他喘著氣，「兒子，一個夠了。」我說，「你幸運，我兩個。」他大笑。那騎馬銅雕是德國二戰英雄，科隆出身的市長艾德諾 (Konrad Adenauer)，戰後任德國總理，重建德國居功至偉。爸爸樂於繞銅像追逐，何言辛苦，「來，長大做英雄！」二十年後一條好漢，未來的歷史。

　　最後這張照片的人物姿態，對答都有趣，地點在優美的日內瓦湖畔，天色陰暗。爸爸為了自拍全家福，涵蓋後面的噴水柱，只有降低自己高度，擺出來大劈腿姿勢，媽媽女兒和兒子配合演出，表情流露臉上。爸爸抓準遊艇出現片刻，按下快門，然後全家檢視畫面。我出示給他們看，我拍的劈腿照，他們大笑。

　　這個快樂家庭會說流利英語，可是口音很重，不德不義不法不英（瑞士語言包括德法義英），我問他們的

家鄉,「突你死!」我沒聽懂,他又說 "Tunisia",啊,北非難民家庭。他問我日本人或中國人,「中國生的臺灣人,在澳洲政府退休,搬到美國,現在來瑞士玩。」他說,「你是聯合國。」我說,「你們在聯合國比我重要。」他會意而笑,兒子卻拉爸爸走開。我走了幾步,驚覺應該設法把劈腿照傳給他們,回頭一看,全家都不見了,從橋欄杆下望,他們正在跑上遊艇。一陣悵然。

兩年過去,世態滄桑。酒仙李白說,「古來聖賢皆寂寞,惟有飲者留其名。」天涯若比鄰,隔空舉杯,祝福這些人。

聖安東尼奧的驕傲

從聖安東尼奧地面鳥瞰 River Walk

　　美國職業籃球 NBA 東西聯盟共有三十支球隊，2014 年冠軍是聖安東尼奧馬刺隊 (San Antonio Spurs)。聖安東尼奧市在德克薩斯州中部，籃球隊以馬刺為名，頗具德州牛仔特性。馬刺隊得過五屆 NBA 總冠軍，紀錄輝煌，是聖安東尼奧人的驕傲。馬刺全隊攻守扎實，擁有好手，但合作低調，不譁眾取寵，這種球風與老教頭波波維奇 (Gregg Popovich) 教導有關。波波維奇剛由美國國家隊教練退休，交給七屆冠軍舊金山勇士隊 (Golden State Warriors) 教練卡爾 (Steve Kerr)，組訓美國代表隊，贏取明年世界

盃和 2024 年奧運籃球賽。

　　聖安東尼奧還有個驕傲，把一條髒排水溝變成遊覽餐飲景點，更是國際會議中心。River Walk，河邊漫步，本來只是英語詞組，如今成為聖安東尼奧的專有名詞。百年前聖安東尼奧是個小城，有條比地面低一層樓，蜿蜒貫穿市中心的小排水河，在一次暴風雨中，河水暴漲，淹沒地面，造成災害，市政府大力整頓疏濬，使不再氾濫。1938 年市議會通過建築師勞勃修曼的計畫，進一步疏濬，調節水位，下游建小水壩。更重要的，修曼放眼經濟價值，河岸設步道，架設通地面臺階，橋樑，還整治兩旁建築。

　　如今的聖安東尼奧河，兩岸綠樹，商店餐館林立，大飯店高聳，河上遊船，River Walk 成為美國都市更新的典範，也使聖安東尼奧成為美國發展最快速城市，現今人口一百五十萬，是美國十大都市之一，是個觀光城。

　　春夏之交來到聖安東尼奧，只見河流經過處，兩旁路上有臺階走下河邊，就像臺北街頭下到捷運一樣。捷運是密閉在地下，River Walk 是露天，路面上可以下望河面景緻，在河邊散步可以仰望地面，地面嘈雜不影響河邊情調。徜徉在這全長四公里的彎曲小河兩岸，餐飲，購物非常愜意。沿河常有即興演奏，坐遊船的多是外地遊客。River Walk 是美國的威尼斯，江蘇的周庄。

　　我們在一家沿河餐館坐下，餐館招牌吸引我照了張像，旁坐老美知道我是觀光客，笑笑說，「我們德州可以不依賴聯邦存在。」好大的口氣，原來這家店名叫 The Republic of Texas，德克薩斯共和國，徽章是州旗 Lone Star，孤星。德州有他自豪的本錢，歷史上「德克薩斯共和國」曾存在九年，而德州生產石油，農產發達，幅員廣大，還有出海港休士頓，德州的文化景觀獨樹

一幟，不同美國中東部或西部北部。其實這句豪語西海岸的加州感受更強烈，加州土地人口和經濟力更勝德州，加州的生產力若算成獨立國家，可以排名世界六，七。可是加州人不像德州有強烈「獨立感」。也許加州風氣自由，矽谷和好萊塢都是現代化的產物，人們享受當下，哪管獨立，不像德州大漠鄉土牛仔。

　　無論如何，馬刺，河畔漫步，阿拉摩構成聖安東尼奧文化，也是驕傲。

也是報復性旅遊

　　萊茵、多瑙、梅茵三條河，塑造了歐洲內陸多少夢幻，詩篇，音符。

　　歐洲面積約近中國或美國，但河流，湖泊，海灣豐腴多姿。論海灣，地中海濱到處可見，談湖泊，瑞士已足，但這三條河駕車或搭火車不盡興，要上船沐河風，露雨露，日光浴，吃喝睡，人船河三者一體。下船融入地方，累了回船休憩，進房躺五分鐘後再回甲板，或邁出臥室上陽臺。三五天不夠，十幾天不多，多喝紅酒不怕醉，暢飲生啤解油膩，香腸配酸菜，豬腳搭麵包。飯後轉進上層酒吧，一曲鋼琴《我心留在舊金山》，歌聲未息，真的夢迴舊金山了。

　　遊洋輪 (ocean cruise)，幾千人像擠上小島瘋鬧，遊河輪 (river cruise)，百餘人如逛街瀏覽。萊茵河與多瑙河常被相提並論，其實分道揚鑣。萊茵河長 1300 公里，從瑞士阿爾卑斯山得到雪水，向西北流經瑞士，奧地利，法國，德國，荷蘭出海，縱切歐陸文明，灌溉兩岸風華。多瑙河長一倍，2800 公里，從德國南部向東，流經奧地利，匈牙利，從羅馬尼亞出黑海，用提琴弦橫切古東歐。萊茵河與多瑙河的源地相距雖不遠，東西走向不同，靠德國黑森林地區一條 500 公里的 W 型梅茵河，手術縫線般緊密連結，兩岸市鎮互為切磋，間或對望。我覺得，萊茵河最美，多瑙河樂音裊繞，而梅茵河

萊茵河水天共色

富有文化，且曲折變化。

　　因公事赴歐洽商的人，逗留都市，忽視河流，雖然河流之美勝過水泥森林。萊茵河及其流域附近大都市，荷蘭阿姆斯特丹，德國杜賽道夫，科隆，波昂，法國史特拉斯堡，瑞士巴瑟爾。梅茵河大都市有法蘭克福，紐倫堡，多瑙河有維也納和布達佩斯，其他多在保加利亞和羅馬尼亞。

啤酒香腸麵包，梅茵河老人聚會

　　我喜歡維也納，薩爾斯堡，阿姆斯特丹和布達佩斯。布達佩斯是多瑙河的兩個城市，布達以及佩斯，隔河相對，各有其美。佩斯是美英唸法，當地讀為「佩許」，布達佩許。維也納不大，全城都美，咖啡更美，情調更更美。該去嚐嚐 Y 型街頭中心，金碧輝煌的百年老店 Café Central，燕尾服門口迎賓。咖啡表面奶油泡沫上浮著一片指甲大小的深色巧克力片，上面有金色招牌 Café Central，以及 WIEN（奧地利文維也納），眼力不好容易忽略。一分鐘後巧克力會化掉，但是巧克力和金色字母仍然留在白色奶油表面，令人不忍心去攪動咖啡。

多瑙河維也納咖啡

　　如今，美麗的歐洲，壯盛的美國，乃至日本，澳洲，東南亞，已慢慢開放旅遊，是不是還能恢復舊情？或是像新冠肺炎猖獗時說的，來趟「報復性旅遊」呢？

第二章

時間

VS空間

愛因斯坦的夢

影響近代文明最偉大的有兩人，17 世紀的牛頓，20 世紀的愛因斯坦。

英國人牛頓的慣性定律，開啟了人們認識物體的質和量之間的關係，運用在生活上有了舟車之便。1921 年諾貝爾物理獎得主，猶太人愛因斯坦的相對論，開啟了對時間和空間交互作用的神祕性。當人們坐進火車廂，發現月台上的人全在向後倒退，剎那間驚醒，原來是自己向前行進。當太空人重返地球，發現他的手錶比別人慢了四秒，才知道太空運行的速度改變了時間，所以時間和空間，好像在相對游離。牛頓和愛因斯坦兩人間兩百多年的時代差距，在浩瀚的天穹時空裡，不過滄海一粟，非常短暫，他們帶來的影響卻如此巨大。

現年七十四歲的麻省理工學院教授艾倫萊特曼 Alan Lightman，驚訝愛因斯坦在 1905 年醞釀相對論時，僅是瑞士專利局一名二十六歲的職員，窩居瑞士，觀察河水，竟能思考出相對論中時間與空間相互作用！萊特曼教物理，但喜歡文學，三十年前他找出了一絲端倪，當年愛因斯坦日有所思，必定夜有所夢，當潛意識從夢境破繭而出，促成舉世震驚的相對論，夢就是他偉大動力的來源，於是萊特曼為愛因斯坦設計了三十個印證相對論的夢。這些日常生活的夢在萊特曼的文學筆下，饒富自然天理，合於愛因斯坦追求的相對論。因為是夢，無所謂合不合凡俗常理，然而，神祕的篇章就此開展。

二十六歲的愛因斯坦常走上橋，望著流水沉思時間和空間（取景自瑞士蘇黎世橋頭清晨）

　　一個夢裡，浪花衝向沙灘，撫平凌亂腳印。一群歡樂的人離開餐館，杯盤狼藉很快收拾整潔。微風吹過，塵土送到邊緣，馬路一掃乾淨。所以，「過往的」時間雖然散漫凌亂，卻因為時光的流逝帶來了「未來的」規律和秩序，豔麗明亮。

　　另一個夢裡，有個青年猶豫不決，該不該在遠行前去會一名交往的任性女郎。這個夢有三個夢境：第一個夢境他毅然離去，後來另交女友，過著平靜的日子。第二個夢境他忍不住去看她了，一陣纏綿後留下來，甘願與她共度未來傷心後悔的日子。第三個夢境，他無法克服不去看她，但談了一小時後藉辭逃脫，奔赴遠

處，懷著一生的掛念。三個不同夢境雕刻時間與空間，產生不同結局。

　　有兩對老夫婦，每年總要聚會一次，在同一餐館，談論同樣話題，甚至點選一成不變的菜餚。他們談子女家庭，孫兒上什麼學校，也回憶去年，從前。老地方，舊事情，每年回味，樂此不疲。他們把時光凍結了，卻讓時間流逝，讓自己永遠感覺新鮮。

　　有個夢裡，人們喪失了記憶，大家隨身帶著記事本，不斷記載所有資訊，男人要靠記事本才能找到回家路，要靠記事本知道家裡的女人和兒童與他有什麼關係，晚飯時大家靠記事本才能聊天，夫妻上床永遠像初夜。在那沒有記憶的世界裡，存在的只是當下，人人不斷靠自己的生命簿來尋找自己。這個夢告訴我們，歷史價值和經驗法則有多珍貴，如果不知道把握現在，不尊重經驗如同行屍走肉。換句話，時間對於空間的價值的重要性，不言而喻。當前的手機和筆電，與男人的記事本沒有差別。

　　一個夢裡，輪轉的時間有中心點，裡面時間凝結不動，雨點停在空中，鐘擺停在半途，狗張著嘴，吠聲凍結了。有個人接近這中心，心跳減速，體溫降低，思想遲滯。進入中心，心跳體溫和思想都停止不動。人們緊摟著子女，子女笑顏永駐，擁抱永不鬆手，兩代的愛永遠凝固。中心附近，時間沒有凝固，只是慢些，笑顏總會終止，兩代的愛總會結束。這人回到外面世界，時間早已過去多年，情人朋友親人過世，笑顏，擁抱和愛都沒有蹤影了。生命的結束固然悲傷，但是還曾有過燦爛，有過尊嚴。然而一旦時間，生命和永恆都凍結了，人人都是標本蝴蝶。所以沒有時間就無從享受絢爛，時間的消逝不是流失，是時光的重現。

時光的流逝反而帶來豔麗明亮（左頁取景自瑞士楚格湖畔黃昏）

　　萊特曼這本《愛因斯坦的夢》*Einstein's Dreams* 1992 年在美國初版,非常暢銷。台灣的純文學出版社獲得中文版發行權,由童元方女士翻譯,1995 年出版中文本。陳之藩在序中說,「萊特曼是以藝術解說科學中最難捉摸的概念,時間。」萊特曼寫給純文學社長林海音女士信中,很讚美中譯本。純文學出版社早已結束,林海音、陳之藩都已過世,他們走完自己的時間,返歸歷史空間。《愛因斯坦的夢》續由爾雅出版。

　　我初讀這本書時覺得有趣,但是半懂半不懂。疫情前再度翻開來讀,還飛到瑞士小住,天天奔波於大城小鎮,在河畔,湖邊,山林,雪地倘佯,腦中總映出來「愛因斯坦的夢境」,覺得腳下的石板路,愛因斯坦曾經踏過。現在又過了一段時間,三度與萊特曼的文章「隔空相對而論」,雖然他有生花妙筆,可惜還是沒有開通我對時間和空間的迷惑,深怕會永遠在其間游離,心臟越跳越慢。

註 1:艾倫萊特曼 (Alan Lightman, 1948–),田納西州孟斐斯人,物理學家,作家。加州理工學院物理學博士,曾任教哈佛大學,現為麻省理工學院教授。在結合物理學與人文學上影響最大的著作是《愛因斯坦的夢》。

註 2:牛頓 (1643–1727),八十四歲去世,愛因斯坦 (1879–1955),七十六歲去世,好似牛頓比愛因斯坦大八歲,可是不能這樣說,因為時空不同。不妨正確說,是牛頓比愛因斯坦大二百三十六歲,或牛頓比愛因斯坦多活了八年,甚或他比愛因斯坦,多擁有八年的時光來透視時空。

藍色多瑙河

杜恩斯坦的藍色鐘樓傍依多瑙河

　　新冠病毒先席捲中國大陸與日韓，歐美尤烈，奧地利率先封鎖全國，歐洲各國跟進。回憶那年新冠前暢遊奧地利多瑙河，突然發現它不是藍色。是什麼顏色？

　　就像全世界許多人，從小聽史特勞斯的圓舞曲長大，從硬膠唱片到軟塑膠片，從鋼針頭到鑽石頭，從圓盤錄音帶到卡式錄音帶，從 CD 到 YouTube，從客廳音響到現場聆聽演奏，〈藍色多瑙

河〉The Blue Danube 這首名曲，似乎沒人懷疑顏色，睜眼看是翠堤春曉黑白影片，閉上眼是蜿蜒的藍色水流。直到你親臨河上，才驚醒，藍色多瑙河原來是墨綠色。霎那，休止符凍結了樂音。

在多瑙河漂流了兩天，河水一直是綠色，不折不扣的墨綠，兩岸樹木也是綠。村落顏色多，房屋和牆多半是白色或土黃色，屋頂是黑色或紅色，不是大紅或朱紅，是雅緻的暗紅。接近杜恩斯坦時，村落裡高聳一座筆直教堂，鐘樓居然是水藍色的，豎立在紅頂建築裡，很是醒目。

第三天清晨，拉開窗簾，河上起霧了，我抓了相機，拉開艙門到陽臺拍照，河水竟然是藍的，深藍色。因為沒有太陽，遠山在晨曦微光裡是黑的。船慢慢地，靜悄悄地劃破藍色河水，水波不興，連浪紋都沒有，迎面習習微風，頗有涼意。正要回艙加件衣服，飛來隻白翼大水鳥，我文風不動，怕驚擾來客。牠飛了一圈，沒有離開意思，我慢慢伸手，把小片麵包放在木欄杆上。接觸的剎那，霧濕的欄杆有如打開冰箱冷凍庫。我站著不動，牠又繞回來，好像看了我一眼，兩隻爪子卻抓不住濕滑的欄杆，便伸展翅膀平衡，我仍不忍舉相機，牠一低頭，叼走麵包，很快遁入霧中，不見了。早知道友情如此短暫，何不舉起相機，留下倩影？但牠畢竟在欄杆上留給我，一團白漿。

「多瑙河為何綠藍無常？」船上工作人員說，基本上多瑙河是綠色的，很少看見藍色或土黃色。晴朗有霧的早上，偶爾看見藍色，深藍色，不會整天如此，今天早上我幸運碰上了。我問了個傻問題，「為什麼史特勞斯叫它藍色多瑙

濃霧初起，多瑙河變藍色

河？」他想想說，也許史特勞斯喜歡多瑙河藍色。我想大概如此，如果史特勞斯把他的傑作叫「土黃色多瑙河」，多不浪漫。

　　圓舞曲的史特勞斯指 「小約翰史特勞斯」 (Johann Strauss II, 1825–1899)。奧地利維也納的史特勞斯家族都是音樂家，各有成就，卻不幸釀成互相傾軋，其中隱含政治。老史特勞斯作品是宮廷所愛，小史特勞斯的圓舞曲風格來自農間，雖然起初宮廷力抗庸俗，後來卻成為高尚社會所愛。小史特勞斯極為成名，席捲全球，19 世紀下半的歐洲樂派，特別是奧地利維也納，遂被稱為浪漫主義時期。小史特勞斯去世半年後，世界進入 20 世紀，但是他的圓舞曲還不知會流行幾個世紀。

樂音飄揚，維也納變舞池

　　史特勞斯不只作圓舞曲，還有波卡，歌劇，方塊舞曲。圓舞曲他一共作了五十七首，最流行的包括〈藍色多瑙河〉，〈皇帝圓舞曲〉，〈維也納森林〉，〈春之聲〉，〈南國玫瑰〉，〈快速圓舞曲〉。有人說，把史特勞斯圓舞曲整個聽一遍，世界沒有戰爭。也有人說，圓舞曲是世界語言。我想，如果缺少圓舞曲，這些說法就沒有意義。真幸運，我不只看見多瑙河的藍色之美，還在維也納街頭見證了史特勞斯的浪漫。

　　當我們穿越一排名品街，進入維也納廣場，耳邊樂聲大作，廣場上的陌生人快樂地互擁起舞，史特勞斯圓舞曲！我問一個銀髮老頭怎麼回事，他激動重複說一個英語單字，dance，dance，不知他是告訴我，這是跳舞，還是要我也下場跳舞。我轉問一名年輕女郎，她說，今天廣場有人結婚，誰都可以跳舞。她指著廣場角落一個舞臺說，新郎新娘正在派送免費蛋糕，她要我們快去排隊。我問常常這樣嗎，她說不會，但是住在維也納的人，每年總會遇到。

　　我以紙盤端著巧克力蛋糕，妻端著檸檬奶油蛋糕回到場邊，黃石砌的教堂傳出鐘聲，樓面懸掛喬治柯隆尼端著義大利濃縮咖啡俯視廣場。深秋雖有涼意，跳舞的女士解下圍巾，男士脫下扁帽，他們的熱情和快樂寫在臉上，寫在身上，寫在腳下，每個人都是史特勞斯。

　　我們吃完蛋糕，進入場邊咖啡店，室內咖啡氤氳，室外熱情洋溢，這群男女老少，皮鞋，便鞋，高跟鞋，運動鞋，都在方石磚地面有規律地快速畫圓圈。他們，他們的父母，祖父母，曾祖父母就是這樣生活過來的嗎？納粹當年擴張，為什麼第一個侵略奧地利，希特勒不喜歡史特勞斯嗎？奧匈帝國席捲東歐，難道他

們討厭圓舞曲嗎？眼前這維也納廣場上是如此地快樂與祥和，百年來，千百塊的方磚上面，舞出千百個圓圈，有誰看見磚縫裡的鮮血嗎？

　　我寧願，陶醉在維也納廣場，安逸於多瑙河濃霧，不論河水是藍是綠。

註：杜恩斯坦 (Dürnstien)，在奧地利中北部，多瑙河在此有兩個大轉彎，然後流向維也納，世界的音樂之都。

真善美的情鎖　　　　【標靶北半球】2020 年 5 月

情侶的鎖橋，鎖住愛情，扔下鑰匙，付諸遠方多瑙河

　　♪ The hills are alive with the sound of music... ♪ ，山林充滿活力，只因樂音飄揚……。

　　薩爾斯堡群山環抱，青翠草原上鏡頭縮近，茱莉安德魯絲張開雙臂，放情高歌。從這一刻起，《真善美》The Sound of Music 創下了世界最受歡迎歌舞電影紀錄，也是僅次《亂世佳人》的最賣座影片，多年後才被《星際大戰》打破，維持第三名至今。影

片在各國電影院總共賣出二億八千六百多萬張票，電視機，電腦前，飛機上，觀眾當超過此數。多半人把成就歸功於女主角茱莉安德魯絲，但也有人說男主角克里斯多夫普魯麥功不可沒，更多人說製片兼導演勞勃懷斯才是大功臣，但是，真實故事的原著，瑪莉亞馮崔普 (Maria Von Trapp) 才是幕後催生者。然而所有人都無法否認，這動人溫馨的故事背景，如果不是發生在當時就要被納粹鐵蹄蹂躪，山明水秀的奧地利薩爾斯堡，不會打動億萬人心。

The Sound of Music 的中文名字很有趣，臺灣取名《真善美》，香港叫《仙樂飄飄處處聞》，中國逐字直譯為《音樂的聲音》。三者各具特色，可以嗅出取片名的文字和文化背景，但如把三者放一起，意境就是「這聲音是仙樂，到處傳頌真善美」。〈藍色多瑙河〉的作曲家史特勞斯的家鄉是維也納，《真善美》的家鄉是薩爾斯堡，其實在薩爾斯堡出生的還有莫札特。奧地利何其有幸，擁有多瑙河，維也納，薩爾斯堡，誕生如此多音樂家，阿爾卑斯山巒裡孕育出如此可歌可泣，令人動心的美麗故事，即使維也納和薩爾斯堡兩個城市屢次被敵人蹂躪，然而，「國家不幸音樂興」！

1938 年，薩爾斯堡實習修女瑪莉亞，被修道院派赴喪偶的海軍上校馮崔普家，擔任失去母親的七個孩子家庭教師。大宅院裡男主人嚴謹，孩子調皮，經過一番努力，熱情可愛的瑪莉亞深受孩子喜愛，也贏得馮崔普垂青。在修道院住持修女鼓勵下，瑪莉亞還俗，回到大宅院與馮崔普結婚，成為七個孩子的繼母。納粹占領奧地利，徵召馮崔普入海軍，馮崔普不願為敵人效命，夫婦兩人帶領七個孩子，在修女協助下，深夜徒步翻越阿爾卑斯山，進入中立國瑞士，戰後移居美國。馮崔普去世後，瑪莉亞把全家的可歌可泣故事，撰寫出版成書，百老匯改編為歌舞劇，非常轟

動。大導演兼製片勞勃懷斯把《真善美》搬上銀幕，1965 年獲得五項奧斯卡獎，包括最佳影片，最佳導演，以及音樂攝影等技術獎，茱莉安德魯絲得到女主角金球獎。美國電視臺每年重複播映，人們一看再看，全家一唱再唱，《真善美》在擾攘的塵世中永遠受到歡迎。近年病毒破壞很多家庭，《真善美》卻撫慰許多人心。

　　那次去薩爾斯堡，除了親歷馮崔普的家鄉景致，並且品嚐了「真善美大餐」，整整兩小時的西餐，伴隨著影片中的所有歌舞，大家邊吃邊欣賞表演，雖然商業氣氛濃厚，但也過癮。比較之下，薩爾斯堡最「純情」的地方，是貫穿該市，多瑙河的支流 Salzach 河上的一座人行橋 Makartsteg，橋欄杆上鎖滿了各式各樣花花綠綠的鎖。相傳情侶將一把「情鎖」鎖在橋上，象徵鎖緊彼此情意，把鑰匙扔進河裡，誰也開不了鎖，兩人的愛情就會天長地久。Makartsteg 橋長約 50 公尺，兩旁不鏽鋼欄杆上的金屬鎖密密麻麻總有幾千把，可想見橋欄杆的負荷多重。那天毛毛微雨，不減橋上遊客觀賞和拍照的遊興，我走到另座橋上，欄杆清潔溜溜，一個鎖也沒有。這時雨停了，國旗飄揚，雲霧低漫，遠山露臉。

　　Salzach 河上其實有好幾座橋，都是鋼欄杆，只有這條 Makartsteg 橋被人上鎖，什麼原因，有各種浪漫傳說，莫衷一是。我猜想一來因為別的橋上車水馬龍，不方便上鎖和照相，Makartsteg 橋是行人專用橋，不准車輛通行，可說政府在配合。此外，既然情侶都選這座橋，大家覺得一定有靈驗之處，便趨之若鶩。鄉野常見電線桿上有許多條電線，群鳥飛過卻都整齊地排在一條電線上，不去光顧旁邊的電線，未必是這條電線有什麼地方受鳥喜愛，只能解釋為動物喜歡群棲的心理，情侶愛在 Makartsteg 橋上鎖，也有電線上鳥的心理。但是如此以理性分析感性，不一定恰當。

雨停了，國旗飄揚，雲霧低漫，遠山露臉

　　然而我理性地細看那些鎖，都是體積大的鎖，沒有旅行箱上那種不起眼小鎖。鎖的樣式和顏色都很別緻，紅色或粉紅色最多，其次是金色，銀色，綠色，藍色，沒有黑色。許多鎖上刻著兩人名字，甚至詞句，顯示情侶早就有心上橋，有意鎖住彼此。橋兩頭有幾家鎖店，想來是為那些臨時起意，突然覺得有此必要的人服務的。橋頭豎立個牌子，要求除了鎖以外不要鎖別的東西。難道會有什麼別的東西？仔細看，有人鎖上戒指，耳環，或一縷頭髮。當地人說還有人鎖內褲，或更為私人的汙物，市政府會定期清除。上鎖的情侶中，很大比例不是當地人，他們來自奧地利其他地方，或接壤的匈牙利，捷克，斯洛伐克，斯洛文尼亞，義大利，德國，瑞士，東歐，乃至北歐，英國，美國，以及亞洲各國。薩爾斯堡是世界情侶的聯合國，情侶鎖在橋上開聯合國大會。

　　我有個想法，薩爾斯堡市政府不但應該清除鎖上面的汙物，也該剪開鎖汙物的鎖，把鎖扔進河裡，讓這些破壞環境的情侶的愛意，付諸東流，作為懲罰。然而小汙點無損於薩爾斯堡的真善美，瑪莉亞和馮崔普的愛情不需要鎖，他們早已破鎖遠飛。

酒與玫瑰的日子

　　住在美國，欣賞經典老電影的機會很多，每晚總有電視臺播映，播前播後評論。大小城市還有專演老電影的電影院，節目早已排定供選。人們說好萊塢史上，20 世紀下半是大放異彩時期，這之前的電影離不開發掘新藝術的神奇，藉銀幕呈現給人們日常看不見的，不論是自然環境還是家庭關係或人性隱私。而進入 21 世紀的電影，超現實地美化或醜化人世，創造虛假，觀眾藉此遁入或逃離現實，電影變成烈酒，濃咖啡，麻醉劑，迷幻藥，刺激著人們感官。兩者之間的 20 世紀下半的電影不同，製作和觀賞雙雙脫離早年稚幼的好奇心，以演技攝影音樂表現文學歷史社會，演繹當時的真實生活，不論唯美還是醜陋。此時的電影拍得真實，反映人生，儘管「以假亂真」的技巧不如 21 世紀。

　　1962 年有部《酒與玫瑰的日子》Days of Wine and Roses。經過長期戰爭和經濟混亂的美國，加州有對夫婦掙扎於酗酒與憧憬之中，現實與夢想糾葛的結果，悲劇收場。《酒》的評價極高，與影片同名的主題曲得到次年金像獎，亨利曼西尼領導的交響樂團的傑作，安迪威廉斯唱紅。兩名主角傑克李蒙和李麗梅，以及藝術指導和服裝設計，都獲得金像獎提名。

　　加州丘陵種出釀酒好葡萄，陽光普照使花朵盛開，每年 6 月初夏正是「酒與玫瑰的日子」。北加州南灣的聖荷西有個百年玫瑰園，Rose Garden San Jose，座落聖荷西市西郊，四周住宅區是百

年老屋，很有氣質。街道是 19 世紀設計的，寬廣遼闊。當年崇尚大宅院和庭院設計，草皮大，古樹成蔭。有個特色，看不見車庫，那時私家車還不普遍，多半是馬車，要有汽車也隱藏在後院，不像現在為了方便進出，車庫和車道設計在房屋前方，倒車出庫時，庫門大敞，車庫裡的雜亂公諸於世。

車庫隱藏在後院，生活攤在玫瑰園。泛黃的古老照片中，蓬鬆白裙，綴花小陽傘的盛裝女士，手挽著高頂黑禮帽，八字鬍男士，步入玫瑰園。遠道來的平板玻璃，米字細輪胎轎車，擦得閃亮的高馬車，沿玫瑰園停在路旁。園內或舉行生日園遊，或結婚派對，白蕾絲女手套，人手一杯紅白葡萄酒，陪襯的是滿園紅黃粉白黑玫瑰。紅酒，唇膏，轎車的紅絲絨，都是迷人嬌豔的深紅，在陽光下，套句現代話，超吸睛。

如今不同，那年代的人們逝去，現在大家穿著運動鞋跑上草坪，印度老婦邁入花叢，在花刺間掙扎她的花巾。大嬸大媽搔首弄姿，愛人大叔大伯手持蘋果牌，「笑，笑，咧嘴笑呀！」那與世無爭的玫瑰，朵朵展現百年高貴，昂首藍天，自我奔放。

不妨聽首安迪威廉斯的〈酒與玫瑰的日子〉：

酒與玫瑰的日子，
洋溢歡笑，孩子跑跳，
穿越草坪，直入門廳，
吹進一絲涼意，喚醒寂寞回憶，
金色年華的笑靨，不再敞開的扉頁，
引領我，回到酒與玫瑰的日子，
其中總有妳……

這些電影為何好看

影片好不好看，觀眾好惡是主觀情感，製片，原著，導演，演技是客觀靈魂，它們統領一切。百年好萊塢融合這主客觀，集其大成。本文列舉十部老片，也想到亞洲電影的《寄生上流》，《楢山節考》，《宮本武藏》，《城南舊事》，都以原著或編劇取勝。而《梁山伯與祝英台》重趣味性。榮獲兩屆奧斯卡獎的李安，導演細膩，才華還沒走到盡頭，李安發光電影，好像獨行俠，捍衛戰士。本文所列電影，逆年代排序，不以好壞，《鐵達尼號》和《迷魂記》怎樣比好壞？此外，賣座好壞以及本文敘述文字多寡，不代表電影本身好壞。

⑴ 2002 年的 The Hours

臺灣片名《時時刻刻》。描寫縱跨一世紀，三個時代女性內心的迷惘。不同時代，家庭，思想的故事，很難串聯在一部電影裡，本片三個主角分別飾演英國名作家維吉尼亞吳爾芙作品《達洛威夫人》及後代人們，詮釋她們對生命的懸疑。1923 年，吳爾芙自己的真實世界，在鄉村溺水自盡，妮可基嫚演這段悲劇。到 1951 年，吳爾芙的書迷茉莉亞摩兒飾演捨棄幼子的母親，在自殺邊緣驚醒逃避。到了 2001 現代大都市，梅莉史翠普照顧的老友，患愛滋病的艾德哈里斯，當著梅的面破窗跳樓自殺。接著出現傷心的母親，竟然是老年的茉莉亞摩兒，哈里斯就是曾被她拋棄的可憐孩子。

基嫚，摩兒，史翠普三人擅演內心戲，以同一電影提名角逐奧斯卡女主角獎，可見別的入圍者的失望，結果妮可基嫚獲獎。我認為不只這三人，圍繞在她們身邊的其他人，甚至孩子，在榮獲最佳導演獎的英國史蒂芬達德利的導演下，演技都有資格得獎。編劇大衛海爾有功，展現不同時，地，環境下糾纏的靈魂深處境界，是大功臣。為表現三個不同時代，不同身分，不同愛戀的女人的結局，鏡頭在時空交錯跳接，不但不亂，反而更為緊湊震撼，把觀眾拉進三股漩渦。就原著，編劇，導演，演員，乃至剪接等技術論，靜心觀賞，平心而論，這是部上乘電影。

The Hours 出自普立茲獎的同名小說。中文片名值得商榷，時時刻刻都想自殺嗎？原文的 hours 用複數，指三人內心生死掙扎的時刻。若通俗化叫「關鍵時刻」，或「她們的生死時刻」，能打動觀眾內心。後面談的《亂世佳人》Gone With the Wind 若叫「與風離去」，《魂斷藍橋》Waterloo Bridge 若叫「滑鐵盧橋」，觀眾沒有興趣進電影院。英文和中文的意涵本來就難翻譯，有時非另取片名不可，片名通俗未必上乘，卻和觀眾成正比。

⑵ 1996 年的 Saving Private Ryan

《搶救雷恩大兵》是真實故事。二戰時美國國防部處理資料時，一個細心職員注意到有個雷恩家庭，三個兒子兩個陣亡，只剩一人在德法戰區，她層層上報，高層決定找回這士兵，改任文職，以維護人道。距雷恩戰區最近的，是湯姆漢克斯這一班士兵。影片開始，觀眾從衝上諾曼地戰士，手中還拖著同袍半截身體，到雷恩母親看見軍用車又來通知噩耗，腿軟跪地的背景。無言的畫面，只占全片上百鏡頭之一，卻盤踞觀眾內心以後兩小時，導演的表白功力不靠言語，驚懾人心。

可謂一切歸功製片兼導演史蒂芬史匹柏。班長湯姆漢克斯最後奄奄一息，要演雷恩的麥特戴蒙附他耳邊，奮力說出此生最後一句話：Earn it，來日賺回來！是期盼雷恩，還是控訴戰爭？這是全片的畫龍點睛，史匹柏打了窮兵黷武的國家一巴掌。史究竟愛國，要票房，鏡頭上他釋出戴蒙面容，融入五十年後美軍公墓老雷恩，這時太陽照耀美國國旗的全景，觀眾想起立唱國歌，「你看見拂曉中的星條旗嗎？」我想，若太陽照國旗特寫代之以拉遠老雷恩，出現公墓豎立的美麗星條旗，史匹柏會更顯得客觀自然。

史還另有感人處，法國戰地小女孩見美國士兵因她而死，憤臂捶打想把她送出外界的老爸。德國戰俘跪地求饒，釋放後卻殘暴殺死美國兵，再度被俘後，死於曾饒他性命，膽怯的美國菜鳥兵手下，他甚至舉手投降，也仍被菜鳥槍決。史的安排說明戰爭沒有人性，卻有倫理。好導演多，有幾人能與猶太裔的史匹柏相較？然而本片有好劇本，好演員，好攝影，好剪接，好音效，好特效，如果因為史匹柏太好而被忽略，也不公平。

戰爭題材電影很多，主題多半展現勝負，英雄等陽剛面，以及痛苦，人情等陰柔面。強烈的分鏡，感人的片段，任憑導演揮灑。《搶》片有所不同，想超越史匹柏更難。

⑶ 1991 年的 The Silence of the Lambs

《沉默的羔羊》。1973 年有個《大法師》顛覆了舊日吸血鬼，電鋸殺人等老調。十八年後才再有這部導演和觀眾角力的電影，看你是否敢看安東尼霍普金斯啃了獄卒逃生，留下掛在牢籠上的人皮，覆蓋自己臉上的獄卒臉皮；看你面對霍普金斯和茱蒂福絲特四目交會，陰森眼光燈光和配音；驗屍喉頭爬出蛾蛹；福絲特逮捕犯人時被關了燈；去監獄時被犯人扔上臉精液；真正的殺人

魔彩繪自己後裸舞（不是霍普金斯）。《沉》為恐怖片立下手法，「不只恐怖，要夠噁心」，技巧高的噁心。

觀眾問吃人魔是不是真的，據說改編自刑案。許多國家有吃人肉，冷凍心臟刑案實例，ISIS 甚至面對 CNN 新聞，割掉跪在地上的西方記者頭顱。於此傑克尼柯遜雪地揮舞大斧頭，琳達布萊兒從床上騰空，葛雷克萊畢克的天譴鋼筋刺人，導演手法都「文明」，比不上 《沉默的羔羊》。2022 年初拜登導演突擊隊飛敘利亞，獵殺 ISIS 首腦，是當年歐巴馬殺賓拉登的「舊片新拍」。

《沉默的羔羊》推出後，好評如潮，獲獎和劇情一樣驚人。《沉》的製作預算為一千七百萬美元，推出後票房二億七千二百七十萬美元，14.3 倍，到了華爾街也了不起。不妨想想，扣除安東尼霍普金斯，茱蒂福絲特的大牌片酬，以及喬納山戴姆導演費後，一千七百萬能剩多少，可憐的製作零頭，但是，恐怖的成就。

⑷ 1990 年的 Misery

中文名《戰慄遊戲》，緊張小說家史蒂芬金的「慘痛」遊戲。金的原著裡，詹姆斯凱恩是個著名小說家，山中雪地翻車，摔斷腿，退休獨身女護士凱西貝茲救了他，拖回家療養。貝茲是凱恩迷，卻心理變態，退休前犯過案，凱恩落在她手中，引發她禁臠式的惡念，逼凱恩修改小說情節，滿足自己幻想。凱恩虛與委蛇，靜待復原逃出。復原日近，貝茲焦慮凱恩將離開她，用大槌子砸斷他另一條腿。一個無法行動的殘廢，一個強壯的變態護士，鬥心機，用生命廝殺。結局是，凱恩瘸著腿在紐約與人簽約，出版這本可怕的親身經歷。

故事簡單，過程緊湊，得利於史蒂芬金的原著，與凱西貝茲和詹姆斯凱恩的演技（貝茲獲金像獎），以及勞勃瑞納的導演。電

影好壞的三大要素，原著，導演，演員齊了，不愁拍不好，不愁沒觀眾。這棟雪地小樓詭譎，凱恩打字機的窗外是皚皚雪景，窗內是求生的咫尺之地，布局頗似以前希區考克的《後窗》。《後窗》中的詹姆斯史都華是攝影記者，因為摔斷腿在小公寓靜養，從後窗看見對面鄰居發生殺妻案。女主角，當紅的葛麗絲凱莉演史都華女友，服飾和人一樣漂亮。所以史都華不像凱恩孤立無援，所以《後窗》不及《戰慄遊戲》緊張。《後窗》有俊男美女的瀟灑趣味，《戰慄遊戲》是男女在心理變態中格鬥。《戰慄遊戲》與《沉默的羔羊》都是恐怖殺人片，《沉默的羔羊》是大格局刑案，噁心得讓人睡不著覺，《戰慄遊戲》在緊張之後讓人放鬆入夢。恐怖電影能夠拍成這樣，怪不得氣走吸血鬼了。

⑸ 1965 年的 The Sound of Music

《真善美》。戰爭籠罩下，集正義，溫馨，人情，趣味，歌舞於一堂的好電影，主要在於製片兼導演勞勃懷斯 (Robert Wise)。懷斯的大氣，遠見，處理技術一流，堪稱大師，像《西城故事》，《大國民》等。懷斯 2000 年去世之前，為他滿堂獎品添加一座奧斯卡終身成就獎。其次論功該推真實主人翁，奧地利海軍上校馮崔普，當年不屈納粹，帶領全家（新婚妻子和七個子女）翻山越嶺，逃到自由瑞士，才催生這部真人真事影片。克里斯多夫普魯麥演馮崔普，嚴肅的外表，慢慢被茱莉安德魯絲融化。安德魯絲演馮崔普新婚夫人，當年捨不下七個可愛孩子，離開修道院還俗當家教。虧她後來在美國，答應把全家故事搬上銀幕。

論影片，茱莉安德魯絲無疑是代言人。影史上佛雷亞斯坦的輕快跳躍，桃樂絲黛的甜美嗓音，都給了安德魯絲。她帶領的七個蹦蹦跳跳大小孩子，後來也在別的影片裡成名。故事發源地，

影片實地場景奧地利薩爾斯堡，位於阿爾卑斯山中，誰來到這兒都能體會何以孕育出美麗的故事，吸引好萊塢拍片，以及全球僅次《亂世佳人》的票房。

⑹ 1965 年的 Dr. Zhivago

《齊瓦哥醫生》。也是冰雪，也是愛情，也有好的音樂，但是《齊瓦哥》添注了無盡的無奈，凍結不住的淚水，到了共產國家禁止上演。民主的德國沒禁演《真善美》，反而宣揚，因為他們知道納粹不對。

俄國作家巴斯特涅夫這部同名鉅著，原本是俄文，描述俄羅斯大革命時期一段哀豔悲戚故事，大衛連把它拍成三小時的冰天雪地苦澀戀情，由埃及裔的奧瑪雪瑞夫演齊瓦哥，由未必最美，卻會軟化男人的茱莉克莉斯蒂演這悲劇的締造者。倒插筆式故事，原本是用濫的敘事技巧，在《齊瓦哥》裡表現自然，前後呼應。大衛連導的電影，比如《桂河大橋》都嫌拖拉，但三小時的《齊瓦哥》拖拉出更多感情。

有人把《齊瓦哥》列為反共電影，我覺得，是自由世界在自貶，共產國家禁演則是自殘。如今俄國侵略烏克蘭，人們懷疑俄羅斯真會有這麼淒豔故事嗎？主題曲 Lara's Song 只是三弦琴，催生奧瑪雪瑞夫的眼淚和冰珠。人們聽多了《真善美》的歡樂音符，《齊瓦哥醫生》能疏通淚腺。

⑺ 1952 年的 High Noon

《日正當中》非常陽剛寫實，環繞著怯懦逃避，正義凜然。又是導演和演員的強力組合，佛列德辛尼曼 (Fred Zinnemann)，堪稱電影史最好的導演，膾炙人口的有《亂世忠魂》，《奧克拉荷馬之戀》，《良相佐國》，《修女傳》等不同型態電影。《日正當中》

是他改造西部片形象，從蒙面俠和倫道夫史谷脫比拳頭式電影，轉變到有內涵價值。當正義與生命交會時如何取捨，當強權索取生命之際，是否有不顧新婚一小時的妻子，從容赴義的勇氣。它赤裸糾正，美國西部開拓價值。片尾，小鎮民眾來擁抱警長賈利古柏，賈摘下警徽，扔在地上，與新婚妻子揚長而去。小鎮的人他不屑一顧。

影帝賈利古柏的角色不做第二人想，畢蘭卡斯特難比擬，約翰韋恩差太多。但論功行賞，首要看四屆金像獎導演佛列德辛尼曼。本片就看賈、佛兩人，別人不重要，儘管葛麗絲凱莉後來成為摩納哥王妃，李范克利夫後來也成名了，甚至主題曲也伴隨最佳影片獲得歌曲金像獎，"Do not forsake me oh my darling." 「拜託，千萬別丟下我。」從頭就鑴入人心，匪徒正在集合來殺警長賈利古柏，賈不知情還在和葛麗絲凱莉舉行婚禮。消息傳開，人心惶恐，第一個逃的是執法檢察長。鎮民先催警長逃走，演變成責怪他是禍源，躲著他。槍戰艱難時刻，葛麗絲凱莉從背後開槍殺死匪徒，救了賈利古柏，顛覆了西部片鐵律，不在背後殺人，也詮釋了正和邪的鬥爭中，不必說道理，所以賈利古柏把鎮民賦予他的警徽，扔在地上。

劇情從上午 10:30 發展到 12:00 日正當中槍戰結束，一個半小時，恰是影片長度。《日正當中》就像實況錄影一場生死鬥，在那 1952 年沒有錄影機的年代，拿下了那年四座奧斯卡獎。

⑻ 1942 的 Casablanca

《北非諜影》。美國人，英國人和法國人之外，亞洲人難以理解，為什麼這部片子那麼紅，評價那麼高，片子拍攝時也沒預料到，直到發行後。什麼原因？感情！二戰時人心惶惶中的可貴感

情，不只是亨佛萊鮑嘉犧牲逃命的機票，給了舊情人英格麗褒曼的丈夫，讓他們遠離納粹，飛往自由。更大的感情來自影片拍攝時機，正值美國捲入二次大戰，人力，財力，社會等資源都被捲入，快樂舒服日子一去不返，戰爭帶來的貧窮和家庭破碎，無可彌補，人們的情感無從宣洩，在那 1942 年，幸有鮑嘉和褒曼間的崇高愛情，給了人們感情破口。最艱苦的物資，最短暫的對白，最不敢表露的感情，在那摩洛哥卡薩布蘭加間諜陰霾中，益顯珍貴。

多年前，我在美國見到有家 Rick's Cafe，與影片中鮑嘉開設的酒吧同名。裡面一座古老鋼琴，以現代化電腦記憶彈奏主題曲 *As Time Goes By*，時光流逝。琴鍵按電腦設定，自動上下敲擊，好像真有手指在彈。電影裡褒曼要求鋼琴師彈這首曲子，卻是鮑嘉禁止彈的曲子，因為令他心碎。當鮑嘉知道是褒曼意思時，他和觀眾都隨著褒曼的淚水崩潰了。八十年前黑白膠片把意境化為如此劇力萬鈞的人性，《北非諜影》遑論其他？那歌詞說明，「女人需要男人，男人需要朋友，時光就是這樣流轉。」Casablanca 赤裸無奈地歌頌，大時代小人物的大氣概，何必再問，為什麼評價那麼高？

(9) 1940 年的 Waterloo Bridge，1958 年的 Vertigo，1997 年的 Titanic

《魂斷藍橋》，《迷魂記》，《鐵達尼號》彼此相隔五十七年，都以倒敘、插敘陳述哀豔奇特的愛情。《鐵達尼號》老太太降落考古船，回憶災難譜出的淒豔愛情。《魂斷藍橋》的勞勃泰勒在滑鐵盧橋上悔恨，戰爭讓他和費雯麗生離死別。這兩部電影觀眾都能預料結局，1958 年的《迷魂記》完全不同，即使詹姆斯史都華是

警探，觀眾再冰雪聰明，也不明白怎麼會有愛他的同一個女人金露華，兩次當他面跳樓，全都自殺成功？權衡下，我只好痛心捨棄《鐵達尼號》和《魂斷藍橋》的一清二白，來探索《迷魂記》合理的驚懼，希區考克神祕的愛情。

　　詹姆斯史都華是舊金山警探，在頂樓追捕逃犯中失足，吊在樓簷，目睹救他的同事墜樓死亡，史從此得了暈高症，只好退休。他富有的中學同學雇他跟蹤妻子金露華，保護她安全，因為金幻想自己是祖母轉世，要在祖母的忌日自盡。忌日快到了，金跳舊金山灣，被史救起，卻無法阻止她登上教堂頂跳樓自殺，因為史爬樓梯時刺激暈高症復發，無力救助。同學喪妻後搬離舊金山，史自己更難過，不只內疚，因為他已愛上金。劇情至此，只進行了一半。

　　懊喪中史都華遇見小劇院的庸俗女演員，像極了同學的妻子，窮追之下，金露華虛以委蛇，直到史發現金有他同學妻子的項鍊，她真是她！史都華不明白，跳樓自殺是怎麼回事，不斷探究下，史逼迫金到鄉下教堂，拉她登樓驗證。金苦苦哀求，因為她也愛上史，但礙於犯罪，不能明說。結局是史克服了暈高症，但還是沒能抓住心愛的人，墜樓死亡。原來上次墜樓是他同學為了吞遺產，把太太推下樓，利用史的暈高症作人證。幻想祖母轉世，要自殺，都是編造的，史也沒見過他太太本人，金露華這小演員是被雇來裝扮他太太，趁史暈高症發作時犯案。史都華看見墜下樓的太太，不是同樣裝扮的金露華。

　　希區考克懸疑電影很多，觀眾投票最喜歡 Psycho（《驚魂記》），美國影評人協會認為 Vertigo（《迷魂記》）最好。我很同意，《驚魂記》，《電話情殺案》，《後窗》，《擒兇記》，《捉賊記》，

《北西北》，《謎中謎》，《鳥》，《蝴蝶夢》都該排在後面。《驚魂記》吸引觀眾在於安東尼柏金斯的精神分裂症，家中「養著」母親的屍骨，一旦他交女朋友，內心母親那一半就會出現，導引他殺掉女朋友，柏金斯不敢「違抗母意」。柏金斯造型和演技一流，希區考克導得過癮，觀眾嚇得心服。但心情平靜後，發現影片除了精神分裂症砍人，缺乏文藝深度。《迷魂記》不同，有美感，有情境，還有「犯罪技巧」。

　　《迷魂記》的場景舊金山灣區，風光旖旎，讓繃著老虎狗臉的希區考克，得以把玩俊男美女演這齣神祕戲，也把觀眾玩弄得團團轉。六十年過後我仍在團團轉，拜訪過兩次州道 156 號上的小鎮 San Juan Batista（西班牙語，施洗者聖約翰），《迷魂記》兩度自殺場景。小鎮離舊金山 150 公里，人口不到兩千。2018 年當地舉行「迷魂記六十週年紀念」，影迷被引導參觀馬廄，教堂，長廊場景，天黑後放映《迷魂記》。我們先離開，為了想在回程驗證史都華強拉金露華晚上去教堂求證的路上，氣氛是否真的鬼魅。

　　101 號是國道，156 號當年是土路，現在也是快速路。夜晚在 101 號百公里的時速車流中，我把穩方向盤，只能以半秒半秒抬頭一瞥黑暗天空凝聚的雲層，兩旁高而黑的樹向後飛逝，氣氛果真鬼魅，希區考克能找到真不容易。希的運鏡就是半秒半秒地壓縮緊張，他必是在夜晚拍天和樹的空景，在攝影棚拍兩人開車，然後以 chroma key 技巧疊合鏡頭。要是真讓兩名大牌夜晚鄉下飛馳，萬一出車禍，就不需要跳樓自殺了。

　　「你小心開車！」妻說。我問，「記得我們去希區考克拍《鳥》的加州 Bodega Bay，在 Tide 餐館享受鮭魚三吃嗎？記得去 Yosemite 山腳 Jamestown 體驗拍《日正當中》嗎？去德州聖安東

尼奧，《邊城英烈傳》的屠城地 Alamo 堡嗎？去奧地利薩爾斯堡，享受《真善美》大餐嗎？去史坦貝克 Salinas 街邊喝咖啡，在他故居吃牛排嗎？去 Sonoma 鄉下，傑克倫敦小說電影《狼屋》嗎？我們去拜謁林海音的《城南舊事》北京晉江會館嗎？比起這兒希區考克不祥之地，那些地方安全多了。」

(10) 1939 年的 Gone With the Wind

《亂世佳人》八十年前開拍，好萊塢預測放映會轟動。米契爾同名小說《飄》，製片人大衛塞茲尼克，導演維托佛萊明，演員費雯麗，克拉克蓋博，李斯利霍華，奧莉薇哈佛蘭都經一再挑選。製作預算 385 萬美元是驚人數字，收益三億九千萬是天文數字。八十年來《亂世佳人》拍攝手法和臺詞，一再被傳誦，模仿，教學。橫跨兩世紀，《亂世佳人》評價早已定位，無需贅言討論。

然而前年美國爆發白人警察跪頸，勒斃黑人事件，全國譁然，引發將《亂世佳人》電影下架，直到在影片上承認對道德與種族偏見，方得重映。警察殺人，黑白歧視當然要不得，需由法律糾正，但是原著根據的是當年社會盛行黑人女僕制，不該由文學和電影背負責任，忽視它們對世人的貢獻。以今判古，揪出認罪，不是文明社會行為，如果《亂世佳人》該公開認錯，那許多電影和文學作品，不是都該在今人面前磕頭求饒？像這樣焚書坑儒就像文革，發生在 21 世紀，好萊塢不必慚愧，羞辱的是美國。

也聯想到《誰來晚餐》和《惡夜追緝令》這些討論黑白的好電影。而 Rebel Without a Cause（《養子不教誰之過》）本意叛逆無由，引申就是造反有理。新冠病毒荼毒世人，八十年前的《亂世佳人》都能強迫它下架，造反有理，夫復何言。電影反映人間冷暖，但人間自己無情。

西部大警長厄普和他的左輪槍

　　美國西部史上 19 世紀的三個人物，傑西詹姆斯和比利小子都是大盜，本文談的維亞厄普 (Wyatt Berry Stapp Earp, 1848–1929)，則被譽為美國西部史上最著名警長。厄普在執法以前，遊走黑白兩道間，做過牧牛手、拳擊手，開過沙龍、妓院、賭場，且賭藝高明。但是厄普講義氣，更重要的，他眼明手快，智謀驍勇，盜匪出沒的亞利桑那皮馬郡、墓碑鎮和堪薩斯道奇市，先後聘他為副警長。他沒做過警長，卻擔任過聯邦副警長。由於他了解黑道行當，一般匪徒都怕他。在制服了一些小道後，名聲越響，地位越高。

　　在墓碑鎮 (Tombstone Arizona)，厄普和兩個也有執法身分的弟弟，得罪了一幫匪徒，他們誓言剷除厄普三兄弟，約定黎明在鎮郊一處牧場，集體械鬥，勝者為王。墓碑鎮民害怕躲開了，厄普兄弟勢力孤單，幸得厄普老友，肺疾嚴重，但槍法極準的「哈勒地醫生」(Dr. Holliday) 遠道前來，冒死相挺。1881 年 10 月 26 日凌晨，四人前往牧場應戰，一陣槍聲，一場巷戰，煙硝過後，清點戰場，厄普四人只有受傷，沒有死亡，對方的三個重要匪徒全被擊斃，其他人逃跑。這場以寡擊眾的殊死戰，就是西部史上聞名的 Gunfight at the O.K. Corral，決戰 O.K. 牧場。1957 年好萊塢拍攝同名電影，由金像獎影帝畢蘭卡斯特飾演維亞厄普，演哈勒地醫生的也是大明星寇克道格拉斯，邁克道格拉斯的父親。這

部臺灣取名《龍爭虎鬥》的真人事蹟大堆頭影片，被譽為西部片的經典作。

　　人們多半傳頌 O.K. 牧場的勝仗，但是隨後五個月內，殘餘的匪徒埋伏，一一暗殺了厄普的兩個參加牧場槍戰弟弟。結果大哥厄普帶領小弟復仇，追殺了主謀的三個匪徒，這次再度得到哈勒地醫生拔刀相挺。

　　厄普後來「洗手」，經營馬場和礦場，去阿拉斯加淘金，開設幾處沙龍，「主戰場」已從年輕時代的亞利桑那、新墨西哥轉到內華達和加利福尼亞的洛杉磯和舊金山。他去世後，骨灰葬在舊金山南方的扣馬鎮 Colma，一座猶太人墳場裡，因為厄普的第四任妻子是猶太人。亞利桑那的墓碑鎮費盡心思，爭取厄普回鄉埋葬，沒有成功。

　　我曾去扣馬鎮「拜訪」，當地群山環抱，霧氣很重，海風把西面太平洋水霧翻山灌進來，不易散去，也因此芳草如茵，樹木綠油油，與厄普發跡的亞利桑那和新墨西哥的一片紅土，完全兩樣。厄普的人生精彩，賭博，夜店，執法，槍戰，淘金，都掌握在自己手中，冥冥中最後也為自己選擇了安息地方。

　　厄普去世時得年八十一歲，在那個年代，浪跡江湖，黑白兩道滾出來的槍手，如此高壽善終的，極為罕見。兩名大盜比利小子的生命只有二十六歲，傑西詹姆斯三十六歲，兩人武功雖高，都是被人殺死。不過厄普的令名在一次由他主導的拳賽中，被質疑作弊，騙取賭金。然而人們並不以這點瑕疵，損傷厄普數度冒生命危險，執法剷除邪惡的正義形象。

　　厄普身後的事蹟很多，舉兩件事，為何「哈勒地醫生」

墓碑鎮附近，四野無人煙

兩度冒生命危險，挺身幫助厄普？研究指向，他對厄普有某種捨命心結，在 O.K. 牧場槍戰中已顯現，《龍爭虎鬥》電影裡曾很輕淡的點到為止，如果換成現在，可能就是李安的《斷背山》了。

「哈勒地醫生」終身未婚，厄普卻結婚四次，他的妻子都幫助他的事業，但是四次婚姻都沒有子女。

另一件有趣的事，2014 年 4 月 17 日，厄普的家族後代在亞利桑那州拍賣厄普的遺物，最矚目的是高大的厄普最常佩戴的一把 0.45 口徑，巨大的左輪手槍，槍管 7.5 吋。這把槍有多出名？拍賣當天網上競標者超過六千四百人，現場競標的有四百多人，登記的資料顯示有四十九國國籍的競標者。得標的是一名不願透露姓名的電話競標者，以二十二萬五千美元得標，比拍賣會預估的十萬到十五萬元約多了一倍。猜想這人是名槍枝蒐藏家，來自新墨西哥州，可說厄普的槍沒有離開家鄉。二十二萬五千元在新墨西哥可以買棟豪宅，百年前一把槍。

三十九歲的維亞厄普（張至璋繪）

拍賣書上說明，這把手槍的握把和子彈轉輪已經換過，不是原件，但是整把槍的架構仍是原件，包括出廠系列號碼 5686，以及 X 光學驗證真偽證書。這把槍是美國陸軍在 1874 年訂購交貨的一批槍之一，顯示厄普擔任執法者時使用的是公家手槍。不過這把 0.45 口徑左輪雖然是厄普最常佩戴的，卻沒用在 O.K. 牧場之戰，那天他用的是把 0.44 口徑，槍管較短，威力略小的左輪。

為什麼厄普在生死決鬥中改用較小號手槍？唯一的解釋是，「他那天多帶了把雙管來福槍，在人多混戰中可以遠距離射擊，近距離時較小號的手槍較易從槍套抽出使用。」厄普在歷次槍戰中從未受過傷，可謂藝高膽大的人物。

那把雙管溫徹斯特來福槍也在拍賣之列，卻意外地僅以 5 萬元賣出，遠低於預估的十二萬五千元。

因為有這些趣味故事，還是西部片迷，我在一個六月天，以一週多駕車穿越德州、新墨西哥、亞利桑那、內華達、加利福尼亞等五個州，沿途全有維亞厄普的足跡，以及對他的描述和書籍，甚至在一處火車站，月臺上還豎立著厄普和「哈勒地醫生」，這對「戀人」銅雕，與真人大小一樣，栩栩如生，當然，腰間都挎著槍。

美國廣大的西部得來不易，但是開發和維持安定也不簡單，這片土地來自「槍桿子出世界」，百年後的好萊塢和矽谷可說都在前人種的樹蔭下發展，即使美國不斷發生槍擊案。外人不了解，美國人太愛槍，誰也禁不了。西部片明星卻爾登希斯頓是 NRA，全美來福槍協會支持者，他有句名言「誰也別想從我手中奪走槍！」希斯頓在作秀，我們的維亞厄普才有資格說這句話。

穿越比利小子的家鄉

19 世紀下葉的美國西部和南部，同一時期出現三個江洋大盜和警長，他們的故事傳誦不斷，出版成書，寫成詩句，譜為歌曲，編成劇本，搬上舞臺，地方為他們設節日，辦活動，甚至建立博物館。他們的事蹟一再拍成電影和連續劇，許多由大明星主演。

比利小子的全身像（張至璋繪）

一個是曾由泰隆寶華，倫道夫史谷脫，勞勃韋納，奧迪墨菲，勞勃杜瓦，和布萊德皮特，在不同電影中飾演過的傑西詹姆斯 (Jesse Woodson James, 1847–1882)。他的事蹟拍過二十七部電影，電視無計其數。

另個是倫道夫史谷脫，亨利方達，畢蘭卡斯特，詹姆斯史都華，詹姆斯加納，寇羅素，凱文考斯納在不同電影中演過的維亞厄普。第三個是勞勃泰勒，奧迪墨菲，保羅紐曼，克里斯多佛遜等人演過的比利小子（Billy the Kid，出生名 Henry McCarty，後更名 William H. Bonney，1859–1881，比利小子為暱稱），有關他的影片有二十一部。

亞利桑那仙人掌上常見射擊彈孔

　　傑西詹姆斯，維亞厄普，比利小子三人出生在同一時期，前兩人相差一歲，比利小子差十二歲。傑西詹姆斯發跡在中西部的密蘇里，後兩者在西南方的亞利桑那和新墨西哥。有趣的是，傳記家和史學者多年來努力尋找三人是否有任何關聯，答案否定，彼此沒有任何交集或會面。鄉野捕風捉影，硬把這三個綠林好漢拉一起，甚至還說交過手，因為三人屬同一時代，地點相近，同一類型，總該彼此惺惺相惜，見見面。此外，傑西詹姆斯和比利小子是重賞下的殺人大盜，維亞厄普是受聘自江湖的聯邦副警長，專門捉大盜。

　　為何三人沒有交集？合理判斷是，他們雖互相慕名，但江湖

大盜彼此謹慎，不侵犯別人地盤，萬字大的人互相避諱，並不像小說描寫，總想挑對方現身，來番生死決鬥，這樣的情節不合現實，只是為吸引讀者或觀眾。

傑西詹姆斯組織一夥人，趁內戰之亂搶銀行，搶火車，搶驛車，射殺軍警無數，警力無法控制。組織內若有傷亡，立刻招募新人入夥，如此強大的強盜殺人集團，逍遙於法外。但是天網恢恢，傑西詹姆斯卻在三十六歲時，被一名想領取巨額獎金的手下輕易殺死。

比利小子完全不同，幾乎是獨行俠，十六歲首度因為偷竊被捕，出獄後因搶劫被捕，兩天後越獄，再因殺人被捕，又逃獄，又殺警長，又越獄，聲名越闖越大，懸賞越來越高，最後被大批警力合剿捕獲，判決死刑。就在問吊前，比利又被人接應逃了，地方最高警長蓋瑞特率眾，在荒野將這班人全亂槍打死，比利死時 26 歲。但傳說紛紜，比利沒死，後來化身遠走高飛。人們說，比利聰明，身手好，槍法快，蓋瑞特殺的不是比利，比利卻藉此脫胎換骨了。百年間各地偶有人自稱比利，甚或比利後代，說奉養他至老。本世紀初，司法界以 DNA 查驗比利衣物和墓穴，但是沒有證據證明死的是不是本人。

走在比利的家鄉亞利桑那和新墨西哥，紅土遍地，岩石乾裂，橫行響尾蛇，遍野仙人掌，上面常見人們練習開槍的彈孔。那片地，頭頂炙熱火球，終年不下雨。我是開冷汽車穿越，比利小子當年可是揮汗騎馬。

倒在血泊中的埃爾帕索藝術家

　　還記得川普的大言不慚嗎？說他反對墨西哥非法移民，因此在邊界豎立萬里長牆，把墨西哥人擋在外面，築牆的錢由墨西哥政府出。這番話激怒墨西哥，全國大罵。美墨邊界那麼長，從哪兒開始築牆？埃爾帕索！

　　很多人懷念史蒂夫麥昆 (Steve McQueen) 的電影，使他發跡的《豪勇七蛟龍》，《惡魔島》，《第三集中營》，或那輛福特綠色野馬跑車紅了數十年不墜的《警網勇金剛》？也許你喜歡他和艾莉麥克勞演的《亡命煞星》(The Getaway)，這部緊張片的拍攝地是德克薩斯州的埃爾帕索 (El Paso)。

　　一百五十年前狄更斯的《雙城記》*A Tale of Two Cities* 問世，成為文學和歷史經典，自此文化不同，位置鄰近的兩個市鎮，人們常以雙子城名之，埃爾帕索和華雷斯 (Juarez) 就是這樣。埃、華中間隔條葛蘭德河 (Rio Grande)，劃分美、墨邊界，河北是美國的埃爾帕索，河南是墨西哥的華雷斯。

　　那個夜晚，車子在雨中沿 10 號州際公路駛入狹長的埃爾帕索，左手邊是餐館，旅館，酒吧，一長排燦爛華麗的霓虹燈。右邊河對岸的華雷斯一片黑暗，點綴了無際的稀疏燈火，兩個城市的繁華程度差距很大，儘管華雷斯的人口多於埃爾帕索。

　　吃了頓不油膩，健康好吃的墨西哥餐，睡在乾草編成的大扇葉電風扇下，次晨放晴，天空碧藍，發現埃爾帕索乾淨整潔，街

上美國白人和墨西哥人和平相處，看不出來統計數字說的「美國犯罪率最高城市」，也不像非法越界移民最嚴重地方。

我指著河上的橋問市政詢問中心人員，「能過去看看嗎？我住加州。」她反問，「你開車來的？」我說，「對，但是我可停在美國這邊，步行過橋看看墨西哥，身上也不帶貴重物品。」她說，「白天在對面逛街不成問題，但是過橋回來時，海關有權扣留你一天，驗證身分和犯罪紀錄。你願意把車停在橋這邊路旁，一夜沒人管嗎？」她又說，「你們寫作，本中心提供足夠的兩地錄影，照片和文字資料。」我們從善如流，終沒過橋。

市政詢問中心除了市政建設和觀光旅遊資料，最多的是販毒，偷渡，走私一類。一張照片中兩個警察攔檢轎車，駕駛者雙手伏在引擎蓋上，一名警察用刀劃破駕駛座皮椅，裡面竟然坐個人。想想警察和攝影的人多麼危險，因為座椅中的偷渡客可能拿著槍。另張照片，兩個美國警察正在把一個逃犯拉回美國邊界，逃犯同夥在另一邊拉他進墨西哥，四人正在「拔河」。其實埃爾帕索的山巒美麗，野花遍地，奇岩突起，當地是美國陸軍最大的野戰訓練基地。地方政府極力宣傳，埃爾帕索現在是個治安良好城市，但是詢問中心太太的警告，適得其反。

印象最深的是 1998 年改建的埃爾帕索美術館，是方圓 400 公里內的唯我獨尊，每年有十萬人參觀。館內收藏的多為現代藝術，可是最有名的一件作品卻展示在館外。路易斯西美尼茲 (Luis Jimenez, 1940–2006)，是德州有名的墨裔藝術家，德大奧斯丁分校藝術系畢業，任教於休士頓大學，以雕塑巨大的馬聞名。2006 年六十六歲的西美尼茲在工作室為丹佛機場雕塑一匹馬，即將完成之際，不料整匹馬倒下來，壓斷了他的腿，西美尼茲流血過多，

竟然孤獨地死在工作室。美術館將他生前雕塑的 Vaquero（西班牙語，牛仔）陳列在館前，使路人無需購票入館也能觀賞懷念。這座彩釉雕塑，馬上的牛仔高舉手槍，姿態非常豪放，是西美尼茲的名作，如今成為埃爾帕索的地標。

　　沒去過埃爾帕索的人，對這兒會聯想到犯罪，毒品，偷渡，以及西部武打燒傷的過去，沒有錯，但這不是全面的埃爾帕索。如果來這兒住兩天，你會看見另一面文化，好像來到一座海水浸蝕的礁岩，走進岩洞，發現五顏六色的鐘乳石。西美尼茲就是那座鐘乳石，埃爾帕索市政府把值錢的鐘乳石搬到室外，讓大家免費欣賞。

西美尼茲作品「牛仔」

冷熱無常阿拉斯加

　　美國土地最大州是最北端的阿拉斯加,行前朋友說那兒很冷,特別是上甲板看冰河,寒風刺骨,要帶條衛生褲。

　　衛生褲是幾十年前的記憶,母親逼我穿過,既緊又熱,很不舒服,照鏡子彷彿要與人鬥劍,又像去跳芭蕾舞。住在加州買不到這玩意兒,既然要去「寒帶」,便在皮箱塞了件滑雪衣。不料十幾天下來雪衣毫無用場,阿拉斯加很熱,上岸遠足 T 恤短褲,甲板看冰河穿件薄外套已足。船上孩童泳池戲水,三點式泳裝,人手一杯冰品,躺在涼椅上欣賞冰河。原來朋友去時春寒料峭,我是 7 月炎夏。

　　一陣噼啪,一個大冰塊剝落,深水炸彈墜入海中,裂成片片白玉漂浮水面。被嚇跑的海鷗飛回來,棲息在白玉上。人們歡呼,趕緊拍照。沒錯,抓當下,也抓永恆。科學家說大氣暖化,下個世紀看不到北極冰雪,何況阿拉斯加。

　　紐西蘭的冰河壯觀,又寬又遠,螺旋槳飛機飛五分鐘還沒到盡頭。這兒阿拉斯加的冰河國家公園,雖然不大,但是形貌特異。紐西蘭冰河單純,表面平滑如鏡,阿拉斯加的表面垂直裂出縫來,形成冰林,說是因為暖化,裂縫向下切割,形成冰林,一塊塊墜落。有條冰河向山上退,現出了山石,長滿綠草小樹。阿拉斯加冰河過去二十五年退縮了 20%,還不趕緊拍照嗎?

　　前年有兩條雄壯的非洲獅子被人射殺,引起全球惻隱之心。

如今阿拉斯加冰河無聲息地在結束生命，北極熊在為絕種而奮鬥。人們大啖阿拉斯加鮭魚之餘，可曾憂心？

　　首府朱諾（Juneau，第一大城是安克拉治）有座冰河博物館，面對著冰河勝景。鐵架上放個冬瓜大的冰塊，燈光照射下現出晶瑩剔透的五顏六色，旁邊有塊牌子「摸摸存在兩千年的我」。我摸了，滿手冰水，問身旁野生管理員：

　　「它在融化？」

　　「沒錯。」

　　「多久化完？」

　　「大約兩週。」

　　「牌子上寫已存在兩千年？」

　　「對，實際上遠不止兩千年。等這塊化了，我們到冰河上搬一塊新的。」

　　我搓搓手，兩千年迅速蒸發。

　　一縷兒時記憶襲上心頭，小販把像吐司麵包大的冰塊鎖緊在鐵刀架上，轉動之下，層層冰屑雪花般飄落碗中。或有愛嚼冰渣的，便以鐵鑿相鏟，粒粒鑽石蹦進碗裡。不論刨冰還是剉冰，淋上五顏六色的糖汁，也是晶瑩剔透，五顏六色，勝過兩千年冰塊，何況還能品嚐紅豆、四果、愛玉、芋頭、花生、煉乳的美味。

　　檢視照片，天空有奇異雲彩，晚上十點半看日落，午夜十一點薄暮冥冥，沒幾小時天又亮了。多半人並沒見過北極光和午夜太陽，可是當下的奇異雲彩和十點半落日也不差。阿拉斯加不只冰雪奇景，上個世紀先是淘金，後來觀光，這兒還富藏漁產，石油，天然氣。1867 年美國以七百二十萬元

晚上十點半看日落

從俄國手中買來這塊大地，現在號召西方國家，以百倍代價對抗
俄國侵略烏克蘭。

　　船駛回金門大橋，人們誇讚，「舊金山好涼快呀！」風景已不
重要，淘金熱，觀光熱，大氣變熱，那款山河冷熱無常。

冰山化融雪

人鬼之間聖荷西

科技相對的是迷信，矽谷的現代文明中，卻有棟古屋，神祕詭譎。

美國第十大城聖荷西 (San Jose)，號稱矽谷之都 (Capital of Silicon Valley)，有條熱鬧的桑坦納巷 (Santana Row)，酒吧餐館，名店如雲。巷道中央闢為咖啡座，露天彈奏演唱，夏天男女如織，冬天聖誕燈和露天爐火，點綴另番氣象。三層以上的閣樓闢為住宅，單間套房售價合臺幣三千多萬，卻是單身貴族最愛。

桑坦納巷開發成功不出二十年，啟發矽谷各地效尤，正在規劃的庫比蒂諾和桑尼維爾，新闢劃的山景城，頗有仿照桑坦納巷住商合一的影子，把老住宅或舊購物中心拆建，重新規劃。臺灣實施都更，大規模的也可參考，創造屬於臺灣環境的新社區。

然而桑坦納巷邊有個異象，有一棟列為古蹟的詭譎莊園——溫徹斯特神祕屋 (The Winchester Mystery House)。神祕屋鬼影幢幢，與溫徹斯特來福槍有關。

人類發明槍以後的最大的改良，是在槍管內刻劃螺旋狀的來福線條，子彈出了槍口旋轉，化解阻力，直線前進，擊中遠方目標。19 世紀，威廉維特溫徹斯特 (William Wirt Winchester 1837–1888) 製造的「溫徹斯特來福槍」，從康乃狄克揚名全美，馳名全球。百年來，常見兩個敵國互打，用的是相同的溫徹斯特來福槍。1873 年改良型溫徹斯特外號響噹噹，名叫「打下西部的槍」(The

Gun Won the West)。溫徹斯特家族因槍而發大財，是當年美國富豪之一。

　　儘管家族事業興旺，厄運卻接踵而至，溫徹斯特夫婦唯一的女兒出世後莫名夭折，溫徹斯特得了怪病去世，溫徹斯特夫人莎拉也患上憂鬱症。波士頓一個靈媒告訴她，「是冤魂來向溫徹斯特家族討債，特別是來福槍下死亡的大批印第安人和南北戰爭士兵。」唯一的避邪之道，是莎拉遠走他鄉，不斷蓋房子，善待尋蹤而至的鬼魂。

　　名校出身，會四種語言，彈得一手好鋼琴，美麗的莎拉深信靈媒之言，從東岸的新英格蘭，遠走加州當年荒蕪的聖塔克拉拉郡，在現在的聖荷西谷地買了一百英畝葡萄園，開始蓋大廈，地點就在現在桑坦納巷隔壁。「鬼怕吵鬧」，所以工程日夜進行，敲敲打打四十年沒停。1922 年莎拉去世時，變成一堆一百六十間房間的七層房屋群，房間各異，用的是上好木料。兩千扇門，一萬扇窗子，樓梯和壁爐各四十七個，十三套浴廁，六間廚房。

　　為什麼一百六十間房間有兩千扇門，四十七個樓梯？因為多半門是假的，打開是一堵牆，或是掉落院子裡。上下樓梯如果繞錯，就會走回原地，再試另一條，又會出現新景象。這樣處心積慮的設計，是「為使鬼魂找不到莎拉」。解說員一再告誡參觀者，「千萬別單獨行動，否則走不出去，還會發生危險。」

　　四十年來莎拉每三晚換間臥房，與鬼捉迷藏。女傭送早餐是個麻煩，所以每個房間都有條線，莎拉在屋內一拉繩子，廚房的某個燈就會亮，知道她身在哪間，送進餐點。整棟大

桑坦納巷夜景

廈只有三面鏡子，陽光不直接射入屋內，因為「鬼魂遇到鏡子和亮光會現原形」。樓下有間大聚會廳，地板光亮，長廊壁畫，有架管風琴，空椅沿牆擺放。孤僻的莎拉從不宴客，卻常在夜間穿晚禮服進來，獨自在大廳彈琴，因為「入夜高朋滿座，需要有人款待。」。

　　莎拉終身未再嫁，嚴格管制自己不照相，去世時八十二歲，第二年，1923 年建築終算完工。莎拉遺言把大廈群捐給地方政府，1996 年大廈被列為加州 868 號地標。今年 2023 年是這座神祕屋百年紀念，人們進出神祕屋後，跨街來逛桑坦納巷，吃頓美食，喝杯咖啡，好不舒暢。但是莎拉若見到這景象，怕不要說，「我早就知道，會遇見鬼！」

聖荷西百年神秘屋一角

好萊塢蓋蒂博物館

　　如果首次從臺灣去洛杉磯，人們計劃逛的好萊塢地區，總包括日落大道，中國戲院，比佛利山，馬里布海灘，環球影城，羅德奧街商店等等，因為總該要站在鄰里朋友都有的鏡頭裡，親歷世界幾百部電影，電視，私人網站，廣告噱頭的景點，在這區塊文化留下倩影。但是拜託，請光臨北好萊塢山頭蓋蒂博物館(Getty Museum)，最好將其列為優先。

蓋蒂博物館主廳石

　　或許會認為，去好萊塢參觀博物館浪費時光，總不會去拉斯維加斯逛圖書館。傳統形式的博物館，不論展出內容是歷史文物，自然天文，科技新知，還是形形色色生活用品器具，博物館本身只是棟建築，展示收藏，參觀者的眼界侷限於室內，如果占地夠大，或許離開空調，在庭院呼吸空

氣。蓋蒂不同，室外設計很美，極具內涵，是參觀蓋蒂的重點。

　　「蓋蒂」實際上有兩處地點，一處是蒐藏四萬四千件古希臘和羅馬藝品，以教育研究為主的 Getty Villa，蓋蒂村。一處是以建築，花園，景觀取勝的 Getty Center——蓋蒂中心。蓋蒂中心，就是慣稱的蓋蒂博物館，1997 年落成，距今才二十六年，每年吸引一百三十萬遊客，成為好萊塢，乃至洛杉磯新的人文地標。

　　石油富商保羅蓋蒂出生於好萊塢臨海小鎮，一生蒐集歐美藝

查理曼大帝的特使

術精品，他的大莊園不夠展示，便在附近開闢蓋蒂村，展覽兼帶學術研究。蓋蒂去世後，他的產業成立藝術信託基金，為發揮藝術精神，容納廣大參觀民眾，另擇地北好萊塢山頭，建設蓋蒂中心。參觀者必須先把車停在山下停車場，搭博物館的電動三節車廂上山，沿途瀏覽景致。山頂的蓋蒂中心則免去了停車場的喧擾。

　　入門後的設計是幾條水道，石卵小溪，噴水池，人工小瀑布引導水流進圓形水池，水池中央是個謎宮狀的花草小島。人們若循水而行，拾階而下，會經過博物館建築外的庭院，草坪，樹林，

室外不露天咖啡廳

步道，最後到達水池，旁邊是層層種植不同植物的花園，最後是個圓形仙人掌花園，俯瞰好萊塢和遠處的洛杉磯市區和海灘。這樣流水和空中花園的設計，有些融和東方禪意和歐洲風味。

蓋蒂中心的建築以白，砂黃，乳色系列為主，在藍天，綠草，潺潺流水中，顯露純潔高尚的藝術氣質。蓋蒂中心收藏的藝術品以 20 世紀前後歐洲，美洲，亞洲的繪畫，雕塑，室內裝飾為主，不同於蓋蒂村文藝復興和中古時期作品。我看見梵谷的藍色鳶尾花，也瞻仰查理曼大帝的外甥自法國出航西班牙，身著聖袍的栩栩如生雕像，美不勝收。

蓋蒂中心的庭院設計師是勞勃爾文 ，建築師是李察梅爾 。1990 年硬體開始建造時 ，預算為三億五千萬美元 ，後來逐年追加 ，1997 年落成時的總經費為十三億美元 。蓋蒂博物館免費參觀，星期一休館。

博物館前的許多水道之一，人物為夏祖麗

「閉門造車」的人

朱熹說，「閉門造車，出門合轍」，意思是儘管在家關著門造輛車，上了路如果吻合專業所造車子的軌跡，也實際可行，兩句話頗有積極鼓勵意味。不過後人只取第一句話「閉門造車」，比喻人「閉關自守，摒棄外界，固步自封，主觀裁決，狹隘發展」。

話說美國有群人就是在「閉門造車」，但頗能「出門合轍」。他們「玩車」的意境，超越「蒐集名車」，或翻新「古董車」。名車或古董車究竟是別人造的，不過花錢買來擁有而已，如此般自我滿足，不啻另類「閉門造車」。但是本文談的這些人「閉門造車」，是自行設計，自己動手的成果，成就感和滿足感更高，同好互相觀摩切磋，使「閉門」技巧更上層樓，如同繪畫雕塑。

普利桑頓 (Pleasanton) 位於北加州，是東灣內陸的古樸小鎮，居民大多老美，移民或有色人種不多，與西灣的矽谷成為強烈對照。每逢週末滿街熱鬧，吃吃喝喝，玩車人，跑車，老爺車，敞篷車，或色彩怪異的都端出來亮相。

在一家老飯店門口樹蔭下，有輛纖細嬌小的赭黑色雙座小跑車，頗為吸睛，型號古董，但一看就是全新的，特別是車尾露在陽光下，呈現出暗赭黑紅色，原來它不是全黑。陽光照射下，黑中的金屬粉閃爍發亮，很是迷人，我想就算 Rolls Royce 未必調得出來。然而，我找不出廠牌。

狄克布朗和他的沙士汽水

　　「喜歡這顏色嗎？」一名高大鬍子問我。「了不起，很高貴。」我忽然來電，「你是車主？」「沒錯。」鬍子裡露出笑容。「為什麼不見廠牌？」這位狄克布朗 (Deke Brown) 先生說，「沒有廠牌，我設計後買零件組裝的。」他指指牌照，「這就是車子的名字，California Rootbeer。」加州牌照，沙士汽水。「我太太選的沙士汽水顏色，就成為車名，我登記牌照，美國僅此一輛，我手造的。」布朗言下頗為得意，他的怪異笑容讓人感覺親切，很可以交談。

　　一週內我們互通 E-mail。原來組裝車 (kit car) 的觀念和興趣，

在美國發展很快，對廠牌汽車卻不構成威脅，因為「閉門造車」所費不貲。以這輛沙士汽水來說，所有器材花了 10 萬多美元，主要在訂購引擎，傳動系統，漆的調配噴著，以及座椅和裝潢的設計打造等四個主要項目，「以同樣材料裝配，汽車製造廠的成本只需 3 萬元。大量銷售價格更低。」這輛沙士汽水的零件供應，來自麻薩諸塞州杜蘭市。據說，目前他們供應了大約一千份「閉門造車」的材料，大多是美國私人訂單。布朗看我有興趣，說他可以幫我，我虛以委蛇。

「一共運了五趟，三十三箱，有的箱子體積三四呎見方。我和幾個朋友花了三年，把這些金屬或玻璃纖維拆封，按照自己的設計組裝，算算幾個人，總工作時間大約四千小時，其中六個月花在漆店，兩個月在裝潢店。妻子柯琳研究漆的材料顏色，一再實驗的最後，從四種版本中定調沙士汽水。」布朗說，「我們本來自己動手設計製造座椅和裝潢，可是結果不令人滿意，於是不斷修改結構，換新材料品質。」車子上路後的年保險金多少？一千元。

「沙士汽水」基本外型來自 1933 年的福特小跑車，但是引擎大異其趣。「我在訂購組裝這輛車之前，花了一年時間打造引擎，還進入舊金山南方聖布魯諾的一所引擎學院研習，目標就是這輛 370 馬力手排檔引擎。」

狄克布朗，讓我想起已故友人，在美國太空總署常年工作的張元樵博士所說，他參與了二十多次太空梭任務。狄克布朗 2010 年退休前，三十六年內一直是太空工業的生產工程師和經理，退休後有個慾望，自己造輛喜歡的車子，不是整輛買別人造的。如今夢想成真，然而，「沒有妻的熱心協助，我的夢想不會實現。」

這印證了，成功的男人背後有女人，幫他閉門造車。

　　「我日常生活不開沙士汽水，多半用來展示。」我沒問他，這樣值得嗎？

華燈初上

　　住在澳洲和美國，養成居家走路的習慣。走路有兩個好時辰，早上和黃昏，早上精神好，萬物欣欣向榮，精神好就想做需要精神的事，例如寫作。欣欣向榮則出門購物，會朋友，打點家計，乃至遛狗整理院子。為了不影響一天的收穫，妻和我選擇下午黃昏走路，一來不因走路虛度早上有創意的時光，二來也許宿夜未醒，錯失了早上時光。太陽下山走路可說是消耗一天的剩餘精力，這時人體的黃昏和自然的黃昏同病相憐。妻喜歡黃昏走路，部分原因卻是欣賞萬家燈火。

　　澳洲是容易被看透的複雜社會，例如 1986 年率先倡用塑膠鈔票，不是為了乾淨洗錢，是因為塑膠衛生，不像棉紙吸水份藏細菌。1987 年在一次大屠殺案後，澳洲全國禁槍成功，羨煞美國。同年通過安樂死法，半年內依法執行四件安樂死，不過隨後被聯邦議會推翻，反而變成禁止安樂死，幾年後荷蘭立法安樂死至今。有這些事雖然可說先進，澳洲人居家卻較美國保守，黃昏散步就能看透。

　　黃昏一到，華燈初點，澳洲人立刻拉上窗簾，白天是第一層半透明紗簾，路人可一窺室內，天一黑人們拉上第二層全不透光窗簾，完全隔絕外界。有位澳洲作家說，祖先不少是囚犯的澳洲人，蓋座大監獄（指澳洲），把世界關在外面，這句話指澳洲人的視野，也很可能是指窗簾。後來窗子上發明了遮光板，取代窗簾，

乾淨美觀，還可上下左右轉動，阻擋陽光方向，調整視覺角度。
這種 shutter 勝過傳統百葉窗，但澳洲人常把角度調整向天，就是
不讓別人看穿客廳。

左圖：木質餐廳燈營造氣氛　中圖：走道燈引領長廊　右圖：牆角茶几燈三面照明

　　美國人，至少加州，黃昏多不拉上窗簾，大方地讓散步人看
個究竟。客廳常有大片玻璃窗，窗內必有一座檯燈，展示氣氛，
家具擺設，壁畫裝飾，就恨不得你看不見。有的客廳設有轉角玻
璃窗，燈的美化作用更大，聖誕節變成亮晶晶的聖誕樹。廚房常
臨街，是另番景象，女主人洗菜烹飪，或推開窗子向窗臺花朵澆
水，這樣的窗子闢有突出式窗臺 (bay window)，美國人天性喜愛
展示自己有多美。美澳祖先都來自英國，但是這對堂兄弟個性不
同，反映在開關窗子上。

　　臺灣房屋建築業興盛，連帶室內裝潢業發達。設計常以木板
覆蓋牆壁，或是把本就不高的天花板再降低以容納頂燈。除臥房
外，室內常用玻璃拉門。進門必有鞋櫃，廚房必有烘碗機，不是

洗碗機，人們認為烘碗比洗碗重要。陽臺常以玻璃門窗包圍，形同室內，設有「室內」晾衣架，取代了烘衣機，然後再買除濕機來過濾室內濕氣。先把室內空氣弄濕，再設法使其乾燥。

　　談到乾衣的方法，似乎美國人唯一觀念就是把一大籃洗好的濕衣服，水淋淋塞進烘衣機，以高電熱烘乾，這機器再以高風速把熱得燙手的衣服吹涼。怪不得常見美國家庭主婦披頭散髮，大概也是為什麼美國美髮業，修剪指甲業興盛原因。美國主婦花大把金錢，窮畢生於美容院，不只做頭髮，也為消除疲勞，大皮椅上下俯仰有如按摩椅，頭戴鋼盔燙髮，手拿花花雜誌，腦袋和內心互相取暖，腳趾頭由專人伺候，好似皇后。眾皇后閒話八卦，交換養狗經驗，還有家裡那口丈夫。

　　經過轉筒式洗衣，高溫下烘衣，衣服受此摧殘，已經老弱不堪，皺紋叢生，這時電熨斗上場，如果熨燙無功，再噴水還原成濕衣，再電熨，刺拉一聲冒出白煙，比美水煎包。衣服經此虐待，壽命無幾，好在美國衣服便宜，但是電價不貲，美國主婦真是難為，這時又該上美容院了。不過這是傳統生活，現代的衣服質料和式樣趨向易乾免燙，省了電力人工，剝奪主婦時光。

　　澳洲和臺灣對待衣服的方式與美國不同，澳、臺都採取晾衣，省電又衛生。臺灣在陽臺晾衣，正確說是陰乾衣服。澳洲在後院，家家豎立一把巨大的鋼鋁製雨傘狀曬衣架，只是骨架，沒有傘布。衣服層層夾在骨架上，微風過處，曬衣傘就像荷蘭風車般，橫向慢慢轉動，不論順時鐘，還是反時鐘，都有向陽面，不但環保，清潔乾淨，就像塑膠鈔票。澳洲人很自豪他們的發明，可惜沒有國家領情，不晾曬衣服的美國人，不知道他們怎麼想。澳洲沒有那麼多美容院，主婦把時間花在曬衣，收衣，熨衣上了。

　　不過美澳室內裝潢有一點相同，難見以木板遮蓋牆壁，也不像臺灣降低天花板，這樣不會縮小室內空間。事實上天花板高度影響房價，高天花板房價高，所以沒有人願意降低天花板。美澳的室內裝潢，不像臺灣般複雜，說穿一句話，燈光扮演了重要角色，不是吊燈，是檯燈。除了豪門巨賈很少懸掛水晶燈，檯燈成為主要光源，即使白天，檯燈也扮演一定角色，不只光源，也是裝潢，於此美澳的居家「裝潢」，一半落在屋主的選購品味上了，特別是檯燈。

　　光線，檯燈，乃至壁飾襯托，難以筆墨描述，三張照片，讀者自己心領神會吧。

一號隊長破碎的臉

　　班堡 (Bamberg) 是個趣味城市，從兩張照片看得出來，但是引人的部分，是歷史文化。

　　班堡位於德國中南部巴伐利亞省，介於法蘭克福與紐倫堡之間，梅茵河與支流瑞格奈茲河的交叉口。河面有載客的划舟「共渡拉」，班堡就被稱為德國威尼斯。從玫瑰園下望老城，巴洛克式迷人斜頂住宅，屋瓦清一色磚紅，俯視全城很美。巷弄細窄，橫豎斜，陽光投影不一。步行穿梭在這不規則的棋盤，要慎防迷路。窄巷車子不能進入，寬路沿街擺設咖啡座，你不妨試一杯當地盛產，比咖啡更為濃郁的煙燻啤酒，佐以香腸嫩豬腳，不用擔心萊克多巴胺。

　　西元 10 世紀，義大利神聖羅馬帝國皇帝亨利二世來到這富裕之地，立意建座「第二羅馬」。老城按照嚴格的建築法規闢建，石磚路面百年踩不壞，外牆彩繪隨年代更新，聯合國把班堡老城列為世界遺產，不得隨意更改市容，班堡不是浪得虛名。這一點難道亨利二世早已預知嗎？不然這羅馬皇帝為什麼要在駕崩前，選擇這日耳曼人的班堡城，葬身異域呢？

　　當年瑞格奈茲河左岸是豪華宅邸的貴族區，右岸是人口眾多的平民區，貴族不甘心把市政廳設在平民區，爭執之下決定在河中央填個小島，在島上蓋座市政廳，兩側各建一個寬廣的石橋，從市政廳下穿過，市政廳這巨人便伸直雙臂，懸吊兩邊貧富區。

奇特的設計解決了問題，如今闢為博物館，還受到聯合國保護。我穿越兩條橋，從當年貴族區進入平民區，望著橋下汩汩流水，又踱步回來。中古歐洲人不能如此自由往來的，但是貴、賤總會在市政大廳碰頭，縱使各自跨越不同的橋。

　　老城有些漂亮教堂，也有不少雕塑。老市政廳旁的廣場，有座奇特巨大的黑色人臉，只是橫切半張面，題名為 Centurion No 1，字典上 centurion 意思是「古羅馬軍隊指揮百名士兵的隊長」。雕塑命名的時代意義頗契合老城，但這個雕塑不但是現代藝術，豎立日期竟然是 2019 年 7 月 15 日！我何其有幸，碰巧在 「隊長」剛豎立在廣場，就遠從美國加州灣區跑來瞻仰，半年後德國新冠肺炎肆虐，遊客不來班堡了，這孤獨的半張臉只給世人看了半年多，又何其不幸？

懸吊河中央的市政廳

米托拉吉的一號隊長

　　銅牌上說，雕刻者是聞名的米托拉吉 (Igor Mitoraj, 1944–2014)。因此很顯然，這張臉不是為班堡雕塑的，不然不會在他去世五年後的 2019 年才豎立在廣場。合理推測是班堡買來現成品豎立在這兒，買的動機該是仰慕米托拉吉之名，也不排除看中雕塑的題名「一號隊長」。你瞧，古羅馬第一號隊長守護德國「第二羅馬」，班堡真夠面子。

　　我這推測無法得到證實，永遠不會，但也永遠不會被推翻，瞧，一號隊長的腦子沒了。米托拉吉作品多半是殘破不全的人臉或部分人體，但是殘留部分栩栩如生，頗具美感，卻闡釋生命的缺憾，豐富了聯合國遺產。

　　米托拉吉原籍哥倫比亞，住在法國，一度住在義大利的 Pietrasanta，當地被譽為大理石之都，是世界著名雕塑家夢寐之所，房價昂貴，幾世紀前，米開朗基羅就在這兒出生。班堡現在豎立起這半張臉，遊客紛紛在旁拍照。我等了一會兒，趁沒有人的空檔，拍下這張照片。

　　快門按下的一刻，耳際響起蔡琴的歌，「某年某月的某一天，就像一張破碎的臉………。」

抱殘守缺的古堡

　　人說，日耳曼民族自視甚高，接壤的法國，丹麥，荷蘭，比利時，波蘭，奧地利，捷克，他都瞧不上眼，兩次世界大戰德國都想征服全歐，只有瑞士山高人少，自封中立，德國把他排在最後收歸，逃過劫難。歐洲古堡多，德國尤多。

　　德國古堡密集萊茵河谷地，平均 2.5 公里就有一個，谷地共有四十座古堡。但是幾個世紀下來市鎮興起，有些古堡夾雜在民居巷弄之間，很難辨識，有的古堡設計本就沒有瞭望塔，或教堂尖頂，外表經後代整修，失去古堡特徵。古堡多，反映古代日耳曼各民族性喜爭戰，王公貴族紛紛築堡自衛，臣子順民依附旗下，大小堡壘儼然一個個小王國。有規模的堡壘選築高地，進可攻，退易守，瞭望世界遠，臣民擁抱近。堡內防禦工事嚴密，堡外農田畜牧，平時是版圖子民，戰時就是兵源。當今人們參觀古堡，像進入時光隧道，古歐洲的貴族與地方生活型態，活現眼前。

　　保存最完整，不受戰爭摧殘，也沒重新修建的，當屬德國西南部，萊茵河下游彎道口的馬克斯堡 (Marksburg)，聯合國教科文組織 (UNESCO) 列為世界遺產保護 (World Heritage Site)。馬堡位於小鎮布勞巴赫 (Braubach) 小山頂，布鎮當年只是馬堡山下農民聚落，後來因為觀光客多，形成小鎮。其實馬堡溯萊茵河而上 10 公里有個大鎮考布侖茲 (Koblenz)，遊船聚集靠岸，遠道來參觀馬堡的人也多半住在考鎮。再往上游百里是科隆，往下游等距離就

是法蘭克福，進入黑森林區。這段萊茵河蜿蜒幾個彎道，兩岸許多小鎮，徜徉其間，香腸配酸菜，豬腳生啤酒，哥德教堂高聳，都鐸老屋花俏，間雜斜立式的葡萄園，風景很美。我在這段萊茵河溜達了五天。

為什麼葡萄園不在平地丘陵，斜立在坡地，因為春秋雨水多，斜立排水容易。有天晚飯前，人給了我小半杯當地透明葡萄酒，抿嘴清涼而烈，略帶甜味，「一口乾掉！」客隨主便，我一口下肚，頓時火山爆發，伏特加，約翰走路，金門高粱都比不過。妻猶疑不決，我英雄救難，拿過來她的乾了，龐貝立刻淹沒。我問酒名，「洗襪子皮爾」，字母怎麼拼寫，因酒精作祟，記不得了。

馬堡最初是 12 世紀布勞巴赫自由派的貴族所建，原先只是山頂防禦工事，艾普斯汀大公將其擴建，家族，僕傭，軍隊都住在裡面。上世紀中葉歐戰期間，德國納粹曾一度把馬克斯堡闢為戰時監獄，戰後交給德國古堡協會保管至今。

馬堡離萊茵河面 160 公尺高，堡內陡峭，人走人路，馬走馬道，馬車走石子路。當日天色陰暗，奶油巧克力蛋糕狀的馬堡上空，一片烏雲，萊茵河水漫漫，寂靜無聲。我們彎彎曲曲拾階而上，考驗腿勁。堡內的花崗岩臺階已被磨平，分不清楚階級，「是馬蹄鐵長久踐踏的結果」。如今遊客穿軟底運動鞋，保護自己也保護馬堡。我的感覺，這麼累爬上來還能打仗嗎？

堡的高層有四個礮口，面對萊茵河，四尊鋼塑土礮，架子上一堆堆圓礮彈，居高臨下能拋射 1000 英尺遠，打到萊茵河彎道的上下游船隻，甚至對岸。士兵，僕傭，主人在堡內分開居住，也分開用餐，祈禱，雖然住同一建築群內，不同階級絕不混雜。若有人犯了罪，例如欺騙或通姦，會打進底層陰暗的刑罰室，輕重

罪刑有挨餓，鞭打，夾手腳指關節，吊身體墜石頭，五花八門的刑具，遊客到了這裡心裡發毛，問不出問題。大廚房牆上掛了些剁肉刀，下方的厚木砧板面呈波浪狀，「古人用波浪面砧板嗎？」「本來是平的，剁久了變成這樣。」我原以為，西方古人只愛啃羊腿吞葡萄，看了大廚房，大刀大板，才知道真相。

　　廚房連接餐廳和起居室，厚重的大餐桌能坐二十人，旁邊有小餐桌。餐桌邊的石牆上有門洞，但是沒裝門，走進去石墩上也有洞，原來是廁所。很難想像為何沒有門，唯一解釋是為了方便救急，以及古今不同的隱私觀念。不會影響食慾嗎？原來排泄物落入下面一層樓，有專人沖洗。餐廳還有扇門，真實木門，裡面是一間祈禱室，壁畫，圓拱頂，很隆重的房間。不難想像賓客先祈禱，再用餐，再進廁所，再回飯桌，多麼規矩。餐廳有個突出去的角窗型小包廂，沿牆設有固定的石板座位，是樂師演奏的地方，而餐桌邊的空地，就是跳舞作樂之處了。我的感覺，這餐廳就像夜店，大家不戴口罩。

　　貴族王公的堡內生活奢華，戰士責任重大，上山運送糧秣武器，碉堡守望，戰技訓練永不終止。馬堡有兩個房間，展示 12 至 18 世紀的武器，以及盔甲演進。那些戰士雕像個個雄壯，但是個頭不高，「12 世紀歐洲人的平均身高，比現代人矮六英吋，也就是十三公分。」所以堡內的門都很矮，參觀者要低頭出入。我想當年沒有 NBA。

　　關於馬克斯堡還有件有趣的事，它有個孿生兄弟遠在日本琉球。1873 年日耳曼一艘雙桅四帆船羅伯森號在琉球宮古

馬克斯堡聳立在萊茵河上

島觸礁，船員被當地民眾救起，細心照顧，1876 年普魯士王凱瑟威廉一世為感激琉球人的義勇善良，在宮古島平良市設立一座「德皇感謝紀念碑」。19 世紀末日本兼併琉球，1936 年琉球人不忘這段情，建造了更大的「德國商船遭難紀念碑」，宣揚「獨日友好」，日文獨國就是德國。

　　上世紀末日本擴大當年子民的義行，選擇德國馬克斯堡的建築規模，在平良市上野仿造一座馬克斯堡，1996 年落成，孿生兄弟外形一模一樣。進入本世紀，2000 年 7 月 21 日德國總理施洛德赴琉球參加世界 G8 高峰會之前，特別參訪「馬克斯堡」，並致詞回憶德日前緣。我的感覺，馬克斯堡海外生子，所以二戰德日結為軸心國。

堡內世紀武士雕像

　　我去過琉球，那年擔任中華民國國慶宣慰日本華僑代表團團長，當時不知道日耳曼與大和民族這段因緣，否則一定安排去看看。可惜平良上野的「馬克斯堡」不在山嶺，旁邊也沒有萊茵河。據說堡內有榻榻米，茶道。然而我知道，廁所一定現代化。

馬侖堡一日三樣情　　【標靶北半球】2020 年 2 月

馬侖堡清晨

　　澳洲面積與不算阿拉斯加的美國一樣大，但只有東南沿海適合人居，其他都是紅土沙漠，沙漠中央豎立一塊全世界最大的獨立岩石，烏魯魯 (Uluru)，是原住民語，以前叫艾爾斯岩 (Ayers Rock)。古代傳說是天上掉下來的隕石，栽進紅土沙漠。艾爾斯岩一天會變幾種顏色，清晨暗紅，早上大紅，中午鵝黃，下午金黃，黃昏赭紅，傍晚紫紅，入夜暗黑。很多人在遠處架設長倍鏡頭，每分鐘自動照兩張，一天下來三千張，傳統放映機依照人眼的視

覺暫留，每秒二十四張圖像，三千張放映兩分鐘。坐在電視機前靜觀艾爾斯岩變臉，一杯咖啡在手，享受兩分鐘，時間過完，咖啡仍在冒煙。

　　去歐洲馬侖堡前有人告訴我，這兒也是早晚景致各異，最好住一天，欣賞馬侖堡的「變臉」。結果我真在河邊住了一天，拍了許多照片。現在選出同一景三張，馬侖堡的早、中、晚。

　　馬侖堡不是地名，是照片中山頂的堡壘名，地點在德國中部伍茲堡市，Würzburg 的梅茵河西岸。橫貫歐洲中部有相連結的三條大河，自西向東，萊茵河 (Rhine)，梅茵河 (Main)，多瑙河 (Danube)。萊茵河景致優美，多瑙河樂音裊裊，梅茵河蘊藏文化，雖然長度最短。梅茵河北起萊茵河轉角的梅茵市，中間經過法蘭克福，南到班堡，匯流進多瑙河。

山丘斜種葡萄園

馬侖堡的黃昏

　　英語的 fort，stronghold，fortress，castle，中文都可譯為「古代堡壘」，全有堅固工事，抵禦入侵性質，但是規模，作用，形式上各具特性。fort 是堡壘，碉堡，發射箭與砲的防禦工事。stronghold 是固守城池，抵禦入侵的據點。fortress 指紮營防禦，可謂城堡。castle 常指有重兵防守的王公貴族官邸，磚石建築，難於攻破。castle 具有防禦，軍糧，指揮系統，乃至生活，娛樂，司法規範。堡外常有農地，農民賴以為生。castle 就像受封，或自封的小王國，具有內外治理體系。馬侖堡原文是 Marienberg

Fortress，功用和規模介於 fortress 與 castle 之間。

　　西元 8 世紀，古日耳曼兩位大公，法蘭克尼安和蘇林堅，看中這塊梅茵河西岸坡地，易守難攻，有水耕植，面東背西好作息，分別建了堡壘和教堂，率眾俯仰其間，安居樂業四百年。12 世紀到文藝復興期間，馬侖堡所帶動的梅茵河對岸，城市興起，盛況空前，就是後來的伍茲堡市。然而，熟透的橘子總有人摘，遠自斯堪地那維亞來的瑞典異族，三十年爭奪戰，摧殘了伍茲堡和馬侖堡。戰後重建更勝以往，不幸二次大戰又來蹂躪，納粹垮臺後

重建工程持續到 1990 年才完成 ，不過一切規模和典故完全仿效 12 世紀，今人到此仍能緬懷既往。

照片上的山頭古堡只是窄小的正面，向後伸展呈狹長扇狀，內有兩個大廳院，文藝復興時期建的聖瑪麗教堂 40 公尺高，巴洛克風格古堡以及皇家花園設計，藍天下美不勝收。令人驚嘆的是，山頂向下挖 100 公尺深的排水引水系統。水來自梅茵河，在四周直立式葡萄園灌溉後，又流回梅茵河，這種循環用水系統興建於距今一千年前，證明千年前的水利工程已很進步。今人享受的則是引水種植出的葡萄，發展出香醇葡萄酒。

山上山下，河東河西，左顧右盼，馬侖堡早晚風情各異，不下澳洲艾爾斯岩。徜徉之餘，想想馬侖堡和伍茲堡市一千兩百年的滄桑和幾度重建，時期相當於我們從武則天到文天祥。我在這兒只住了一天，所了解的不過滄海一粟，可是拜現代科技之賜，我那傻瓜相機裡記憶的千百張美麗圖像，何止能留存幾個一千兩百年？

加州傳道院風情萬種

加州洛斯加圖市老傳道院

　　美國的發展由東向西，最西方的加利福尼亞在 19 世紀中葉以前，由脫離西班牙控制而獨立的墨西哥占據。墨西哥人是從美洲印第安部落手中奪取這片土地，缺乏法律認定。美國獨立後積極擴張領土，經過幾次戰役的勝利，從墨西哥國手中便宜買來幾片肥沃土地，包括現在的加州，德州，亞利桑那，新墨西哥和內華

達等州。加州 "California" 來自西班牙文，墨西哥人長久以來稱美國的加州為「上加利福尼亞」，過邊境進入墨西哥是個狹長半島，叫「下加利福尼亞」(Baja California)，面積 143,390 平方公里，相當大。墨西哥人潛意識裡加利福尼亞這片地彷彿還是他們的，可謂「一加各表」。

18 世紀中葉，加州屬於美國之前，西班牙派神父胡尼普羅色拉來到現在加州南端的聖地牙哥，以土泥，茅草蓋了加州第一座 mission，主要目的是向原住民印第安人宣揚天主教，改變他們的信仰，也為了占領土地後便於管理。這種 mission 不只是傳教和修道用，也有村民聚會，安全的碉堡功能，是教堂，修道院，市政廳，庇護所，講習，市集的綜合體，所以有很大庭院，後院甚至有傳教士的墳場。在此暫且把 mission 的中文稱為傳道院，儘管作用遠超越傳道。

傳道院建築上有共同點，大講堂主要供祈禱，傳遞神祇，婚喪禮節之用。外牆最高處懸吊一個或三五個大銅鐘，以鐘聲向村民傳達聽道，集會，緊急救災，抵禦外辱。圓拱門，拱柱和長廊則維持天主堂的特色。加州許多現代建築仍然喜歡採用傳道院色調和風格，史丹福大學的長廊就像極了傳道院。

1769 年到 1833 年間，從加利福尼亞最南端的聖地牙哥北上，到現今舊金山以北的葡萄酒產地索諾馬，一共蓋了二十一座傳道院。串聯成 1000 公里的大道，稱為 El Camino Real，國王大道。逐漸，市鎮沿國王大道建立起來，市集，商店，學校，旅館，餐館越來越發達，有名的史丹福大學也在這條大道上。汽車發明後，國王大道不敷應用，便沿國王大道建造了繁忙的州際 101 號高速公路。

　　其實不只原始的二十一座，另外各地還蓋些小的傳道院。最早的四座傳道院用茅草做屋頂，但是打起仗來被印第安人射箭火攻，燒了整座傳道院，自此以後的屋頂都改用泥磚瓦片防火。泥磚砌的傳道院窗洞不大，長廊圍繞著花園和庭院，如此設計與安全有關。從這點看，當年建造傳道院庇護村民功能很大，不只是修道傳教。

史丹福大學仿修道院長廊

　　加州中部的 San Luis Obispo Mission，規模很大，正好在加州二十一座傳道院的正中間，以南以北各有十座。SLO Mission 建於 1772 年，邊上環繞一條河，楊柳垂岸，情調甚美。設在河岸主要的考慮除了供水方便，也為阻擋印第安人侵犯，河流成為天然

屏障。另外我參觀過一座大傳道院，泥屋內部陰暗涼爽，沒有電燈，點著蠟燭。每間泥屋都有小門互通，我們邊走邊攝影邊蒐集資料，穿梭於這些泥屋之間，不覺互相走失了，這才發覺現代手機的功用。可是雖然通上話，卻很難描述自己身處哪間，幸虧，我這兒隔壁賣紀念品。

　　傳道院是玩捉迷藏的好所在，手機是測驗拼圖，但是可以想見，那時代的加州傳道院，不就是歐洲古堡功能的翻版嗎？

安納西室雅何需大

安納西的古堡小運河

安納西在哪兒？

法國國土 248 萬平方公里，安納西 (Annecy) 位於東南方，接近瑞士，離地中海不算太遠，人口只有五萬。自古以來小鎮居民說法語，中世紀因為宗教原因，歸屬不一，直到 19 世紀中葉才歸併為法國領土。雖說小鎮，安納西頗有小名，體育方面主辦過法

國自行車國際賽，2012 年的國際滑翔翼賽，2018 年的冬季奧運入圍地，敗給韓國平昌。安納西山上有很好的滑雪道以及滑雪設施，更主要小鎮風景優美，地理環境好，民眾熱情，設施完善，需要這些條件配合的運動競賽項目，像自行車，滑翔翼，冬季奧運，安納西有資格競逐主辦。

　　安納西有山，有湖，還有三條小運河。山屬於阿爾卑斯山系的終點，因此被歐洲稱為「阿爾卑斯山的法境之珠」。又因為湖泊和運河交錯，被稱為「阿爾卑斯的威尼斯」。小鎮遍植花朵，曾獲選法國「花都比賽」第九名。安納西在國際上另一項著名的是現代藝術，舉辦每年一度的「安納西國際動畫電影節」。儘管安納西只是人口很少的彈丸之地，卻在近代旅遊觀光上享盡美譽，不輸運動。到了這小鎮，相機和手機的用途很大，不妨從本文照片來印證。

　　第一張照片，運河中的奇特建築，內部還有樹木，是一座建於中古世紀的小古堡。當年的統治君主在山下湖邊蓋了座城堡，作為棲身和統領的據點，又在古堡周圍挖建了運河作為護城河。所以當年當地只有這座古堡，四周荒蕪，護城河是為建古堡挖築的，照片中兩旁的房屋和咖啡座顯然是近代產物。二次大戰前，古堡改為監獄，戰後廢棄監獄，關為安納西歷史博物館至今，即使運河兩岸的建築也有百年之久。圖上河畔左岸闢有咖啡座，於是，河邊飲咖啡，古堡思幽情，今人不難想見，中世紀這座君王古堡是兵家必爭之地，現在卻成為安納西奇特的地標。

　　第二張照片是從安納西湖對岸，遠眺小鎮背後阿爾卑斯山，近處山下是居民村落，安納西湖邊風景無需贅述。

安納西湖背倚阿爾卑斯山尾

　　那天我們先爬坡參觀一座修道院，下來卻誤了午飯時間，結果所有餐館都關了門，好不容易找到一家，吃了三明治，喝了咖啡，已經下午三點半。腹內充實，精神充足，便按照飯前觀察所得，拍下照片。安納西小鎮不像其他城市，餐飲店整天會有客人光顧，安納西因為人口少，所以過了用餐時間就關上門。也可想見安納西人自古掙扎圖存，併入法國後，全鎮努力發展，才有今日的環境和成就，贏得國際聲譽。

　　「室雅何需大，花香不在多」，安納西值得鄭板橋誇獎。

九彎十八拐聖塔克魯茲

　　美國五十個州，二十三州臨海，東岸大西洋和南方墨西哥灣共十八個州，西岸太平洋三個州，是華盛頓，俄勒岡和加州。另外兩州是接近北極的阿拉斯加，以及太平洋中的夏威夷。海岸線最長的是阿拉斯加，54,563公里。第二是佛羅里達，13,576公里，加州第三，5,515公里。阿拉斯加天寒地凍，佛羅里達平坦澤國，加州沿海岩岸和沙灘交錯，住在加州別討厭海，就像去聽交響樂別嫌吵。

　　離家最近的海邊是翻過山，30公里外的聖塔科魯茲 (Santa Cruz) 和卡必脫拉 (Capitola) 兩個濱海雙子鎮。兩鎮連接，走在當地難區隔。聖是衝浪天堂，卡以海鮮著稱。

　　從聖塔科魯茲沿海步行到卡必脫拉，全程一個多小時，可選部分步行。地勢高低的岩岸設人行道，腳踏車道，另外是沙灘。次頁照片是1月的下午三點，地點在聖、卡交界處。拍岸的海水打濕了岩石，激起的浪花在空中化為霧氣。岸上人穿著風衣，快走時風衣內出汗，停下來休息，海風鑽進又涼颼颼。坐在路邊椅上，風中帶水，分不清是雨露，還是海潮，天然的三溫暖。這時面對西方，遠眺太平洋，如果眼力能及，也許看得到太魯閣。

　　欣賞不同外形，不同顏色，不同陽臺的面海人家，是個趣味。那些別墅如果蓋在不是海邊住宅區，必定殺鄰居風景，面對海洋，卻是爭奇鬥豔。加州最早移民西班牙人，卻是墨西哥人留下地名，

海邊浪花，拍「岸」驚奇

San Jose，San Francisco，Los Angeles，San Diego 等，德州一樣，兩州盛行墨西哥食物——捲餅，餅裡包肉末，生菜，豆和醬料，不油膩，非常「生機」。

聖塔克魯茲在北加州海濱，面太平洋，背後環山。內地就是灣區一帶，舊金山，聖荷西，矽谷，一直到東灣。人們想在假日看太平洋的金沙灘，海狗，海豹，海獅，必須開車向西翻山越嶺。情景頗似五十年前從臺北開車去宜蘭，先得從新店上山，九彎十八拐，才能看見腳下的蘭陽平原，那時還沒開通雪山隧道，也沒有濱海公路。去聖塔克魯茲的九彎十八拐是 17 號州際公路，從聖荷西附近入山，左轉右拐，忽上忽下，車速比去宜蘭的快。40 公里後忽然豁然開朗，不是到了頭城，是路邊出現農場，秋天遍地金黃南瓜，南下的蝴蝶齊集林間，攝影鏡頭下好似一束蜂窩和樹葉，回家放大是上百隻群集的彩蝶，裝框牆壁，無虞季節。

Santa Cruz 是西班牙文的聖十字架，英語的 holly cross。基督教或天主教人家，傳統上聖誕節以冬青樹葉和漿果纏繞成十字架，裝飾門前。聖塔克魯茲居民六萬人，以英語裔為主，西語裔和墨西哥裔一萬人，很少亞裔和非裔。可是因為地理和氣候環境，常見濃郁的希臘，土耳其和義大利風格住房，綜合了地中海，愛琴海，亞德里亞海的情調。

很多人來這兩地未必是衝浪或海上運動，是來吃。沿海餐廳以海鮮為主，季節性的龍蝦和螃蟹，佐以法式，義式麵包和醬料，配上加州特產葡萄酒，飯後一杯咖啡，是醉人處。價格很公道，小姐的服務親切，她們知道顧客滿意度會反映在小費上。聖塔克魯茲也是很多電影和電視的拍攝地。人們覺得，聖塔克魯茲和卡必脫拉在行政上，遲早合併為一。

希臘愛琴海式村落

草皮巷只通行人

回到澳洲

英式古樸的墨爾本街燈

　　好萊塢以前有部電影《回到未來》(Back to the Future)，片名和編劇在當時極具想像力。科技的發達使男主角回到自己還沒出生的時代，遇見婚前談戀愛的父母。他努力為父母撮合，並剷除障礙後，設法返回屬於自己的時代，也就是回到「未來」。

　　闊別十年，回到從前，也是現代的墨爾本，令人心動。往返

澳洲，回憶像火車，倒著走，一站站快速瀏覽從前，我好像在演電影。

　　那披頭散髮的尤加利樹，落葉枯黃幾年，搓在指間依然清香。一部澳洲小說裡，有個流浪漢走入荒野，沒有食物，靠聞尤加利樹葉，鐵罐燒水煮尤加利，維持生命好幾天，並不誇張。瞧那無尾熊吧，以尤加利樹為家，食其葉維生，終生不下地，厚茸的皮毛擋雨禦寒，十爪堅硬如鋼，揹著一、二、三隻子女，倒爬樹幹，毒蛇也不敢侵襲。無尾熊一生不喝水，就靠神奇的尤加利樹葉。

　　與尤加利、無尾熊齊名的是袋鼠。袋鼠不咬人，貌似溫順，卻有牛脾氣。或可順毛摸摸，但大袋鼠（紅棕袋鼠）遇上交偶心煩，後腿能把人踢進河裡。動物直立前進者首推袋鼠，逃避猛獸的速度遠勝人類。袋鼠的前臂短小卻出手快速，據說可一把掏出獵人的心臟。其實有袋動物都溫順，袋鼠是被冤枉了，能入主澳洲國徽算是補償。澳洲孩子都會唱 Skippy Kangaroo，蹦蹦袋鼠。

　　這次回澳洲所見最大的改變是人，墨爾本四百五十萬人，擁擠滿街，增加最多的是東方面孔，聽到的是北京腔、上海話，再不然阿富汗、庫爾德，與花巾永不離身的印度婦女。拿美國和臺灣這兩個我也喜愛的地方做比較，十年前澳洲人口二千一百萬，美國三億，臺灣二千三百萬。現在澳洲二千五百萬，美國三億三千萬，臺灣仍然二千三萬。說明澳洲人口增長快速，十年增長20%，美國維持與世界同步的 4%，臺灣連續十三年沒有增長。代表什麼？代表在健保助長下，老者不逝，代表在微薄收入下，青壯不生，代表人口老化，生產者負擔加重。人口不增長，會使社會退化，臺灣的社會靠的是生產者加倍努力。那，回到未來呢？

墨爾本市

　　墨爾本放眼所見,明顯地男女老幼都快樂,連續七年「世界最適合居住城市」的頭銜不僅表彰經濟,治安,教育,交通,快樂也寫在人們臉上,我好幾次有意與陌生人談話,每次都得到證明,他們快樂。澳洲人祖先不少是犯人,歷史還有過白澳政策,他們都不避諱,然而,不避諱就是健康,不逃避就生快樂。

　　澳洲人 "Australian" 自己暱稱 "Aussie",澳廝。我和這群廝曾相處二十四年。

咖啡湯匙響叮噹

「叮叮噹，叮叮噹，鈴聲響叮噹，聖誕老人進城聊。」

有人早上不喝咖啡怕傷胃，下午不喝怕失眠。有人說冬天來杯熱咖啡暖身，夏天冰咖啡醒腦。我一無忌憚，不會睡不著，無需藉它洗腦，新聞和寫作纏繞一生，一天兩杯咖啡已成癮。醫生問，是否抽菸喝酒，我答沒有，只喝咖啡，醫生說沒關係，有位還說「好習慣」，大概也是癮君子。

咖啡最早是義大利人喝，漸及英倫歐陸，全球。華人喝咖啡比西方人少，但臺灣人喝得多，前兩年有條國際新聞，「臺北為東方的咖啡之都」，輕易把臺灣帶入國際。臺北的咖啡真的好喝，回憶從前有段時日，每天早餐後上街來一杯「蜂蜜咖啡」，嗡嗡嗡賽過神仙。臺灣喝咖啡稍貴，澳洲麥當勞六十五歲以上咖啡免費，一句 "senior coffee"，她笑嘻嘻，熱騰騰地奉給你。美國咖啡常隨你取，亮晶晶不鏽鋼的電熱水器，好像飲水機。美國咖啡一般都免費續杯，侍者端著大壺在餐桌間走來走去服務，臺灣咖啡店多不續杯。臺灣咖啡若像捷運博愛座敬老，有多好。

最近有幾條關於咖啡新聞，都是正面消息。例如哈佛大學證實，每天喝咖啡三到五杯，似可降低早期罹心臟病，糖尿病，巴金森的機率與自殺率。低咖啡因的咖啡效果一樣好，但孕婦和兒童不宜吸收太多咖啡因，胃部敏感者也不宜。

哈佛的研究報告總匯了三十年三萬件護士及醫療紀錄，驗證

聖誕節喝咖啡配餅乾起司，杯盤左為澳式，右美式

各類報導真偽，證實咖啡有益健康主要因為能減低身體抗拒吸收胰島素，從而降低血糖。咖啡無關防癌。哈佛以「不喝」，「每天兩杯」，「每天三到五杯」 作為分類 ， 兩杯屬 moderate，中度。

　　咖啡的種植品種很多，綜合來說，馥郁纖細的阿拉比卡 (Arabica) 最受上層老饕喜愛，占據 70% 世界市場。一般來說，咖啡的烘焙製作方式，個人沖調習慣，影響人們喜好和口味，不一定是品種。是溫和烘焙 (Medium roast)，還是深度烘焙 (Dark roast)，還是特殊法式烘焙 (French roast)，是細磨 (Fine grind)，還是粗磨 (Bold grind)。

　　沖調方式包括，攪出奶泡的卡布奇諾 (Cappuccino)，奶脂濃厚的拿鐵 (Latte)，小杯濃縮 (Espresso)。至於美式咖啡 (American style)，由個人自我調配，在純咖啡中添加砂糖，蔗糖，全脂，半脂，無脂奶，乳脂，杏仁粉，肉桂粉。近年更有放豆漿，海鹽，酒，冰塊，冰沙，與吸珍珠奶咖啡的風氣。

　　美日中臺還出現 "flat white"，就是在淡咖啡加奶，顧客自己加糖或佐料，其實就是美式咖啡的別名，但 flat white 在 80 年代澳洲早有了。 1986 年我們初遷墨爾本 ， 進入咖啡店 ， 不想說「美」式，便說「請給我一杯中量馬克杯的熱咖啡，一份奶，一匙糖，什麼糖都行。」那小姐皺眉，像遇到外星人，「佛來壞？」我問什麼意思，「就是你要的那一堆意思。」原來一句「佛來壞」

就了事，我像個傻子。

後來知道那時澳洲人不喝冰咖啡，點「熱咖啡」如同要點吃熱的牛肉麵，非常好笑。澳洲慣用瓷花帶耳咖啡杯碟，若像美國般把咖啡盛在馬克杯，或塑膠杯裡，猶如以紙杯裝威士忌喝。來美國久了，回想澳洲，似乎有點矯情。

現在美國和亞洲流行 flat white，看在澳洲人眼裡可能好笑。大陸取了個詩意濃郁名字，馥芮白，嘴唇，牙齒，加捲舌，難唸。臺灣曾有個人自選總統，網稱他叫「虧雞福來爹」，什麼意思？他說 Crazy Friday，人們還是不懂，但印象深刻。他的選票不夠，否則出個總統叫虧雞福來爹。臺灣咖啡商機每年七百億臺幣，flat white 還沒命名，但是千萬別叫「佛來壞」。

叮叮噹，叮叮噹，咖啡湯匙響叮噹，哈美哈日哈中又哈澳，哈杯佛來壞，今天多愉快？

感恩之節

Knott's Berry Farm 印第安男子呼拉圈舞

　　美國入秋以後，三大民俗節慶依次為萬聖節，感恩節，聖誕節。萬聖節是嬉戲的節日，聖誕節源自宗教，但是與除夕新年連接，發展成度假節日。感恩節則是秋冬農收，親人團聚，圍爐感恩的日子，就像我們的農曆除夕和清明。

　　感恩節盛行於美國和加拿大，1620 年 12 月 21 日，英格蘭的

五月花號帆船滿載一百〇二名受英國宗教迫害的清教徒，輾轉來到新大陸謀生。嚴寒困苦之下，四十六人喪生，原住民印第安人伸出援手，協助他們建立家園。第二年，清教徒有了豐收，請印第安人來共享「盛宴」，主菜就是烤火雞。善良保守的清教徒與樂善助人的印第安人，藉聚會感恩，增進了解。這個典故，後世頗有質疑，也許因為好萊塢早期電影，常把印第安人描繪成燒殺掠奪，白人是對抗他們的英雄。

1863 年林肯宣布，11 月第四個星期四為 "Thanksgiving"，國定假日，感謝上天賜予這片土地，感恩家庭團圓繁衍。"thanks" 和 "giving"，感謝贈予，中文譯為感恩節，非常貼切。林肯的偉大，顯然不只南北戰爭勝利，解放黑奴。如今感恩節發展成為全美國人的節日，不論先來後到，膚色宗教，一體闔家團聚感恩的日子，是不是起源印第安人，是不是只有白人感恩，已不重要。

印象最深一次是在感恩節前，當天「金風瑟瑟井梧殘，滿地秋涼天未寒」，感恩節的前兩天，我們在南加州一處樂園見到簡陋的露天舞臺上，有人正在歌舞。一名約四十歲的高大健壯男子，淺褐色皮膚，梳著兩條長可及腰的黑辮子，手持皮鼓和小棒槌，敲著韻律高唱，歌聲咿呀，沒有人懂內容。他忽仰頭長嘯，忽低頭泣訴，或踩腳蹦跳，或兩眼緊閉，或凝視遠方，對觀眾視若無睹，觀眾卻隨鼓聲和歌聲，心悸顫動。

他的裝束顯然不合魁梧身材，窄小，無袖，淺桃紅色，鑲邊絲緞上衣和裙擺。下臂有長穗，小腿綁銅鈴，腳踩軟皮鞋，雙耳墜貝殼，標準的美洲歷史中的印第安人。

唱完歌，他在地上排了十二個呼拉圈，旋開音樂，開始蹦跳。他先以腳勾起一個呼拉圈，在身上舞動，接著又一個，又一個，

印第安人頭像藝術品（夏祖葳收藏）

直到十二個全在他手臂，腰際，頸子，腿上轉動，沒有一個掉下來，全身賣力抖動著。我注意到真正困難處，在於不使兩條長辮子纏繞住十二個呼拉圈。

呼拉圈舞很短就收場了，可是他已經滿頭滿身大汗，觀眾報以掌聲，紛紛上前付小費，他拿起麥克風說話，「美國現在只剩二百萬印第安人，住在五百個保護區。聯邦給予基本現代化設施，但是傳統文化逐漸喪失。青年嚮往外界，都市犯罪傳進部落，印第安人生活素質低落，吸毒是普遍現象，有的部落平均壽命不到五十歲。謝謝各位的鼓勵，請關懷印第安人，我們是正在消逝，不到 1% 的弱勢民族。」

我心中一大堆問號。觀眾散去，他正在收拾道具，我走上前，他抬頭看我一眼，點了下頭，我趁勢問他，「你一天表演幾場？」

「六場。」他邊收拾邊回答。

「有家人嗎？」

「妻子，兩個女兒。」

「上學了嗎？」

「小學。」

「你自己呢？」

「念過兩年大學。」

原來他算是知識分子，為何不做別的事，甘願一天跳六場，與樂園簽約，收觀眾小費？為了養活一家人，為了超越那 50 歲的壽命嗎？他見我住嘴不語，抬頭看了下我，笑了笑，繼續低頭收拾。我對他頗有好感，可是當然沒有像一般美國習慣，在感恩節前說句 "Happy Thanksgiving"，那太諷刺。我說了句祝福，離去。他是否有興致慶祝感恩節，顯然不重要。

兩天後感恩節到了，仍然滿桌盛餚和火雞，但是與前不同。

萬聖節──嚇自己取樂

華麗住宅蜘蛛來訪

　　說萬聖節，該說萬聖夜，英語世界的「慶祝」在 10 月 31 日夜晚。此處之「聖」非神聖，是鬼聖，萬聖夜就是「鬼夜」，就是臺灣的中元普渡。

　　我們中元普渡是普渡眾生，超渡亡魂，對往生的親人，陰間祖先，甚至其他不相干的鬼魂一體膜拜，生怕得罪，招致災禍。

當夜大聲放炮，嚇走陰魂，活人受驚睡不著覺，想想能驅走鬼魂也就心安。嚇不走的鬼魂，七爺八爺吐著舌頭上街巡行，人們可得善加伺候，集體迎接，奉獻牲畜。臺灣的鬼節標誌著活人的害怕，對生命的畏懼，對死亡的臣服。

英語世界的英美加澳紐各國，古時候也懷敬意，但是另有積極意義，他們認為 10 月最後一天和 11 月第一天是夏秋和秋冬的分野，是收成季節，就怕陰間不保佑，所以「伺候」一番。但是孩童藉此機會，戴著鬼面具，要脅大人，討些好處，"Trick or Treat"，逐字直譯「捉弄否則對待」，意謂「好好招待我，否則有你好看！」西方萬聖節，孩子比鬼魂可怕。

當日白天，鄰居孩童成群結隊，打扮成妖魔鬼怪，挨家挨戶，不管熟不熟識，提著袋子，敲門要東西。大人先裝作嚇一跳，接著笑嘻嘻奉上準備好的餅乾，巧克力，或是玩具。因為戴著面具，披上斗篷，也分不清是哪家的孩子，而自己的孩

前院草皮闢為墳場

金銀島骷髏待客

子也加入大夥，引導回家討糖果，報復父母。

　　這種老規矩好景不長。有的家長不勝其擾，不理或開門罵一頓，於是頑劣的孩童真的給你好看，偷偷帶了雞蛋來砸窗戶，或是破壞花草。在發生幾次蘋果內暗藏剃鬍刀片，巧克力黏上瀉藥後，"Trick or Treat" 突然在各國消失了，家長告誡孩子少去招惹生人。現在萬聖節流行的變成「給自己好看」，以各種方式捉弄自己。

　　商業鼓動下，逐年變花樣，鬼臉南瓜燈，女巫用具，斧頭等刑具。前兩年流行骷髏，人們拍掌聲音會觸動骷髏裡的錄音發出鬼叫。今年流行狗骷髏，和真狗一般大，會走會叫，眼窩射出紅光，放在前門草坪上，遛狗經過，真狗嚇得夾著尾巴逃，主人只好把愛犬抱在懷裡。

　　各家的布置是個亮點，一家前院地上許多骷髏，假血，假人肉，假刀鋸，分明「舍下是凶宅」。另一家門前和大樹上吊滿殭屍，說明「我家鬧鬼」。一家美麗的宅院爬滿大黑蜘蛛，還結了網，一家側院飛來五個騎掃把的巫婆，一家前院來了三隻阿飄，

一家草皮變成墳場，一塊塊墓碑上刻著祖先的名字，這家主人布置得興高采烈，但是沒想到遛狗的經過，墓碑變成了狗廁所。我欣賞一家的創意，他們必定是懷念希區考克的恐怖電影《鳥》，便在屋簷，窗臺，鞦韆架，涼椅上棲息了一排排黑烏鴉。

驅鬼南瓜，金象壓陣

　　這些美國家庭，怎麼不吉利怎麼嚇自己。我帶著相機，跑了兩圈，獵取鏡頭。據說鬼魂就怕照相，因為被關了進去，你看過電影，The Ghost Busters 嗎？

外星入侵聖誕節　【標靶北半球】2020 年 12 月

日內瓦中央車站前 Rue des Alpes 街

　　科幻小說和好萊塢電影一直揣摩，如果外星人從 N 光年外來地球探索，會選什麼地方？是山川湖泊，首腦都市，還是人類的起源，水底？但這是人類邏輯，地球思維，外星人的思考模式未必如此，他們也許並不要探究地球外在，他們想了解人類精神所在，內心世界。

　　無論如何，日內瓦具備外星人拜訪的所有誘因，所以聖誕節這樣布置中央車站的外街：太空船入侵，繞空。這幾座阿爾卑斯山麓的日內瓦湖畔城市，是聯合國，紅十字會，奧林匹克等許多國際組織總部所在地，薈萃人文思想和制度，瑞士長年無戰事，沒颱風地震，人們安和樂利，值得外星人師法。

　　新月型的日內瓦湖，當地法語叫 Lac de Genéve，又名萊芒湖 (Lac Léman)，是歐陸第二大湖，與臺灣第二大湖日月潭相比，日內瓦湖面積 582 平方公里，水深 310 公尺，蓄水量 89 立方公里。日月潭面積 8 平方公里，水深 27 公尺，蓄水量 7.7 立方公里。兩湖規模相差雖遠，但有共同點，都在內陸高地，風景都很優美。瑞士本就是高地國，日內瓦湖位於海拔 372 公尺的平原上，日月潭更高，在 736 公尺的山地間。日內瓦湖背依阿爾卑斯山，湖畔盡是國際飯店。

　　狹長的新月型湖，水域 60% 屬瑞士，40% 屬法國，大致劃分出北面瑞士，南面法國。北面沿湖有四個大城，自西南向東北是日內瓦，奈昂，洛桑，蒙特羅，以火車連結交通（也可搭湖輪）。若從日內瓦啟程，一站站上下車瀏覽風景，到蒙特羅舒展腿腳，全程不停一個半小時，幾個市鎮逛下來一整天，頗為愜意。

　　日內瓦是聯合國總部所在地（紐約是聯合國祕書處），二次大戰前的國際聯盟總部，現在是聯合國的靈魂，也是旗下世界衛生組織，開發總署，婦女組織等所在。瑞士首創的國際紅十字會總部就在對面，白底紅十字的標誌，正是瑞士國旗紅底白十字的反照。這兩個總部位於郊區，隔街相望，西側坡地是紅十字會，對面平地是聯合國。北端是日內瓦植物園，南端有座博物館和公園，附近是各國使領館以及大飯店。參觀者可在聯合國總部內用餐，

但頂樓的外交人員餐廳，需要特別安排，他們的鹿肉排不錯。

　　火車沿湖向東北走，日內瓦之後是奈昂 (Nyon)，湖上有古堡，這可愛寧靜的小城是國際著名漫畫《丁丁歷險記》的主要場景。火車再向東北是坡地城洛桑，車站大廈有個五環標誌和法文 Lausanne Capitale Olympique，奧會之都洛桑。熱鬧的商業區人們要爬石磚路，因為陡，馬路之字形橫鋪，汽車不直著上下。近湖邊是大片國際奧林匹克委員會園地，現代造型的玻璃建築。東北端大城蒙特羅 (Montreux)，是湖邊旅遊避暑地，號稱瑞士蒙地卡羅，聖誕節市集的燈光一片花花綠綠。

背倚阿爾卑斯山的湖畔旅館

洛桑座落在湖畔丘陵

　　四個城距離相當於臺北到彰化。火車乾淨舒適，老人打八折，聖誕節四個城鎮來回再打六折，每個鎮自由上下，每人才六十歐元，但必須當天使用。我們大早從日內瓦火車站出發，一站站趕

著看，趕著拍，趕著吃，趕著上車，一日遊回到原地已過午夜。
日內瓦車站外，街上冷寂，不見人影，抬頭望「入侵的外星人」，
孤單得有點淒涼。此刻趕緊回家，是地球人唯一的歸宿。

第三章　古道照顔色

懷念岳父何凡

　　閱讀岳父何凡（夏承楹）先生的第一本書《不按牌理出牌》時，我還在念中學，熱衷橋牌。很明顯這不是本橋牌書，但是卻以橋牌術語為書名，文章論點一定清晰合邏輯，卻不按牌理打牌，那絕對是高手，見人所不能見，論人所不敢論。從書名遐想，何凡一定幽默透頂，可能有些叛逆。自此我專心看他的書和【玻璃墊上】專欄。

　　〈不按牌理出牌〉原本是篇短文，最初是民國 46 年底，何凡為他創刊主編的《文星》雜誌寫的發刊詞。有名旁觀者在牌局終了時，批評獲勝者不按牌理出牌，才僥倖勝利。何凡引喻：「創造歷史的偉人若按部就班行事，世間可能沒有那麼多豐功偉績。人若想照牌理出牌才結婚，可能一輩子打光棍。夫妻要等萬事齊備才要孩子，可能永遠遇不上適當時機。歷史上最偉大的嬰兒是在父母逃亡途中，在旅店沒有客房時，誕生在馬槽裡的，可說是生產最不適當的時機。」何凡是說辦雜誌不容易，但指出一個道理：非常時期要有非常作為，非常作為要具非常慧眼。雖說是不按牌理出牌，實際是超乎牌理的牌理，更見智慧。後來我知道岳父什麼牌都不打。他在政府有計畫前，就力倡規劃捷運系統，建議成立保護消費者組織。他與當時的經濟部長李國鼎，互動密切，交換社會發展方向的資料。

　　何凡伏案五十年，寫了五六千篇文章。他不隨波逐流，見人

所不見，說人所不說，是新聞評論的最高境界。當年吳魯芹要求他的臺大學生研究何凡文章。梁實秋說，「何凡把我想說的話，從我嘴裡挖了出來。」

我第一次進入岳父書房，是那棟日式老房，狹小的書房滿桌剪報、雜誌、書籍，沒有一點畸零地。我看不出來，那一大堆紙製品下面，是否真有面玻璃墊。後來才弄明白，他根本不喜歡用玻璃墊，因為稿紙會在玻璃板上滑動。

他書桌上舖的是一張硬紙墊，大小適中，讓檯燈、茶杯、文具盤有擺放餘地。紙墊軟硬合度，在薄稿紙上寫字，紙墊上要不會留下字痕，使下次寫字不順手。紙墊不可反射燈光，不會反射書桌對面的小電視機螢光幕。顏色要墨綠色，看久了眼睛不痠。這一大套規矩毫不矯情，試想，天天伏案【玻璃墊上】，半夜交稿到編輯手中，次日見報的寫作者，希望有張舒適的紙墊，應不算苛求。

1988 年他和岳母林海音女士來澳洲參觀世界博覽會，住在我家，發現澳洲有這種合適的紙，囑我回臺時帶幾張。此後每次回臺，我就把一疊紙平放在一個大硬殼平底箱底，不使有折痕。他三個月換一張，每年用四五張。何凡寫了三十九年的【玻璃墊上】，竟然不少是澳洲硬紙板上的產物。

岳父不多言，言必有物。他對我說過一句話：「男人要少說話。」那些年我主播晚間電視新聞，常做實況轉播，還主持新聞評論，不知道岳父的話是否意有所指，但不敢問。岳父自己身體力行，在家面對夫人和三個女兒（兒子很早就留學美國），以及滿座的新聞文化界人士，就屬他沉默寡言。人們談笑之餘，突然有人問，「咦，何凡呢？」岳母說，「他進屋寫稿了，咱們繼續聊。」

兩小時後何凡出現，稿子寫好，報社取走了。只見他手執一壺新泡香片，像老家人般為人一一添注。岳父書桌邊有個小几，放電熱水壺，原來他寫稿並沒忘記客廳裡的賓客。

　　岳父談起球賽興致高昂，我也愛體育，頗能言歡。那年張德培十七歲獲法網冠軍，晉級賽時遇上世界排名第一的藍道，張發球不強，很難對付擅於底線抽球的藍道。有次張高高拋起球，落下時輕輕一削，球軟綿綿落在對方網前，彈不起來，藍道努力奔前搶救無效，就狠狠瞪著張，彷彿在說「你騙了我！」觀眾看得過癮，岳父說，「張德培戲弄了藍道。」 我說，「他不按牌理出牌。」

　　每次去中華體育館看籃球，岳父總是催我及早出門，趕在大批觀眾前進場，就像球員需先進場熱身一樣。其實我們都有場內第一排專屬座位，何凡是多項體育會的委員，又是報社社長，我是電視轉播記者。不轉播的日子，我會帶兩個兒子同去，大會贈送前排座位冰可樂，岳父和我的份都給了孩子。

　　有次送岳父出國，行李在櫃檯一秤：二十二公斤。劃位小姐自語說，多了兩公斤。我正待謝她，岳父竟然開了皮箱，抽出幾本要送人的書交給我。我說多兩公斤沒關係，他搖搖手，「飛機上有幾百人，大家都多帶兩公斤，要超重多少？」櫃檯小姐笑了，說不定以為老先生是初次出遠門。

　　岳父誠實守法，卻並不古板守舊。他點子多，當年引進翻譯漫畫《小亨利》和《淘氣的阿丹》到《國語日報》，【包可華專欄】到《聯合報》，都膾炙人口。他率先報界創設出版部和語文中心，教育下課後的學童。他與洪炎秋、林良不具名撰寫【日日談】專欄，成為《國語日報》的「社論」。他有時囑我代寫【日日談】，

我力求簡潔有力，但仍被他改得體無完膚。

　　岳父筆鋒幽默，令人莞爾。他稱最早那間小書房為「三疊室」，因面積只有三面榻榻米，說是他在家裡固守的最後防線。他為書房「亂」而辯護，告訴岳母和女兒，亂是她們的世俗觀念，實際上秩序存在他心中，他可以表演從一堆書報中很快找出一張剪報。他比喻像是乘客走進飛機駕駛艙，看到儀表板眼花撩亂，可是機師進去手揮目送，如庖丁解牛。

　　何凡的文句犀利。當年批評國產燈泡經常「口斷絲連」，是「搖頭工業」，引起消費者共鳴，經濟部長尹仲容下令砸毀六萬枚不合格的燈泡，迫使業者改善。他主張，國人終年食補藥補，其實不如多運動，因為「運動最補」，這篇文章被收錄進國中課本。他說過一句話——「壞事背後常有民意代表」，民眾大呼過癮，卻得罪了不少既得利益者。何凡的幽默出自針尖，晶瑩剔透，文風有如龍捲風，使一切渣滓望風披靡。

　　1986年我赴澳洲工作，在聯邦媒體主編新聞，祖麗辭去了臺北純文學出版社的總編輯，帶孩子赴澳團聚。有次岳父對我說，純文學遲早要結束，他要祖麗與我考慮，回來接替。當時孩子還沒獨立，我也不便放下工作，事情只好作罷。祖麗那時勸二老，遷往美國或澳洲與子女團聚。可是純文學在1995年結束經營後，岳母的健康急遽惡化，岳父勸我們的事，我們勸岳父的事，都沒實現。

　　在岳母過世的追思會上，臺上的余光中說，他看著臺下的岳父身邊少了老伴，非常傷感。九十二歲的岳父上臺致詞，顫抖著說，人們說老伴走了，另一個在世不會太久，可是醫學證明長壽得自遺傳，「所以我現在處於進退兩難的境地」。大家聽了笑中帶

淚，對他在喪失結縭六十三年的妻子後，仍能豁達面對人生，佩服不已。

去年 2 月我回臺北，參加他「寫了一輩子文章的最後一本書」《何其平凡》，由三民書局舉辦的新書發表會。在攙扶之間，發現他那不到四十公斤的體重弱不禁風。想到這位終身奉行運動最補的老將，當年風靡北平溜冰場，全國運動會排球場，還終年打桌球，實在令人感慨。

人們讚佩岳父九十二歲還出書，他說，「這件事證明國人壽命延長，也證明作家寫作年齡延長。」去年年底，文建會舉辦林海音研討會，紀念她逝世一週年，岳父已無力參加。岳母去世前，見到了《林海音傳》的問世，岳父卻不及目睹《何凡傳》的出版。

很多人欣賞岳父那句話，「在蒼茫的暮色裡，加緊腳步趕路。」岳父一生趕過的路無人能及，他早已超越進退兩難的境地。

註 1：夏承楹先生於 2002 年 12 月 21 日去世，享年九十三歲。

註 2：本文首於 2003 年《光華雜誌》 *Sinorama* 2 月號刊載。2023 年整理。

林炳文的花兒重現

　　2020 年 7 月 24 日，臺北市氣溫 39.7 度，創下 1896 年來最熱紀錄。

　　1896 年還有不少大事：第一屆現代奧運在雅典揭幕；第一輛福特汽車問世；孫中山倫敦蒙難；李鴻章抵達紐約訪問，前一年甲午戰後李和日本簽約，割讓臺灣。這四樁事標誌著，人類體能驗收，科技改善生活，民國志士蒙難，臺灣的天命轉折。這些歷史的表徵，都在那一百二十四年前滾進。

丁丁到臺灣

　　7 月 24 日的高溫擋不住文友來臺北城南紀州庵，聽夏祖麗演講「人間的感情」。溽暑中有位韓國昌原大學史學家都珍淳教授，正在臺灣考證沒沒無聞的林炳文，當年與韓國民族英雄申采浩，雙雙在東北抗日遇害的事蹟。都教授知道林炳文資料寫在他外姪孫女夏祖麗的《林海音傳》裡，急欲尋找作者。在臺灣作家張典婉，教師黃適上協助下，都珍淳找到了夏祖麗。

　　7 月 26 日祖麗哥哥夏祖焯也有場演講，都教授和我們便約好聽完在小會議室暢談。「夏女士，我打聽到妳住在美國，苦於難會面，沒想到我來臺北妳也在這兒。」祖麗說，「我是飛來臺北演講。你找林炳文的資料很辛苦，天意讓我們會面。」都教授雙掌合十，滿臉嚴肅，「是林炳文和申采浩的意思！」

　　為了解都教授，前一天祖麗上網搜尋，「怎麼我一打都教授，出來都是獨角獸？」一番好笑後，我說，「獨角獸的祕密」是國際著名漫畫《丁丁歷險記》裡，一段有趣的神祕尋寶故事，然而，都教授不是也正在尋寶林炳文的神祕故事嗎？

番薯人到北京

　　林炳文是林海音父親林煥文四兄弟的幼弟，長兄林煥文當年畢業於國語（日語）學校師範部，是臺灣最高學府之一。林煥文教學好，桃李天下。《林海音傳》裡說，鍾肇政父親和林煥文是同學，住上下舖，小時愛聽林煥文講故事，「他幽默，漢文又好。」《亞細亞孤兒》作者吳濁流每憶恩師林煥文，潸然淚下。葉石濤認為，吳濁流承繼知識分子探求真理的精神，林煥文對吳的性格形成影響很大。林煥文有個學生張漢文，潛渡日本，轉往大陸，民國後被派駐神戶和新加坡，他告訴女兒張典婉，當年林煥文老師給他的啟迪很大。

　　苗栗的林煥文娶了板橋的黃愛珍後，到日本求發展，林海音1918 年在大阪出生。1921 年林煥文全家返回臺灣，1923 去北京發展，住虎坊橋蕉嶺會館。當地在城南，北近故宮，南近天壇，前清文學才子，嘉慶禮部尚書紀曉嵐的故居也在這兒，不過當時北京的臺灣人不多。以下片段，摘自林海音的〈番薯人〉一文：

　　　「我的最小叔叔（我們叫他屘叔）隨即來到北京，也和父親一樣進入郵局工作。七歲時，一個傾盆大雨的日子，我拉緊屘叔的手，在廠甸師大附小的教室大樓，從樓下考到樓上，一間間地進去出來，認顏色，試聽覺，填木塊……。」屘叔就是林炳文。

「屘嬸及阿楨（長子林朝楨）也接來了，本是一個美滿的小家庭，但這時屘叔暗地裡和一些朝鮮人抗日，朝鮮人抗日常以暴力方法，我聽母親說，他們的牀下竟藏置炸彈。抗日固然很對，但是他們利用叔叔在郵局工作，出事的那次他們叫叔叔帶款乘南滿鐵路。他們自己不去，因為過了鴨綠江就是朝鮮，容易被發現。年輕不更事的叔叔，可說是有勇而無智，到了大連被日本人捉到，毒死在牢裡。父親去收屍，傷心生氣，回來不久也吐血病倒。叔叔真是個反日的無名英雄，死時還不到 25 歲。」

「屘叔漂亮瀟灑，是祖父母疼愛的最小兒子。他到北京後喜愛京戲，請老師教他老生，家中有他打漁殺家戲裝照，比馬連良漂亮多了。後來我聽說，看相的說他是肉骨不連之相，所以早死。」

屘嬸抱著骨灰，帶著年幼的朝楨，肚子裡懷著老二，渡海回到苗栗老家。林煥文經此劇變，吐血一直沒好，兩年後竟客死北京。那年林海音 13 歲，照顧不識字的母親和六個弟妹的責任就落在她身上，她們全家搬進晉江邑館（亦稱晉江會館），鄉親不收取他們租費。林煥文愛家人也愛花，庭園花池種滿四季花草。《城南舊事》全書最後兩句話是，「爸爸的花兒落了，我也不再是小孩子。」我認為這兩句動人的話，文學上不能僅以小說意識流的句法來看待，是林海音對生活辛酸的紀實。

兩個外交官

現在回到 7 月 26 日的臺北城南會面，都珍淳帶來他的研究論文，夏祖麗回報以資料和著作。都教授說，他越研究林炳文，

越對林家，夏家產生濃厚興趣。都、夏二人在大會議桌兩側相對而坐，兩人身材都不高，握手和交換資料都要隔桌站起身，好像是兩個國家會談，交換文件的外交官。

都珍淳的論文認為，韓國與臺灣民間反抗日本殖民的運動，「聯動關係」密切。甲午戰爭是清朝和日本對朝鮮的霸權競爭，受害者臺灣被割讓給日本做殖民地，十五年後朝鮮也遭受同樣命運，兩地民間反日運動都以大陸為掩護地。二戰後臺灣和韓國都脫離日本控制，國共之戰分裂了兩岸，韓戰劃分南北韓，兩國都陷於東亞冷戰中。都珍淳認為，兩國當前應該努力，消除冷戰，解決兩岸問題和南北韓問題。東亞和平了，林炳文和申采浩的犧牲才有價值。

他問祖麗，林炳文為什麼要抗日？她回答，「我外婆說，因為結交了朝鮮朋友。」文雅的都珍淳立即回說，「韓國人認為是申采浩結交了林炳文，才發生悲劇。」大家笑了起來。

記得有次去漢城（首爾）採訪新聞，當時中（臺）韓尚未斷交，兩國開會，我方團長致詞說，「中韓向為兄弟之邦……」，韓方致詞時馬上說，「請問誰是兄，誰是弟？」外交場合沒有人笑。

祖麗當場打電話給頭份林炳文第五個孫子林紅炎（林朝楨早已過世），他們一家親戚聽了非常高興，老祖宗去世百年，竟然有國際學者飛來拜訪，當下邀請都教授前往頭份。

天涼了

8月3日輕度颱風哈格比掠過，氣溫下降，都珍淳，張典婉，黃適上一行清晨搭高鐵南下。苗栗出了抗日英雄，頭份有個客家英烈，電視臺和地方記者都來了。林紅炎安排全家與都教授暢談，

提供他文字與照片，請他們享用油雞，客家小炒，另外引導大家
祭拜林家塔位。林紅炎特別允許開啟塔位門，亮出有著林台，林
煥文，林炳文靈位字樣，保存良好的三個白色瓷罈。他們為都教
授準備的是鮮花束，不是拈香祭拜，因為都珍淳信奉基督教。

　　都珍淳來臺灣的最大心願，是求證林炳文骨灰是否存在，林
家是否有後代，生活如何，如今所有資料都全了，還到了頭份，
都珍淳十分欣慰。8 月 6 日返回韓國的前一天，都珍淳向祖麗說，
「如夢如幻，畫了龍，畫了眼睛的感覺。當然，我知道這一切都
是從見到夏老師開始的。」

　　我希望祖麗對這兩天的事下總結，她說，「林炳文的壯烈事蹟
終於昭告國際，雖然是經由韓國人。你看呢？」我說，「跟妳一
樣。但看完都教授的論文，似乎他還述說了些別的。」1950 年初
美國國務卿艾奇遜發表的遠東防線，排除了臺灣。史達林擔心美
國藉讓步臺灣，向新成立的中華人民共和國示好，將對蘇聯不利，
於是挑動韓戰。而蔣介石則把韓戰視為跳板，想反攻大陸。這幾
點不太符合前述兩國（按指臺灣，南韓）的「聯動關係」。此外二
次大戰後，韓國向日本求償五億美元的經濟重建基金，但是中華
民國寬容了日本，中華人民共和國也一樣放棄對日本求償的權利，
這一點也不合中韓休戚與共的精神。都珍淳論文列出統計，1939
年日本強拉慰安婦的人數，韓國有五百六十一人，臺灣有三百八
十四人。日本為此向韓國道歉，卻沒向臺灣道歉。

　　林炳文的事蹟與這些沒有直接關係，但或可借用莎翁名句
"All's well that ends well"，結局好就算整局好。筆者不能比擬林
海音的文學，或可引用她的名句，「爸爸的花兒落了，我也不再是
小孩子。」那就是，「林炳文的花兒重現，人們都已老了。」

8 月之旅

　　說什麼，也比不上十一年前 8 月的思親之旅，讓祖麗和我動心的。那是臺灣的八八水災，文壇的喜宴，上海的文學熱。

　　那年正值我們收拾家當，準備從南半球的澳洲，遷居溫暖的加州。之前幾年，祖麗四兄妹和我整理出兩千多件林海音、何凡先生的文物，先在 2007 年捐贈文建會。2009 年 8 月 9 日，設在臺南的國家文學館，舉辦「林海音文學特展」。我們從冬天的墨爾本，飛到夏天的臺北，卻趕上莫拉克颱風。颱風在 8 月 7 日登陸宜蘭，8 日橫掃臺灣，淹沒了村莊。

八八水災

　　臺文館林佩蓉組長，要求我們必須在 8 日晚上到達臺南，以便出席第二天上午的林海音展揭幕典禮。她為我們買了板橋到臺南的自強號，於是我們在風雨中趕到板橋，上了車會合由美國趕來的夏祖焯。不料自強號過了彰化，風雨太大，火車時開時停，晚上九點半停在嘉義，不再往下開了。

　　嘉義雨勢很大，車站擠滿了人。佩蓉以手機要我們等著，她從臺南開車來接。過了一小時，她說還沒離開臺南，因為找不到不淹水的路。我擔心彼此安全，建議她別來了，與其深夜來嘉義接回臺南，不如我們在嘉義住一晚，大家早點睡，明天一大早設法上路，應付當天的硬仗。

　　嘉義站外滿是濕淋淋搶計程車的人，我擔心找不到車，也怕旅館客滿，便衝到街對面攔住一輛計程車去旅館，當晚我們只睡了四小時。第二天9日清晨，我們以雙倍車資雇到計程車去臺南。那司機神勇，左右閃躲路上橫倒的樹，衝過水道。高速路不通，他繞道嘉義和臺南山區。車中四個人的重量抵不過風雨，搖搖晃晃，車子不斷穿越大雨形成的水簾洞，雨刷在擋風玻璃上快速滑動，我們幾乎在盲目飛馳。路兩旁一片汪洋，屋頂在水中像是孤島，卻看不見可憐的災民。臺南市幸運，風雨中的寧靜。臺文館神奇，多處漏雨，只有林海音文學展的大房間無恙。

文壇喜宴

　　那些錄音和錄影，因為林海音的神韻，尤顯風采，同樣是看板，因為林海音事蹟，更形生動。中北部文友無法南下，但是余光中先生被從高雄接了上來。我陪他仔細看展覽，詩人的豐富情感，使銀髮更加光潤，面容更顯光采。祖焯致詞，其中說他母親是個「霸道，頑強的人」。我告訴觀眾，「我眼中的岳母可不同，溫柔美麗，處事明快。」其實我們都沒說錯，他是獨子，我是半子，他是懷著當年「白門再見」的少年輕狂看父母，我是隨著岳母的《隔著竹簾兒看見她》，如沐春風，敬重以對。祖焯和聽眾大笑。

　　我們擔心萬一交通斷絕，回不了臺北趕飛機去上海，因為北京三聯書店新出版我的《鏡中爹》，在報上登廣告，第二天在上海書展舉辦發表會，我和祖麗要演講，還約了幾家媒體訪問，事情一連串，不能缺席。於是林佩蓉把我們從臺南，連夜冒雨載到臺中烏日，搭高鐵北上，一大早飛上海。

《鏡中爹》2009 年上海首發會

上海文學熱

　　上海也熱，桌上一瓶瓶礦泉水，讀者排著隊，索取我的《鏡中爹》新書簽名。我們家管父親叫爹，母親娘。當年少了張票，爹沒上船跟我們來臺灣，從此天人遠隔，音信全無。小時候我問娘，爹的模樣，娘說很像我，從此養成我照鏡子看「爹」的習慣，爹以前就是我這樣，我以後就變成爹，我們沒有分離。

　　我對爹的深刻印象不多，但是寫的《鏡中爹》短篇得了世界華文文學獎，國立澳洲大學 (ANU) 翻譯成英文發表，舉行三天的東西方文學與文化研討會，我和祖麗應邀參加。三民書局董事長劉振強先生，要我寫成書，細述後來發展，《鏡中爹》翌年入圍臺灣的圖書金鼎獎。北京三聯總編輯李昕喜歡這本書，希望我重新

寫，側重我在臺灣從兒時到長大，乃至尋父的發展。「加重你的角色，大陸人希望知道像你這樣的孩子，如何在臺灣發展，我希望當新書出版。」我照李昕的意思重寫了，但覺得既然有三民在先，主張書名仍用《鏡中爹》。北京三聯為出版《鏡中爹》，邀請我們到上海主持新書發表會，並且由我和祖麗共同演講，主題為「從城南舊事到鏡中爹」。挑選在上海辦發表會，是因為那是爹和我的傷心地。

《鏡中爹》封面說，「六十年前上海碼頭，那條去臺灣的大船圓了兒時的乘船夢，卻隔絕了一生的父子情。分離五十年後，萬里尋父，三線布局，群策群力，再續前緣。」《鏡中爹》封底說，「一張老照片是他的鏡中爹，一則尋人廣告燃起希望，一通國際電話春雷乍驚，一封撕破的信透露祕密，五本手跡冊子蘊藏玄機。」作家季季覺得《鏡中爹》像真實的偵探小說，她在序中評論，「這是部個人與歷史和解，血肉與血淚和解的書。」

幾天後李昕告訴我，《鏡中爹》進入了暢銷書排行榜。為什麼大陸人愛看這本書？我想，在他們的情感深處，盼望見到補償，希望恩怨化解，這本書挑動了這根筋，雖然不是我下筆的目的。因為，父親對個人和家庭的重要性和影響，不是說句化解恩怨能說得清的。

8 月底，祖麗和我從大陸回到臺灣。風雨停了，二兒佳康來臺北會合，我們共赴臺南，再訪林海音展。他們都在聯合國工作，剛從日內瓦互調到加德滿都，佳康在開發總署，擔任研究和調停第三世界國家衝突的工作。

1986 年我應聘澳洲時，佳康小學五年級，和他初二的哥哥佳安最懷念外婆一手好吃的壽喜燒。如今臺文館展出林海音家飯廳，

14 盤菜在幻燈片下變幻，其中就有壽喜燒。佳康坐上外公當年的書桌書椅，努力看懂那一篇篇泛黃的中文手稿。他飛回日內瓦後傳來照片，桃園機場開闢林海音展覽間。

就這樣，那年 8 月激盪地消逝了。

何不瀟灑走一回　　　　　《生命中的懸夢》譯者序

　　中學老友朱君，從公職提前退休，夫婦二人赴歐美旅遊。旅途中不意得了急性敗血病，竟然在加拿大醫院去世。太太含淚捧了骨灰，回到臺北，以國際電話傳來令人震驚的噩耗。朱君去世前不能言語，但神智清楚，奮力在紙上留給愛妻一句話：

　　「瀟灑走一回。」

　　多麼悲戚無奈的行為，多麼令人深思的話，多麼灑脫的人！

　　世間有多少人，在自己大限之期，特別是在毫無預警的變故下，能夠如此「瀟灑」？既要豁達自己，還想寬慰親友？又有多少人真正能以「塵歸塵，土歸土」或「生不帶來，死不帶去」面對？真的能以「有生之日，盡情享受」或「有生之年，多積善德」，來換取「死而無憾」嗎？

　　愛因斯坦說，「世間最美妙的感覺，是對神祕的感受。不能體會這種感受的人，與死無異。」但事實上，「死亡」就是世間最神祕的事。我們該如何體會這人生必將遭逢的神祕呢？我們該如何盡量降低這體會帶給人生的悲傷與恐怖呢？

　　近代國內外不乏研究死亡學之風，但不論哲學，宗教，醫學，甚或人口專家，對死亡仍停留在探索，解惑，療癒階段。真正據論立說，從內心深處改革，使人生大限「順遂」一些的，並不多。

醫學占有重要地位,因為人一生都在醫生照顧之下,生命的兩端,生與死多半在醫院發生,所以,醫學該是最了解「人」的。我們稱「醫生」,但是我覺得,醫生不僅「醫人之生」,也應該「解人之死」,因為生和死是生命的兩端,無法捨其一而存在。解人之死似乎尤為重要,因為從沒有人見過自己出生,可是越接近老年,越感受到死亡壓力,許多人往往從中年起就做「準備」了。

《生命中的懸夢》 *The Trouble Dream of Life－In Search of Peaceful Death* 的作者丹尼爾卡拉漢 (Daniel Callahan) 是美國著名的醫學理論家,海斯汀中心 (Hastings Center) 的創辦人兼主任。不過,這並不是本研究死亡的純醫學書籍。

幾百年前瘟疫,感冒,肺結核隨意奪取人命的時代,從病發到死亡,約莫二到四星期。病人和家屬接受事實,悲哀地準備善後,親友則來哀悼祝福。卡拉漢稱,這時代的死亡是種馴服溫順式的死亡 (Tame Death),因為人們臣服於死亡,逆來順受,病人是在大家的環繞下離開人世。死亡雖然可怕,但是知道逃不了,所以共同接受,死亡的恐懼減到了最低。現代完全不同,醫學科技發達,原本無藥可救的病人,可以用各種藥物,器具,技術,維持生理上的不死,長達數月或數年,即使成為植物人,也能以各種管線撐住一口氣。醫學與其說是延長生命,不如說是拖延死亡。醫生算不準時日,一味搶救,病人受盡各種痛苦,家屬受夠長期折磨。因此現代的死亡是種暴力狂亂式的死亡 (Violent Death)。卡拉漢當然不反對醫學進步,而且不主張安樂死,或協助自殺,因為產生的後遺症太多。他一心要為現代人追求的,是種平和安詳式的死亡 (Peaceful Death),可以說是古代溫順死亡的現代版,書中談的多半是觀念問題。總歸,卡拉漢是從病人與家

屬的心理，社會的共識，以及醫學界認定三方面著手，為人類尋求最平和的「歸宿」。不矯情，不偏激，也不迷信。

　　從這觀念出發，我歸納貫穿全書的有兩個重點。第一，醫學與社會都要體會，人是必死的。除了夭折或意外，都會因某種「病」而死。醫學固然努力消除疾病，也頗有成就，但是醫學畢竟消除不了死亡。每次從疾病末期拯救回來的生命，往往為下一次可能的死亡，種下比這次更大的痛苦折磨。因此現代醫學該訂出一體通行的準則，如同立法，什麼病在什麼階段應該停止醫療，改採照護方式。此外現代醫學應更加研究死亡學，規定在適當時刻，應向病人家屬，乃至病人，解說或提出建議。臨終照護目前似乎沒有統一標準，缺乏強制施行，但不同社會，不同醫院已在私下實施。澳洲社會有不錯的辦法，臺灣許多醫院設有家屬能陪伴的臨終病房。

　　第二個重點，醫學預算項目的比例，乃至政府預算分配，應該調整。卡拉漢以美國政府為例，認為醫學經費中，臨終醫學研究與治療的比重過大，但成效不夠。這現象不啻削弱了一般醫療與研究，可是目前社會醫療保健需要做的事很多，醫學經費分配不當，是另種型態的浪費。這現象如果不由醫學界勇敢地提出來，沒人願意冒大不韙，因為牽涉到社會和醫界都不願意碰的道德問題。卡拉漢勇敢地，言之鑿鑿地把它說了出來。

　　我覺得，東西方文化在面對苦難，尋求解脫上，出發點不盡相同。東方文化鼓勵修鍊自己，創造心境，化入天地。西方文化從人與自然，個人與群眾，道德與法律方面衡量。儘管出發點不同，精神和目的一樣，都以達到天人合一為最高境界。對於死亡，東方人主張，有生之日多積陰德，多結善緣，以利來生。這是東

方哲學中，因死亡而鼓勵人生的積極面。卡拉漢讚揚那些死亡時表現得一如在世時高尚美善的情操，帶給自己和家人最少的痛苦。他是醫生，不會去談天國和輪迴，但是卻主張，有生之年該追求高尚美善，臨終之時把持一貫。他引用古代歐洲人的話，「死得悲無損於活得好」來反證生活品質好的價值。從這方向看，卡拉漢豈不也是在因死亡而鼓勵人生的積極面？從而，東西方對於人的最終歸宿的看法，豈不殊途同歸了？

　　走筆至此，不由得不說，朱君出口一句「瀟灑走一回」，非只灑脫，啟發更大。

註 1：《生命中的懸夢》 *The Trouble Dream of Life － In Search of a Peaceful Death*，美國 1993 年首版，紐約。

臺灣翻譯 1999 年 1 月初版，正中書局，十八萬字。全書除導論，死亡能定為人生的盡頭嗎？分七章：第一章，第一個幻覺，掌握我們的醫學取向，*The First Illusion, Mastering Our Medical Choices.* 第二章，剖析死亡，重返自然，*Stripping Death Bare, The Recovering of Nature.* 第三章，最後的幻覺，制定安樂死，*The Last Illusion, Regulating Euthanasia.* 第四章，與死共生，*Living With the Mortal Self.* 第五章，自然，死亡，義含，塑造了我們的歸宿，*Nature, Death, Meaning, Shaping Our End.* 第六章，追求平和死亡，*Pursuing a Peaceful Death.* 第七章，觀察與等待，*Watching and Waiting.*

註 2：丹尼爾卡拉漢，Daniel John Callahan 1930–2019，國際生物倫理創始學者，美國海斯汀中心創辦人著作四十七本書。

According to Wikipedia, Daniel John Callahan was an American philosopher who played a leading role in developing the field of biomedical ethics as co-founder of The Hastings Center, the world's first bioethics research institute. He served as the Director of The Hastings Center from 1969 to 1983, president from 1984 to 1996, and president emeritus from 1996 to 2019. He was the author or editor of 47 books.

註 3：文中的「朱君」，為譯者宜蘭中學摯友，學理工，任職臺灣的國科會，提前退休。

新文明的催生與濫觴　　《自求簡樸》譯者序

　　開始譯《自求簡樸》時，澳洲 4、5 月正值秋末冬初，風景優美的塔斯曼尼亞島發生慘案，一名金髮青年持槍射殺了 35 名觀光客。造成非戰爭時期，單獨一次非法殺死人數最多的世界紀錄。

　　電視直升機到達，現場一片哀號，遊覽車上彈痕累累，大家慌忙搶救血泊中的大人孩童。鏡頭拉開，蔥綠松樹，層層楓紅，木屋休息站炊煙裊裊，爐上仍在熱咖啡，情境就像好萊塢拍電影。

　　警察包圍時，兇手沒有自盡，點火燒了旅社，出來束手就縛。經調查他非尋仇，失戀，劫財，事實上他繼承了大筆產業。他精神有問題，心理不平衡，開輛旅行車，停在樹林邊，打開後車箱，架好半自動步槍，趴在裡面打活靶。

　　後續新聞和評論不斷，一直在我腦海縈繞，不只因為曾遊歷過犯案地點塔島的亞瑟港，更因為《自求簡樸》正是探討「失去平衡」的問題，在貧窮與奢華，物質和精神，自然與生命，歷史和永恆之間求取平衡的途徑 —— 自我純樸。《自求簡樸》 *Voluntary Simplicity* 要求從內心單純和生活簡樸出發，進而關懷他人，悲憫自然，祛除工業弊病，創造永生文明的未來。

　　自古以來，東西方都在追求桃花源或烏托邦式的安詳世界。可是塑造者僅針對人類苦悶和社會病態，設計「理想國」，很少探討弊病原因，也沒有針對文化差異，找出解決的辦法。這種理想國不免流於蒙太奇或意識流幻想，寫小說或拍電影也許能創造虛

幻的美感，得到精神慰藉，可是心靈上的逃脫，發揮不了實際作用。

　　本書作者 Duane Elgin 是美國社會學者，從東西方文化和宗教學說印證，問卷調查實行簡樸生活的人的經驗和意見，發展出來的理論具學理和實驗的支持。書雖然是西方人寫的，是工業化和文明社會的產物，可是因為觸及社會演變中的流弊，宏觀人類與自然的關係，很適合臺灣轉型期環境。

　　其實東方人早有在心境上追求純樸，例如禪、道、佛。在物質上追求簡約，例如齋、素、儉。可是這股清流多屬獨善其身，在追求消費慾望大環境裡，仍顯微弱，離社會全面覺醒還有段距離。《自求簡樸》的理念雖然出自歐美高度發展社會，但是對發展中或已開發社會具有指引功能。

　　這本書的重點是純樸，生態，和諧，關愛，創造新文明，並提倡新觀念及做法，例如仿照兵役式的勞動役，倡導以貨易貨，以「更新民主」來消除官僚僵化，以提倡通訊權來抗衡電視的剝削民智。老三臺的華視早年，筆者領導新聞製作，後主持新聞評論，對此深具感觸。不過我認為，全書精華在後半段的哲學理念，以及對人類文明復甦的期望。例如對死亡價值的詮釋，自我醒悟生活的重要，純樸關愛的本質，以及創建永恆的未來需靠全球文明覺醒。書中說大眾傳播媒介，特別是電視，要重新定位。我在被推薦公視總經理時，曾舉英國廣播公司 BBC 與澳洲廣播公司 ABC 的做法，力倡公視在商業，政府，政黨，利益團體間獨立性的必要，以及對社會啟發的責任和義務。

　　本書認為已開發國家軍事支出太大，影響新文明的催生。我認為對當前不實際，因為現在窮兵黷武的國家，以民族主義擴張

自我政權，以爭奪資源代替倡行簡約，國際制約之道惟有以相對力量來抗衡遏阻。因此削減軍費應視為對未來文明的期許，不宜妥協屈就當前的窮兵黷武生態。

歷史上流傳後代的思想，學說，宗教，運動，其產生背景常出自混亂，迷惑，天災，爭戰的時代。影響深遠的人物也常出現在動盪，混淆，災禍，衝突的社會。東方的孔孟，甘地，西方的蘇格拉底師生，耶穌都是如此。不只思想人物，偉大的文學作品，乃至藝術和音樂成就，也常因時代的渾沌迷惘而催生。在翻譯這本書時不禁想到，現在這一小股自求簡樸的清流，會不會是將來另一種偉大思想的濫觴，只不過這一股新思想，這次是由沒沒無聞的人看透其奧祕，默默地在各地進行，不是由一位稟傳上天旨意的人物來領導？

《自求簡樸》的思想空間很廣，哲學意味很濃，與我翻譯的文藝性或新聞性作品不同，因此在工作時，一直抱著研究新思想新學問，以及新聞質疑的態度，津津有味地進行。臺灣坊間書店充斥賺錢經和政治術，為迎合商場口味，無可厚非，卻誤導讀者品味，誤引社會思想。但是也有出版界在選擇作品，挑選書籍時，默默作無形的導引。

譯完這本書，9月初的澳洲冬去春來，塔斯曼尼亞島慘案仍在審理中，可是全國經過三個月的爭議，各州同意採行嚴格的槍枝管制辦法，由地方政府徵稅，撥款收繳自動及半自動武器。農民很反對，因為澳洲廣大的農牧地區，農民需要有快速武器射殺侵襲牛羊，破壞農作物的野狼，狐狸，袋鼠，野兔。所幸最後，禁槍達成共識，半年內全國收繳民間槍枝，成績可觀。作為本書譯者，我很高興澳洲禁槍成功，為求取社會平衡立下典範，或許

未來要求自我純樸也能實現。

　　走筆至此，翻閱為本書作序的藍達斯說的，「撥開烏雲，上面總有陽光」，一點不錯。

註 1：《自求簡樸》*Voluntary Simplicity*，作者 Duane Elgin，史丹福研究院資深社會科學研究學者。《自求簡樸》中文版，立緒文化事業有限公司，1996 年 11 月初版。

註 2：塔島血案 (Port Arthur Massacre)，發生於 1996 年 4 月 28 日，地點在澳洲南方 Tasmania 島首府賀巴特 (Hobart) 東南方約 100 公里處，當地曾為囚犯關押地，後開放為風景區。塔島面積 68,401 平方公里，約近臺灣兩倍，人口五十五萬。

註 3：美國限槍現況。2022 年 5 月紐約州和德州發生槍擊案，四十餘人死亡，其中一半是學童。2022 年 7 月 4 日國慶日的四天假期中，全國發生約五百起槍殺案，二百二十人死亡，五百七十人受傷。這段期間內，參眾院與社會呼籲限槍，6 月 23 日最高法院九名大法官，以六比三票裁定民眾有權在公共場所攜槍，限槍運動遭受重大打擊。六名主張擁槍大法官均為保守派，三名反對大法官為自由派。美國大法官由總統提名，終身職，不受政權更換影響。過去九名大法官大致維持保守派與自由派平衡。川普總統四年任內，有三次機會提名繼任大法官，川普均提名支持擁槍的保守派。

新冠餘生，賺回此生

　　新冠肺炎兩年，老人見報率頗高，不是敬老，是死亡。

　　去年初，偶然與一老者交談，他寡言，身體不適，數週後感染了新冠肺炎，竟然離開人間。

　　2021 年，6 月臺灣仍無疫苗，兒子催促我們，你們這把年紀加上慢性病，不去美國打疫苗等什麼？於是鼻管 PCR，全身木乃伊，飛加州聖荷西。San Jose，西班牙話聖約瑟，耶穌的養父，此處接近天國，讓人心安。

　　親戚為我們清理了屋內，塞滿冰箱，車子充電。朋友來電子信慰問，我說，李白早就說過，「我本臺狂人，五嶽尋苗不辭遠；地猶聖荷西，萬方多難此登臨。」

　　黃昏人生，歲月苦短，我認為主因是得了戀床癖，不是新婚那種，是昏昏欲睡，或張眼瞎子，是太陽從頭曬到腳底。妻有福氣，一睡五小時，我回床再睡，起床省視，她還在睡，八小時了。我再回去睡，十小時了，接著十三小時。我想起去年那寡言老留學生，不寒而慄，於是漫步她床前，只見鼻息輕微起伏，真是美麗人生。但是也有人像童話睡美人，就一輩子如此美麗下去。我不是白馬王子，不敢吻醒，怕萬一失效。

　　天色漸暗，二老終於見面。不料她說，「我一直睡不好，幾次起床做事，洗衣，燒湯，看你總是在睡，十幾小時，真有福氣。」是嗎？孔夫子說過，「不患人之不己知，患不知人也。」

五週閉關的日子，窗外藍天白雲，室內一場場老電影。希區考克《捉賊記》、《擒兇記》，葛麗絲凱莉，卡萊葛倫，桃樂絲黛，詹姆斯史都華，美女俊男，令人憧憬從前，One day when we were young。最感人熱淚的卻是，《搶救雷恩大兵》。

2019 年初冬，新冠肺炎爆發前，作者夫婦遊瑞士布魯嫩湖，面對山水人生（夏澤妤攝影）

　　這部二戰紀實電影裡，一班美軍接到五角大廈命令，放下一切任務，搜尋美軍二等兵雷恩，解甲歸國。原來雷恩一家三兄弟都派赴前線，兩人陣亡，只剩雷恩活著，國防部基於人道，緊急召雷恩回國，改任軍中文職。

　　這一班人任務特殊，不能戀戰，竟戰死三人，其他人頗有怨言，為了救個二等兵，枉死三人，算哪門子戰爭？他們終於找到雷恩，可是班長身中數彈，奄奄一息勸雷恩，「來日賺回來！」

　　咱們新冠餘生，賺回此生。

一把衡量價值的尺

　　臺灣的內政部公布人口統計，全國 2300 萬人中，百歲人瑞 1941 人，比年前增加三成，可見百歲人瑞越來越多。若撇開先天的基因，健康長壽的後天因素包括醫療體系良好，飲食運動得宜，身心健全發展。以之比較企業組織，三民書局組織「體系良好」，創業立足文化事業「健全發展」，而編纂發行就是「飲食運動得宜」。人或以百歲為足，企業不同，善加經營可享幾世紀，《時代周刊》一直跟隨時代，福特汽車發展與汽車發明同齡，可口可樂抓緊青年人生育的青年人，三民很像。

　　初識故發行人劉振強先生時，我已逾半百。2004 年的一個早上，電話從臺北打到墨爾本家中，說劉先生喜歡我寫的紀實短篇〈鏡中爹〉，希望我寫出完整故事，交給三民出書。

　　我的父親 1949 年沒能及時離開大陸到臺灣，父子遠隔，失去音信。〈鏡中爹〉短篇是寫個人在 1992 年從澳洲到大陸尋父的經過和心情，尋父雖無果，短篇卻得了世界華文文學獎，澳洲國家大學 (Australia National University) 英譯，開會研討。我正在醞釀成書，劉先生來了那及時電話，於是，「就交給這老字號吧」。書出版後，三民以《鏡中爹》角逐金鼎獎。

　　中國大陸出版界看中《鏡中爹》，北京三聯也是老字號，總編輯李昕很喜歡這本書，說大陸人對自幼父子分離，沒有黨政軍商背景，怎能在臺灣生存發展，極感興趣。他要我重寫，盡量多著

墨臺灣社會背景，及個人成長。他說「北京三聯把這本書看做一本新書出版」。我答應李昕重寫，增加內容，但要求書名不改，感念劉先生。那天在臺北談到這件事，劉放下筷子，豪邁地說，「交給我辦，我拿給北京三聯。」北京版《鏡中爹》反應很好，書評踴躍，是 2009 年暢銷書。

隨後的尋父，出現戲劇性發展，我意外獲得幾本父親珍藏的手跡，悟出老人家獨自在中國大江南北，奮鬥求生的歷程。還知道他的唯一弟弟，我的唯一叔叔，原來竟是國民政府敵後諜報人員。對一個在臺成家立業、應邀國外工作的平凡人，深深讓我吃驚。至今每翻閱父親這幾本富有玄機的手跡和他的彩筆畫，內心總在翻騰。手跡竟是祕笈，時機到了，祕笈總需問世。

多年來，不論從澳洲或美國回臺灣，常與劉先生會面，拜訪三民，或下館子。年齡雖差半輩，但劉的學識閱歷，勝過我這一生新聞人。劉敬重我岳父母，也讚賞我的工作，大家話題圍繞出版、文化、新聞、社會，談得豪氣，笑得爽朗，當時心想青年人喜歡這樣的老闆。

當接到《三民書局六十年》主編的邀稿信時，離美國大選一個多月，我正在看《歐巴馬傳》。歐巴馬幼時，母親告訴他：「你長大成人，需要有把衡量價值的尺，誠實，公正，坦率，獨立判斷。」三民的邀稿信希望我說出為三民寫書的經過，以及對三民的感想。現在歐巴馬母親給了我指引，「誠實，公正，坦率，獨立判斷。」

所羅門之歌

　　歐巴馬在當選總統之夜說：「美國的改變從今晚開始。」

　　儘管眾所周知美國遲早會出現非裔總統，卻沒想到「改變」來得這麼快，沒想到是個很陌生的歐巴馬。然而還是存在著有心人，總統大選兩年半前，電視女主持人之后歐普拉，就訪問過聯邦參議員歐巴馬，極力讚揚，並試探他將來是否選總統。歐普拉後來成為歐巴馬競選途中最有力的支持者，人們說她押寶押對了。

　　遠在臺灣也有個有心人陳東榮教授，他並非看中歐巴馬，而是基於他對美國非裔文學的專精，也是早從歐巴馬競選之前開始，將美國非裔文學名著《所羅門之歌》，翻譯成中文，出版問世。書從南投寄到墨爾本我家時，歐巴馬和對手馬侃正在進行最後一場電視辯論，兩人的民調非常接近。那幾天我白天看電視，晚上看書，整天浸淫在非裔文化的憶想裡。

　　到 2008 年止，美國有十一位諾貝爾文學獎得主，童妮摩里森（Toni Morrison）是最近的，1993 年獲獎。摩里森女士是非裔，被譽為當代美國最好的小說家之一，得過普立茲等許多獎，2006 年退休前是普林斯頓大學文學教授。《所羅門之歌》（*Song of Solomon*, 1977，中文本 2008 年商務印書館出版）被認為是摩里森的代表作。全書前半部敘述主角，美國非裔社會成長的黑人，後半部述說他因為尋金而追尋到的家族故事。

　　這本書正如美國書評說的，「情節錯綜複雜，技巧靈活創

新。」其中很多情節非常有趣，且蘊含歷史背景。比如主人翁的奇怪名字「奶人死了」(Milkman Dead)。這黑人姓「死了」已是第三代，原來 1869 年他祖父在南北戰爭結束後，按規定前往政府設的自由民局登記自由身分，那名喝醉酒的白人北方佬，卻把他詢問這黑人的父親在何處，得到的回答「死了！」糊里糊塗填入父親姓氏欄，從此這一家只好姓「死了」，於是出現「我家有五個死了，我爸，我媽，我兩個姊姊和我，五個都是死了。」一類的趣味對白，可是實際卻表明因解放黑奴引起的內戰結束後，黑人初獲自由，白人社會裡的黑人境遇，無奈地接受恥辱的姓氏。本書結尾，「死了」終於意外發現自己的真姓，乃是源自《聖經》的「所羅門」。

　　回憶初中時我住在姊姊家，有天姊夫說他們廠裡新來了個美國顧問懷特先生，Mr. White。初識英語的我心想，中文不是該叫他「白先生」嗎？不久我見到了「白先生」，竟然是個高大的黑人，我又想，大概是怕叫他白先生含有諷刺的意味，才叫他懷特先生吧？後來才知道英語的姓該照音譯，不能照義翻，Mr. Cash 不叫錢先生，Mr. Green 不叫綠先生。然而現在這本書主角 "Dead" 硬是「死了」，比起很多美國黑人姓華盛頓，傑克遜等歷史偉人，「死了」何其不幸。

　　本書的開始，摩里森安排一個黑人號召大家看他跳樓自殺，接著出生了黑人「死了」第三代，以此作為故事開場，趣味之餘令人心懍。「黑人跳樓自殺」其實有個典故，早期美國黑奴有個淒慘的民間傳說，只要面對非洲家鄉，從高樓躍向空中，就能越洋飛回非洲家鄉，問題在於是否敢為。這個傳說形成的背景，顯然含有思鄉，無奈，掙扎，悲憤，以及意識反抗的心理，於是摩里

森就將其合而為一，創造了這個「落葉歸根」的開場序幕。

　　書中的對話非常鮮活，比如兩個黑小子在被白人羞辱後，雖然氣憤，但是一離開現場，隨即詛咒羞辱他們的人，將來絕對無緣過豪華生活。因為沒有別人在場，兩人暢所欲言，心情好起來。對話中那些異想天開的有趣生活享受，雖是在謾罵別人，讀者知道完全是這兩個窮黑小子的心所嚮往，是黑人一輩子也無法達成的夢想。讀者看到這兒，當會心有戚戚。

　　《所羅門之歌》裡的人物常見家庭成員不正常關係，或發展不正常性格，甚至出現怪異現象。例如主要角色之一「奶人死了」的姑媽，是個沒有肚臍的人，乃至年輕時與人做愛，對方竟然見了害怕而逃，造成她獨身一輩子。在垂垂老去時，她在臥床頂上懸掛個袋子，令人起疑，被人千方百計偷走後，發現竟然是些人骨，由此又展開到底是誰的骨頭的懸疑。

　　又如「奶人死了」的膩友，一名大他幾歲，思想也更縝密的黑人青年，向他吐露最隱私祕密，他與六人合組「七日社」，每人負責一週中的一天行事。只要發生白人殺死黑人事件，就由當天負責的人上街找個白人殺害，而不論其是否與該案有關。「奶人死了」反對他們的作法，但是他的膩友卻道出不少人的想法。其實按照故事的安排，若干行為其來有自。「奶人死了」的祖父是被搶奪他土地的白人，當著他爸爸和姑母的面，開槍射殺的。而他的膩友的父親卻是在白人工廠做工，不慎被機器切成兩段。白人廠主的太太來慰問他媽媽，送來四十元，他眼見他媽媽竟然高興且感激地欣然接受，不以為慚。

　　摩里森寫《所羅門之歌》的前一年，美國還有本膾炙人口的書《根》(*Roots*,1976)，是寫一個非洲甘比亞小孩從小鄉村被白人

逮捕，賣到美國黑奴市場，以及後來的發展。《根》著重在追尋美國黑人祖先的遭遇，而《所羅門之歌》是描述南北戰爭後的黑人社會。《根》的故事賺人眼淚，很大眾化，《所》則兼具文學價值。《根》當年拍成轟動的電視劇集，《所》則將作者推向桂冠作家。從《根》，《所》，到黑人入主白宮，構成美國黑人悲情卻花朵綻放的史詩。

　　我一邊看摩里森的名著，一邊看歐巴馬的勝利，美國黑人的才華畢竟不只唱歌跳舞打籃球。如果現在還有人這麼想，那簡直與那名糊塗的北方佬，醉醺醺地誤置別人「死了」，沒有兩樣。

　　《所羅門之歌》裡充滿黑人鄉俚粗話，不好翻譯。陳東榮留美專攻美國非裔文學，曾經是中央大學外文系主任，也有很深的中文造詣，因此這本譯作的文字很是傳神。他運用了我們不同的鄉俗語言，詮釋不同黑人的對話。我與東榮兄結識，是因為參與澳洲國家大學 ANU 的文化研討會，當時他被教育部推派為駐澳「文化參事」，隨後 2006 年從駐紐約文化參事回臺重拾教職，而他翻譯出版這本書，可說是在最合時宜的時候，儘管這不是他原本的目的。若從歐巴馬當選總統，進而了解美國非裔文化的角度看，讀者應該看看這本書。

奧之細道已成絕響

2011 年 3 月 11 日，日本本州東北發生舉世震驚的地震海嘯。就在地震前兩天，閱讀一本《奧之細道》（松尾芭蕉著，鄭清茂譯，莊因繪圖），17 世紀的江戶時代，俳聖松尾芭蕉的旅遊作品（芭蕉為諧名，以弟子為其搭建芭蕉庵得名，本名松尾宗房）。

俳句為日本三句文體，字數排列 5-7-5，4-6-4，文白不拘，表達人與自然，意境輕妙恬靜，雅俗共賞，因能廣為流傳，是謂漢俳，美英叫 Haiku，為日本古典文學之重要表徵。17 世紀芭蕉被尊稱俳聖，猶如 8 世紀唐朝詩聖杜甫。《奧之細道》就是芭蕉穿越本州，古青森縣奧陸細長通道的日記，即這次大地震的中心。

古代，中國的絲路騎馬騾，美國的 Route 66 駕汽車，奧之細道靠雙腳跋涉。但是也就因為披蓑戴笠，腳踏實地，得以見日本古文化之「恬淡優美，雄壯哀戚，不覺起而鳴掌拍案，伏而銘諸肺腑」。細道起自深川，終於大垣，長兩千四百公里，芭蕉在 1689 年陰曆三月底出發，行走五個月，途中探訪鄉間古蹟，會見舊友，吟詩俳會，寫成這部日本古代旅遊文學的引人作品。個人在讀芭蕉俳句時，覺得與更早的唐宋詩詞及意境，常有契合。

例如 17 世紀的芭蕉俳句，「枯木枝頭，烏鴉兀自棲止，松日黃昏。」比較 13 世紀元朝馬致遠「枯藤老樹昏鴉，夕陽西下，斷腸人在天涯」。又如芭蕉「梅綻白花，難道昨日仙鶴，被偷走了」，比較 8 世紀唐朝白居易的詩 「偷將虛白堂前鶴， 失卻樟庭驛後

梅」，又如芭蕉「明月當空，指向門口而來，潮峰洶湧」，比較唐初駱賓王的「樓觀滄海日，門對浙江潮」，以及杜甫「山虛風落石，樓靜月侵門」，不難發現兩種東方文學思潮，筆下如此接近，還是俳句和唐詩如此接近，即使相差幾百年。然而這是後人比較，現代邏輯演繹，從各自文學意境看，都很迷人，也許無須解剖分析。

芭蕉俳句頗富日本典故，「幻影恍惚，老婦獨自哭泣，月娘為友」，題為「姨捨山」。看過日本經典電影「楢山節考」的人，讀了這首俳句更添悲憫。而「歲將暮矣，依然戴著斗笠，穿著草鞋」則是芭蕉當年奧羽北陸行腳的自我寫照。思及古樸的奧之細道如今飽受仙台海嘯荼毒，尤令人唏噓。

奧之細道的中心點仙台，就是那次大地震的外海震央。地震摧毀名勝古蹟，附近城市刷洗一空，整條細道籠罩輻射陰影。死亡和失蹤的上萬人裡，或許有芭蕉的知音或後代。不過可以想見古代這兒大概沒有海嘯，地震也不可怕，更沒有核電廠，否則松尾芭蕉不會跋涉這條古道，居民也不會有吟詩俳會的雅緻。數百年文化，一日間被大自然摧殘了。

《奧之細道》裡，松尾芭蕉對仙台和附近城鎮多所著墨。他在隨行日記中記載，「五月四日離白石，路上遠眺蓑輪，笠島後，直奔仙台。日暮抵達，宿國分町大崎莊左衛門。」蓑輪、笠島兩地以蓑和笠等雨具為名，是因當地常下雨，五月四日正逢黃梅天，芭蕉記載，「尋彼笠島，梅雨濛濛何處，泥濘道路。」到了仙台，「正逢插菖蒲之時」，按農曆五月四日端午節前夕，日本民間習俗插菖蒲於房檐除邪。

兩千多公里只走一百五十天，平均每天負重徒步十幾公里，

非常趕路。可是芭蕉在仙台一住四天，還結識一名畫工，成為知交。寧願花費四天住在這兒，可見芭蕉必定喜歡仙台。五月七日「自任導遊，見宮城野荻叢之繁茂，想秋日花開之景色」。芭蕉是在感慨日本古歌，「荻生宮城野，根疏露華濃，迎風每有待，只待與君逢。」仙台是宮城縣大市，美麗的宮城縣受災最為慘烈。

　　鄭清茂教授和他臺大同窗——史丹福大學莊因，兩對夫婦聯袂走了這趟古道，親身體會四百年前松尾芭蕉感受。莊因，鄭清茂，加上芭蕉，三人可說隔代絕配。莊因祖美回來後告訴我，「不虛此行，仙台真美」，聽者不禁心生「哪天非去走走不可」。不意過了兩天，那兒摧毀殆盡，哀鴻遍野，要再建設，不知何年。縱使復建，也非從前了。

　　大自然令人唏噓，讚美《奧之細道》，也感傷奧之細道。

註：2011 年 3 月 11 日星期五下午 2:46，日本本州東北宮城縣首府仙台市的海邊發生 9 級地震，引發 40 公尺高海嘯，造成一系列災害，包括福島核電廠核燃料熔毀，導致地方機能癱瘓，經濟活動停止，城市鄉村遭受毀滅性破壞。而 2023 年起核電廠廢水傾倒太平洋，引起國際關注。松尾芭蕉所言「奧之細道」穿越其間。
《奧之細道》後，鄭清茂與莊因又合作《芭蕉百句》，二書皆聯經版。

快樂地活，了斷地走——莊因模式

《世界日報》2023 年 1 月 20 日

1999 年莊因在西雅圖演講書法並揮毫示範（圖片來源／夏祖美）

　　莊因，在家行二，人稱莊二爺。

　　莊因的父親是故宮博物院前副院長、當年護送中華寶物來台的莊嚴先生，育有四子。老大莊申是香港大學藝術系創辦人。老二莊因，史丹福大學執教中文的作家，書法家。老三莊喆，現代畫家，夫人馬浩，陶藝家。老四莊靈，攝影家，夫人陳夏生，當代「中國結」創始者。莊家一門全是文藝人士。

　　我沒見過莊申，最早結識的是老四莊靈，他是老三台時代台視攝影記者，我是華視新聞主播，我們常在採訪場合相遇。1970年日本大阪萬國博覽會，莊靈負責中華民國館攝影，我代表中廣公司去轉播開幕典禮。

　　可愛的消息傳來，我的未婚妻夏祖麗的姊姊夏祖美，將在美國結婚，如意郎君竟是莊靈二哥莊因。於是1970年12月中旬，莊因夏祖美在舊金山灣區，我和祖麗在台北，雙雙組成家庭。婚姻事非偶然，同年同月卻是巧合，敬仰的岳父母，夏承楹先生（何凡）、林海音女士，當時接電話時需先分清楚，是哪個女兒的親友打來的。

　　莊因大我八歲，我和莊因有許多巧合之處，頗為有趣。我們都出自前北平（北京）的家庭，都念過法律。莊因先念台大法律系，後轉中文系，我在政大法律系念到畢業。兩人的工作，莊因教了一生中文，我的第一個工作是淡江中學高中國文老師。更有趣的，我們先後都在美國史丹福大學設在台大的語文中心教過美國人中文，後來兩人更是都遠赴南半球澳洲墨爾本工作。莊因在墨爾本大學教了一年中文，轉到美國史丹福大學直到退休；我是辭去十五年華視新聞工作，轉往澳洲任聯邦媒體新聞主編，直到退休。當然，迎娶夏家姊妹花成為連襟，是最重要巧合。

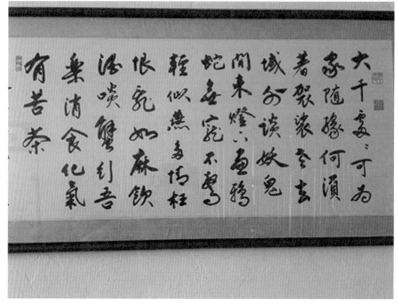

莊因墨寶

　　人們對莊因的印象最深的是書法。莊老太爺莊嚴以承襲宋徽宗瘦金體稱世，傲骨挺立，莊因的字飛舞揮灑，如其人其文。初見其字，是在未來的岳母所創辦的純文學出版社，辦公室牆上懸著五尺見方巨大裱框，是莊因寫的〈赤壁賦〉，五百餘字中楷。原本是白紙黑字，框內裱的卻是黑紙白字。這兩種版本，後來還在別的地方看見。莊因的加州山景城寓所客廳，也是掛的黑紙白字〈赤壁賦〉。

　　莊因喜歡〈赤壁賦〉，只因「泛舟遊於赤壁之下……縱一葦之所如，凌萬頃之茫然」是他的情趣；而「舉酒屬客，誦明月之詩，歌窈窕之章」是莊因所好；從「寄蜉蝣於天地，渺浮海之一粟」

到「挾飛仙以遨遊，抱明月而長終」可說是莊因的胸懷明志；結尾「相與枕藉乎舟中，不知東方之既白」，則是莊因所祈求。書寫〈赤壁賦〉者眾，史上名家如文徵明，趙孟頫。有人以之相比莊因，我不以為然，莊因寫〈赤壁賦〉不是要和誰比書法，是喜歡內容，亂世中尋求寧靜的歸宿。他寫〈赤壁賦〉時，距今約五十年前，近四十歲，正值盛年，是體力，手勁，定力的鼎盛時期，下筆美，也可見他青年有志。

莊因為另一連襟鍾建安夏祖葳夫婦，賀新居寫的打油詩，最能反映他的性情志節：

大千處處可為家，隨緣何須著袈裟，老去域外談妖鬼，閒來燈下畫鴉蛇。無寵不驚輕似燕，多情枉恨亂如麻，飲酒啖蟹行吾樂，消食化氣有苦茶。

這是個橫幅直書大楷，寫於五十歲前後。文中「無寵不驚」是他最愛寫的四個字，足以表明氣節。我問他「鴉蛇」是否應為「蛇鴉」以押韻，他說，古詩蛇讀「ㄕㄞ」的二聲，已經押韻了。而「飲酒啖蟹」是莊二爺最愛，他的山景城寓所遂名為「酒蟹居」，掛在進門玄關。莊鍾二府相距近，走得也近。我自澳洲退休後，全家搬來灣區聖荷西，三家時常往來。夏家三姊妹的大哥夏祖焯，住在東北灣歐琳達，車程一小時半，大家有時移師北上祖焯的山居聚會。

因為不忮不求，所以能「行吾樂」。因為不計寵愛，所以「輕似燕」。這是莊因的人生觀，生活模式，人生哲理。不論他選的古人抒發感情詩句，或自寫打油詩，可以看出莊因淡泊明志，瀟灑

以對，調侃而過，小節不存於心的性情中人特性。性情中人有個性，快人快語的莊因偶爾也見發抒性情，但來得急，去得快，對方還沒體會其意，自我性情已過，煙消雲散。兒子莊誠在鳳凰城工作，成家立業，與媳婦李康扶養兩個可愛女兒，莊因和祖美二老在灣區相濡以沫，作息扶持。祖美十幾年前就為莊因計畫醫療、財務和未來。莊因大祖美十二歲，兩人都屬雞，「雞窩」二字遂高掛堂上。

　　加州時間 2022 年 12 月 13 日深夜 11:02，莊因在復健醫院去世，享壽八十九歲。事後的照片，當天莊因氣色很好，雖然臥病在床，仍在吃醫院食物，大家說莊因走前沒有痛苦。我認為，莊因以無寵不驚看待人世，離開時對人對己也把痛苦減到最低，盡量少驚動。正如俄國小說家索忍尼辛在小說《癌症病房》中寫道：「這些老人安詳地離開人間，就像要搬到另一棟新居去一樣。」快樂地活，了斷地走，是莊因的一生寫照。

　　莊因火化後存放山景城隔鄰 Palo Alto 墓園，那兒有他幾個老友，還有莊因為他們題的字，蘋果創辦人賈伯斯也在這兒相伴。「大千處處可為家」，莊因一定心安於祖美的安排。

註：按 2023 年 11 月 23 日新聞，臺北故宮博物院展出蘇軾之〈前赤壁賦〉真跡，其中辭句，「寄蜉蝣於天地，渺浮海之一粟」，「浮海」非千年以來誤傳之「滄海」。本文為求存真，不再以訛傳訛，改正為「浮海」。

2010 年，三家共度感恩節。左起：莊因，夏祖美，夏祖葳，鍾建安，鍾典哲（當日主廚，鍾家公子），夏祖麗，張至璋

莊因的墓園

第四章

時事及析論

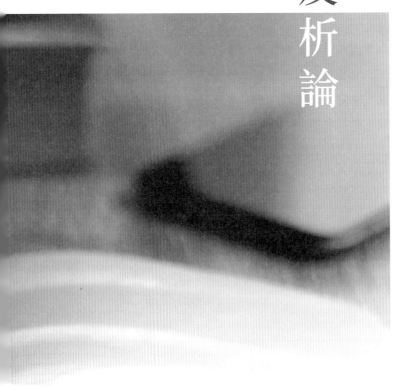

本書作者為美國《世界日報》舊金山版【金山人語】專欄作家，自 2010 至 2020 年內撰寫五百篇，內容多為時事與社會人生。時事具時間性，本章選取的篇章多為專欄停寫前的近年作品，必要時在本文後加以說明。

祝福【金山人語】讀者

　　參加寫【金山人語】專欄十年，第一篇是 2010 年 12 月〈從新金山到舊金山〉。那時我已從澳洲聯邦政府退休，由墨爾本遷居美國加州聖荷西，《世界日報》找我寫本欄。本欄前輩頗有名手，筆者深感與有榮焉。

　　早年粵閩華工來舊金山挖金開路，金子挖光，另謀出路，南半球墨爾本逢淘金熱，華僑就叫它「新金山」，以別於三藩市的「舊金山」。新、舊金山相似，依海，產金，噹噹電纜車。

　　很快又寫篇〈效忠加州〉，當年布朗州長的口號。Jerry Brown 做過十六年四屆州長，第一個八年的加州，是全球移民熱門，老鷹合唱團獲艾美獎的 *Hotel California*，不下於那首「來舊金山別忘頭上插朵花」。洛伊奧伯森，媽爸合唱團，湯尼本奈特等大牌都歌頌舊金山和加州。二十年後布朗第二個八年，我來到加州。布朗為什麼喊效忠加州？因為上屆州長史瓦辛格留給他 270 億債務赤字，加州快被魔鬼終結掉了。在老布朗帶領下，八年後轉虧為盈，還創造 145 億基金。布朗比華工更會挖金。

　　這八年，金山灣勇奪世界盃帆船賽，兩屆世界盃棒球賽，三屆 NBA。這位福氣旺的州長，民主黨若提名他選總統，勝算很大，可以再創共和黨雷根聲威，但癌症痊癒的布朗選擇告老還鄉。其實和當前拜登川普比，布朗不老。好個激流勇退。

　　川普的「讓美國更偉大」與「效忠加州」一樣好聽，可惜他

沒做好，還沒偉大，先得罪所有國家，最感冒的是中國。不過川普勇猛抗中，使後繼者師出有名。他 7 月突然宣布，關閉中國駐休士頓總領事館。美國國務院說，休士頓是中國在美國的「間諜活動中心」。

上週我主張「重訂《臺灣關係法》」，認為既然美國選後兩黨共識，中國不再是戰略夥伴，就該另訂臺灣關係法，不一定駐軍或外交承認，比如臺灣參加軍事演習，或者美國租借臺灣的南海太平島。

過了幾天傳出新聞，美國國會委員會建議，把美國在臺協會處長任用，提升為駐外大使等級，還建議政府明訂，反對中國改變臺灣現況。專欄作家能把話說在事情發生前，是最高興的事。

然而又多讓人心痛，當前疫情嚴重，遊民遍地，野火連年。這是我寫【金山人語】最後一篇，要和讀者說再見。布朗把本奈特的《我心留在舊金山》，訂為舊金山之歌，就是我現在心情，祝福讀者，有緣再見。

註：本篇發表於 2020 年 12 月，文中主張美國應「重訂《臺灣關係法》」。一年半後本書編輯之際，美國參院通過《臺灣政策法》，取代四十二年之久的《臺灣關係法》。

本篇為作者【金山人語】最後一篇，下一篇〈從新金山到舊金山〉為十年前，2010 年本專欄的第一篇。

從新金山到舊金山

　　舊金山，是老華僑取的名字，「新金山」則是墨爾本。

　　當年中國人出海謀生，來舊金山挖礦築路。黃金挖光了，新出海的人紛紛改往墨爾本，因為當地發現金礦，也需要大批華工，墨爾本就被稱為新金山。一名老僑說，墨爾本不好聽，「掏光你的老本」，不如「新金山」帶給人希望。曾有人發起改名「美爾本」，沒有成功，因為美爾本唸白了像「沒有本」，更糟。

　　二十四年前我從臺北搬到墨爾本郊區，離開華視新聞部，應聘澳洲國家廣播公司。現在退休了，又從墨爾本搬來舊金山。從新金山遷居舊金山，好似新僑尋老僑。現在寫【金山人語】，心在舊金山，也念新金山。

　　因為常來美國，遷居對我談不上「近鄉情怯」，倒是在澳洲住久了，不免「離鄉情愁」。其實墨爾本很像舊金山，兩大都會都建在丘陵上，都傍依海灣，也都有電纜車。舊金山的 cable car 墨爾本叫 tram。更相似處，二者的開發都和黃金有關。

　　澳洲與美國本土一樣大（不算阿拉斯加），人口還沒臺灣多。有次我們開車從墨爾本走內陸去雪梨，荒涼的路邊出現個廣告牌，「再走 177 公里有麥當勞」，結果那次全車餓了兩個鐘頭肚子。後來我們居然看見，「再走 447 公里有 KFC」。KFC 在 447 公里外做廣告有什麼效果？如果該吃飯，車上沒有食物，我寧可回頭去找飯館，不往前走 447 公里。

　　澳洲野外的簡陋加油站生意好極了,因為沒人敢賭那塊招牌,「以下兩百公里沒有加油站」!手機剛流行年代澳洲有條新聞,一家人開車旅行,汽油快盡,飲水光了,地圖說附近有個開礦小鎮,於是他們趕快駛進小鎮,不料是個空城,沒有人煙。木牌上寫著「本鎮已廢棄,因為兩年前礦場關閉」。他們靠手機僅剩的電力求救,對方告誡他們,別喝鎮上水,躲進屋子,別曬太陽。幾小時後,警車滿載飲水和汽油來到。

　　有趣的是,這條新聞的重點不是遇險獲救,也不討論城鎮廢棄,而大書特書發明手機的偉大。那年代臺灣還把手機叫大哥大,那年代流行的是文章唱的「古月照今塵」。手機美國叫 cell phone,澳洲叫 mobile phone。

　　雖然喜歡舊金山,可是午夜夢迴,我又回到墨爾本老家,手植的十三株松柏間。祖麗出來說,「吃過中飯,咱們上山去喝英國下午茶吧,栗子節又開始了。」

　　現在舊金山已是隆冬,南半球新金山剛入盛夏。

十二萬元三十年舊背心　2019 年 11 月 4 日

　　達拉斯的「遺產拍賣公司」(Heritage Auctions)，最近在網上拍賣一件 1975 年前後，夏威夷州龐納荷中學籃球隊的 23 號背心，被一隱名買主以十二萬元買走。球衣當年的主人後來雖沒有成為 NBA 球星，卻是地位更為崇高的總統——歐巴馬。

　　擁有球衣的人彼得諾保，當年也是龐納荷籃球校隊成員，比歐巴馬低三年級，球衣編號承繼 23 號。一天他見球隊拋棄舊球員球衣，便把這件「屬於自己」編號 23 的球衣撿回家作紀念，一存三十多年，沒想到這件舊球衣主人居然當了總統。日前他把球衣交給遺產公司拍賣，該公司先做考證，主要根據歐巴馬在中學打籃球，身穿 23 號球衣的一些照片，驗證結果球衣是真品，根據歐巴馬照片上球衣的尺寸和縫線，乃至汙點和磨損，證明就是歐巴馬穿過的 23 號。

　　彼得諾保雖然拍賣得到鉅款，可是他把拍賣所得，捐給母校。年輕時撿拾丟棄的舊背心，現在把高價寶貝捐贈出去。

　　想想或許不只捐贈的趣味，花十二萬網上競標的匿名買主是誰，為何不透漏姓名？如果常看克莉絲蒂類的小說迷，或許會從以下方向推敲得主是誰，愛好蒐集名人物品者，古董類投資客，籃球迷或運動明星迷。然而會有以下兩種可能嗎？第一，買主是彼得諾保本人。他愛好籃球，懷念打龐納荷校隊的歲月，他可能是歐巴馬迷，也可能有過匿名捐助義舉，大概經濟財力還不錯。

第二，著名連續劇 Mrs. Mabel 探案的主角，瑪貝兒太太懷疑，買主可能就是歐巴馬總統本人。

　　歐巴馬在夏威夷出生，父親是肯亞留美學生，結識歐巴馬的白人生母，生母後來改嫁印尼留學生，歐巴馬便隨繼父在印尼念小學，在家由母親教導英文，因此歐巴馬會印尼話。隨後歐巴馬回到夏威夷，跟外婆住，讀龐納荷中學，打籃球校隊。他母親在外努力讀得博士後，不幸癌症去世。

　　歐巴馬非凡的兒提歲月，複雜的求學生活，奮鬥的青年時代，成為種族和諧，庶民總統，帶職諾貝爾獎得主。歐巴馬的口才是歷屆總統最好的，他每年在白宮歡迎來訪的當年 NBA 冠軍，總是賓主言歡。諷刺的是，NBA 冠軍拒絕訪問川普總統的白宮。

　　歐巴馬坎坷成名，他的球衣流離傳世，二者相得益彰。

納達爾和詹姆斯　　　　　2020 年 10 月 19 日

　　在不到十二小時內，世界體壇先後加冕了兩個「老」冠軍，三十四歲半的法網冠軍西班牙納達爾，以及將滿三十六歲的 NBA 總冠軍賽 MVP 詹姆斯。

　　人類體能的年齡極限，一直是醫學和運動界探討的話題，可能永遠無法界定標準。三個原因決定成績，年齡，體質，訓練。但是我覺得該加上競賽的設計。一般言，著重基本體能的運動如田徑，游泳，體操，舉重，年齡對成績的影響顯著，其中游泳和體操如果不能在二十歲前出人頭地，一生大概到此為止。遊戲類，即 game，技巧的比重超過年齡，如籃球，網球，特別是高爾夫。

　　訓練可說技巧的發揮，不論個人還是團體比賽。為什麼高爾夫和棒球很難列入奧運項目，前者因為場地過大，而且明顯不是貧富皆宜，有失奧會全民運動宗旨。棒球運動國家少，且競賽設計特別，以防守而論，當有個 150 球速投手在場，完封打擊，其他八個守備「可以在場上睡覺」，這運動不夠均衡。曾有建議，奧運列橋牌項目，理由是頭腦也屬身體鍛鍊的一部分，沒錯，但是反對者一句話就否決了建議，「那年有個老的靠人推輪椅上場的運動選手」。然而，運動當真沒有年齡歧視嗎？

　　今年法網，賽前 ATP 排名塞爾維亞喬克維奇第一，納達爾第二，第三瑞士費德勒。結果爭冠軍兩人就是 ATP 一二，納達爾以連三盤輕易勝了喬克維奇，現在兩人互換排名。我在澳洲現場分

別看過這三人比賽，澳洲人不喜歡喬克維奇，喜歡費德勒。喬剛出道時氣盛，有次贏了澳洲選手，頒獎時說，「我今天贏球不容易，因為你們喝采澳洲選手。」觀眾噓聲大作。

上個月紐約美網賽，喬把廢球擊向背後，碰巧正中底線裁判喉嚨，氣塞倒地，大會罰喬退出比賽。如今法網又敗，喬真是流年不利。那天納達爾正反拍力道十足，喬克維奇輸得不冤。

詹姆斯也贏得理所當然，籃球是團體遊戲，大三元詹姆斯和戴維斯兩個前鋒包辦一半得分，LAL 湖人重拾十年前光彩，詹姆斯 MVP 得之無愧。詹的四屆冠軍都是由他整軍得到，特別是克里夫蘭和洛杉磯，說明不只個人身手絕佳，詹是天生領袖，我認為他超越喬丹和布萊恩。詹能打到四十歲，還有一人也能，柯瑞，柯有超越詹的臨場帶隊，變換防守特質。

不過 LAL 獲勝對於金州勇士不是好消息，湖人除了詹和戴之外，還有六名二百公分以上中鋒，四名主要後衛與射手之中除朗多一百八十六公分外，其他三人都接近二百公分，速度都很快，勇士未來如何取得制空權是個大難題，更別提東區好手。

註 1：2022 年澳網與法網，均由納達爾獲冠軍，總冠軍數二十二，超越費德勒和喬克維奇。2022 年溫布頓喬克維奇冠軍，喬居世界職網排名 (ATP) 第一，費德勒已大幅落後。2022 年 NBA 冠軍為金州勇士隊，柯瑞獲 FMVP 獎盃（決賽最有價值球員）。納達爾 2022 年 6 月滿三十七歲，喬克維奇 2022 年 5 月滿三十六歲，詹姆斯 2022 年 12 月滿三十九歲，柯瑞 2022 年 3 月滿三十五歲。四十一歲的費德勒宣布從網壇退休，他的生涯總獎金一億三十四萬多元。相比 NBA 的柯瑞，光是最近三年的年薪已高達一億四千四百萬美元，還不算以前的，而且柯瑞還在如日中天。收入代表價值，也可見該運動在體壇和對世人的影響力。

註 2：2023 年杭州亞運，有橋藝（即橋牌項目），中華台北女子隊銀牌，中華男女混合隊獲金牌。

誰管網路霸凌

2019 年 12 月 2 日

　　澳洲通過立法，下令五個海外網站，刪除極端主義內容，否則起訴網站。起因是半年前紐西蘭發生恐怖攻擊，白人槍手闖進穆斯林清真寺濫射，五十一人死亡。共犯是一名澳洲白人至上極端主義者塔蘭特，他利用臉書直播慘案 16 分鐘，之前還上網預告要發動屠殺，加強恐攻效果。

　　澳洲政府動作很快，幾個月內完成立法，由國家安全機構負責管制網路，此舉引起人權團體的反制。塔蘭特被捕後坦承是共產主義者，也是無政府主義者，也是自由意志主義者，也是法西斯主義者。他支持川普主義，讚揚共產中國。

　　當然，逮捕審判塔蘭特的理由不是他的政治思想，是共犯殺人和網上傳播屠殺。

　　塔蘭特的彈匣上寫著「為了羅莎姆」。英國羅莎姆地區連續發生少女被集體霸凌性侵，罪犯多為巴基斯坦裔青年，英國擔心引發種族衝突，刻意低調處理。網路上雙方互相指責，結果在紐西蘭爆發極端反制式的恐怖濫殺，促成澳洲立法世界首創的管制網路。據說臉書和谷歌提出警告，澳洲監管網路會破壞美澳安全合作，科技業者會被迫公布業務，這樣做牴觸美國法律。

　　立法管制網路當然不是為了對抗科技，是對抗犯罪利用網路科技來加強其極端主義。

　　現代人天天用電腦上網搜尋，坐火車滑手機，圖書館打電腦，

漫遊知識資料的大海，電腦網路服務無遠弗屆，不分種族貧富。可是網路犯罪也無孔不入，網路霸凌不分種族貧富，更可怕的，受到霸凌者自己未必知道。網路霸凌的負面影響，超越二戰後的恐怖名詞「洗腦」。

舉個細小的生活實例，如果你要求旅行社網傳旅行資料，你很快會得到其他商業傳來的大量折扣機票，優惠旅館，贈送表演，老歌星告別，馬戲團封場，乃至上空秀，脫衣舞，猛男秀，問你寂寞想找伴侶嗎？想嚐南太平洋女郎口味嗎？甚至，幫女大生付學費，幫媽媽癌症醫療費，誘你入殼。

旅行社也許沒有責任，是公開聯絡的方式引來不想要，且不屑要的「霸凌資訊」。

人們形容「網路霸凌」是當前最大的犯罪，讓人不知不覺被掠奪，甚至助長犯罪。如果肝病，腦瘤，血栓，結石，容易找出病源醫治，網路犯罪就像癌細胞，全身亂竄，難以防範。紐西蘭的慘案中，網路霸凌已在催化屠殺。網路像水載舟覆舟，立法登船查犯罪，當然打擾遊客，但是否有更好的辦法？

俄國老船長　美國瓶中信　2019 年 11 月 25 日

　　《美聯社》和英國 BBC 都報導，最近阿拉斯加北部漁村有位伊凡諾夫，撿到一個沖上沙灘的綠色酒瓶，瓶裡有張紙條。伊凡諾夫設法拔去塞得很緊的塑膠瓶塞，取出那張紙，上面手寫著幾句俄文。伊凡諾夫不懂俄文，找到懂的人，翻譯瓶中信。

　　「這是蘇聯遠東艦隊蘇拉克號，我誠懇問候撿到酒瓶的人，祝你健康長壽。1969 年 6 月 20 日。」伊凡諾夫說，這張紙和瓶子裡都非常乾燥，甚至聞得出濃郁酒味，顯然因為瓶塞很緊，即使在大海漂泊五十年，瓶內環境沒變。

　　俄羅斯 1 號電視臺，對《美聯社》這則新聞感興趣，配合搜索，找到了寫紙片的人，是現年 86 歲的老船長波札南科。波札南科接到酒瓶和紙片，喜極而泣，「我認得出來，這是我年輕時的筆跡，我記得當年把瓶子扔下海。」

　　原來波札南科年輕時在前蘇聯海軍服役，1966 年起參與監督蘇拉克號軍艦的建造工作，蘇拉克號下水服役，波札南科上船服役，直到 1970 年才下船。他離開蘇拉克號前有所感觸，一時激動，寫了紙條，塞進酒瓶，扔進大海。

　　這則「小新聞」令人腦海如同大海翻攪。

　　瓶子扔下大海的 1969 年是個什麼年代？美蘇太空競爭，冷戰緊張，先有古巴危機，隨之甘迺迪遇刺，越戰開打。1969 那年美國阿姆斯壯爬下阿波羅 11 號，登上月球，個人的一小步，人類的

一大步。事實上美國人這一小步，是被蘇聯人的一大步刺激出來的，因為 1961 年蘇聯空軍駕駛員蓋加林操縱東方一號太空船，環繞地球一周，成為世界第一個太空人，領先美國。以太空科技自豪的美國深受刺激，八年後登陸月球。而年輕的太空英雄蓋加林，卻在 1968 年駕駛他熟悉的米格 15 墜地身亡，死時三十四歲。陰謀論甚囂塵上，駕駛艙上發現人工鑿的洞，氧氣外洩，蓋加林在昏迷中墜機。

　　阿拉斯加是美國面積最大，人口比例稀少，富含石油的州，美國當年從俄國手中買來只花了七百二十萬美元。幾年前我們坐遊輪去阿拉斯加，發現不少人有俄羅斯姓，但滿口美國腔，伊凡諾夫不懂俄語也就不足為奇了。這兒山林一片綠，冰河一片白，白天靜悄悄，夜晚出太陽，能夠撿到個五十年前從俄國領海飄來的瓶子，主人還活於世，是個奇蹟。

　　記者問八十六歲的波札南科，重逢五十年瓶子的感想，他說，「我想和孫子再寫封信，扔進海裡，看看這次會被什麼人撿到。」

註：本文寫於 2019 年底。《美聯社》，英國 BBC，俄羅斯 1 號電視臺三者合作，找到伊凡諾夫和波札南科，說出來五十年前的舉動。伊和波都是俄羅斯人，伊說英語，科說俄語。三個新聞機構，兩個人，共同譜出這件有趣的小事。若換成現在，美，英，俄因為烏克蘭戰爭敵對，新聞機構和兩國人民對待這件事，當會有所不同。

為咖啡站臺

2019 年 3 月 4 日

英國有心人研究指出，咖啡面臨絕種危機，本世紀結束前，全球咖啡會減產 60%，業者難以生存，喝咖啡變成昂貴享受，最終導致人們沒有咖啡喝。

英國皇家植物園發表研究報告，咖啡品種有一百二十四種，其中七十五種會在本世紀結束前滅種，包括製造咖啡最多的品種阿拉比卡 (Arabica)。全世界咖啡品牌上千，多數由阿拉比卡咖啡提煉。為什麼咖啡面臨絕種？全球氣候變遷，農業生產縮減，蟲害威脅。人們只注意海水暖化，熱浪風雪，海龜鼻子有塑膠吸管，卻忽略了咖啡也是環境惡化的受害者，但是不喝咖啡不會威脅生存，所以不被注意。

其實不喝咖啡會影響生活品質。我伏案工作經年，養成一手執筆（或十指敲鍵），一杯熱咖啡在案的習慣，特別是寫馬上要在螢光幕兌現的電視新聞，或新聞評論稿。編輯別人稿子也一樣，這時的咖啡是疏解緊張的工具。至於寫專欄，散文，小說，翻譯，時間壓力較輕，咖啡不是嗎啡，是文思益友，助你天馬行空，紙上飛舞。此刻不感謝咖啡，難道感謝鍵盤原子筆嗎？

考大學那年冬天，入夜家人睡了，我在燈下寒窗夜讀，就是抱佛腳。大腿上一隻狸花貓，呼嚕有聲地熟睡。牠很有心機，白天不見芳蹤，夜晚黑了，書桌燈亮了，牠悄悄竄上膝頭。我坐懷不亂，牠不是鍾情於我，只為尋找溫暖的地方。然而在牠「咕嚕

咕嚕」伴奏下，摸著軟毛能增加聯考分數。後來工作一樣，桌上咖啡取代了膝頭貓，兩情無牽掛。

　　咖啡是工具，益友，我卻不講究結交對象，超市買罐咖啡豆，當場現磨，回家蒸煮，加點鮮奶，一匙糖即可。有人很講究，一定某國某品種某釀法某口味，煮時定溫，多一度或少一度寧可倒掉重煮。他那近千美元咖啡機，明亮耀眼，像打蠟的勞斯萊斯，咖啡在透明蛇管中竄動，像打電動玩具。我的煮咖啡機是塑膠造，沃爾瑪貨架上舉手可得，濾紙兩元美金一百張。話雖如此，喝咖啡總有口味，我從眾，最普遍的 French Roast，Dark，Medium Bold 就行，什麼品牌都造。案頭偶有缺貨，三合一來應付，在他們眼裡，我是咖啡土包子，我卻土了幾十年。

　　常聽不喝咖啡的人說，午後沾唇會整夜瞪天花板。愚體粗陋，晚飯後一杯在手勝過白蘭地，兩片餅乾相佐已足，省卻了蛋糕或湯圓，算是喝咖啡減肥。

　　現在夜深了，就此擱筆，起身再去倒杯咖啡。

進廚房，別怕熱　　　　2019 年 2 月 15 日

　　臺灣一週內有兩件關於同性戀的新聞。

　　先是一名二十四歲的苗栗男性青年，因交換學生到英國留學，認識七十五歲的英國老先生，兩人相戀，交往兩年後 2 月 16 日在苗栗舉行婚禮和喜宴。兩人一個白髮，一個黑髮，頭髮都從兩旁和後方向上推剪，在頭頂留較長的現代髮型。接吻的一刻很自然，唯一的不便是，兩人都戴著寬邊眼鏡。賓客多達五百人，有認識的，也有不認識的，人手一朵鮮花祝福。

　　人們議論的焦點不是同性戀，是年齡，五十四歲的父親對他們說，「你們將來快樂就好，別管人們心裡怎麼想。」在那相對比較保守的苗栗，應該不會有比這更開朗的祝福，但是想來父母內心必也經過掙扎。祝福兩人，九十九大順。

　　另一件新聞是，行政院上週決定了亞洲難見的《同婚法案》的草案。由於社會上「挺同」和「反同」意見相持不下，儘管政府偏向前者，但是顧忌大選年社會紛擾，不利於尋求連任，於是法案名稱捨棄同婚字眼，改稱《司法院釋字第 748 號解釋施行法草案》，不用《同婚法草案》。以十五個字的解釋令來命名一件改變社會觀念的立法，如獲通過，將來法律，學校，新聞和一般人背誦十五個囉嗦繞口的文字，頗為困難。未來有類似顧慮的立法，援引前例，顯然會造成法律文書和法庭辯解的不便。

　　現代社會，文明國家，早已對同性戀抱持開放態度，同性伴

侶或結婚的法定地位和權利，成為立法前公開討論的議題，其中包含人權觀念，以及傳統倫理中父母與子女在情感上的過渡和傳承負擔。激烈的挺同和反同行動，強迫對方接受，都不應該。相比之下，同性戀者彼此間和對親友的告白，反而較為溫和勇敢，這就是俗語所說的「出櫃」。臺灣的政府立意立法，以十五字解釋令繞過「同婚」，不啻對同婚的「另眼相看」。

2016年蔡政府上臺之初，提出辯論同婚立法問題，引發社會紛擾，支持蔡的人覺得蔡何必淌渾水，反對蔡的人認為以民情和社會環境來看，同婚不宜急著立法，可以等水到渠成的一日。當時這問題不了了之，卻促使蔡聲望下跌。現在看來，似乎蔡立意要在她首任之內完成心願。蔡的行事和苗栗那對父子不同，二十四歲的兒子勇於表白，五十四歲的父親明白以對。蔡聲望雖低，前兩天向美國記者表明連任決心，其勇氣不知是否看到上週一【金山人語】中，杜魯門總統說的，「進廚房，別怕熱」？

何處是兒家

　　外國電視來加州大城市，報導「無家可歸」問題的嚴重，路旁搭帳篷，街上躺臥人，怵目驚心。記者騎著腳踏車穿梭，以免駕車不方便攝影。再有三天是感恩節，記者說，這個只有美加才有的節日，突顯家庭團聚的溫暖，也突顯無家可歸的淒涼。

　　2016 年全美國接受安置沒有家住的人，超過一百萬，加州占 1/4。2014 年的全美街頭流浪者約五十八萬，其中加州十二萬。加州人口四千萬，是美國三億人口的 1/7 或 1/8，所以加州容納了美國最多的遊民，政府要花費大量經費處理衍生的問題。加州天氣好，社會富足，多元文化，遊民容易在舊金山等大城市找到天然遮蔽物。這兩年問題愈形嚴重，新州長蓋文紐森上任後大傷腦筋，幸虧老州長傑瑞布朗八年來平衡了前任史瓦辛格遺下的大筆財政赤字，魔鬼終結者的遺跡。

　　沒有形式上的家，不代表無法自力更生，但是街頭流浪者沒有棲身之地，也沒有能力謀生。十年前，人們注意到沿史丹福大學外的 El Camino Real 大道旁首尾相連，停了一輛輛 RV，這種原本旅遊用的拖車，就是車主和妻小的家，他們沒有住房，開輛舊「旅遊」車擇地而居。為什麼不停在旅遊拖車該停的地方，除了繳費的問題，山明水秀的地方未必有生活機能，像史丹福的路邊允許停車，矽谷吃喝遊樂方便，好環境吸引了以 RV 為家的人。

　　還發現矽谷領科技高薪資的獨身青年，因為買不起灣區房子，

不甘付高房租,乾脆買輛 RV 或舊貨車,整修內部成為套房居住,盥洗廁所使用外面公眾設備或公司設備,甚至去健身房。白天上班,晚上與朋友同事在外聚會,「小套房」只是睡覺的地方,無須付房屋稅和管理費。能夠想出這樣居住方式,怪不得矽谷科技發明一流。警察沒有處罰依據,若改變道路規則,他們就擇地遷居。

比起這些沒有房屋的高薪收入者,露宿街頭,乞討度日的遊民是真正可憐者。這類人中大約一半沒有謀生能力,或失去謀生意願。另一半人沒有家庭,或離開家庭,吸毒或酗酒,犯罪出獄,以及戰爭後遺症的人,他們在身體或精神上受到創傷。政府花了不少經費人力,用在解救這類人造成的社會問題,卻無法根除問題。

今年的感恩節,吃火雞難以下嚥。

蔣中正的身分證　　　　　2018 年 9 月 10 日

　　得到份資料，蔣中正的身分證。

　　這張「中華民國國民身分證」上，蓋著大方塊紅色篆字「臺灣省政府印」。姓名欄左邊是出生欄「民前 25 年 10 月 31 日」，本籍「浙江省奉化縣」，父母「蔣肅庵、蔣王氏」，配偶「蔣宋美齡」，教育程度「日本士官學校」。照片是常見的蔣側過頭微笑的便裝照。

　　蔣中正為本名，大陸慣以其字「介石」稱呼，臺灣社會現在沿用大陸稱「蔣介石」，反而不叫他本人自稱的姓名「蔣中正」。以前的人常於書信下款以字或號自稱，蔣亦如此。至於「蔣公」則是蔣去世後，人們對他的尊稱，猶如「孔子」並非他的名字。

　　蔣這張身分證是在「中華民國 54 年 4 月 17 日」由「臺灣省陽明山管理局」發給，那年是臺灣第二次全面換發身分證，蔣的編號 Y10000001，共九碼。四年後為檢閱資料方便，末尾增加一碼，成為十碼。身分證的編號，男性 1 字開頭，女性 2。蔣 1 字頭，結尾又是 1 號，是為尊敬元首。英文字母代表戶籍地，早先臺北 A，臺中 B，臺南 D，高雄 E，Y 是陽明山。「陽明山管理局」類似華盛頓 D.C. 特區，蔣雖住士林山腳，戶籍地屬陽明山。陽明山高高在上，「天字第一號」令人景仰。

　　證件不過一張紙，編號是為查資料。臺灣有個居民身分證編號自 1 順到 9，本以為吉利，卻麻煩纏身，有人填表，稅單，住

旅館，順手冒填他的號碼，造成糾紛，甚至訴訟。他自己也遇到「請不要開玩笑」類的質疑。現在辦手續出示身分證，需要影印、簽字或蓋章，減少了矇混。

　　筆者第一個工作是淡江中學高中國文教員，教務處一看身分證 G 字頭，「原來你是宜蘭來的」，當年宜蘭在一般人眼裡是個發展慢的地方。後來我考進中廣記者兼主持人，繼而任華視主播。華視董事長藍蔭鼎是陽明山的一個鄰長，該鄰只有三戶，包括蔣中正。藍是宜蘭人，教蔣夫人繪畫，想來住得近才方便，所以改戶籍地陽明山。蔣不方便當鄰長，所以由藍擔任。一天藍蔭鼎當眾拍我肩膀說，「我們是宜蘭鄉親啦！」同事詫異，以為我攀上了如此高的關係，事實並非如此。我當時沒問藍的身分證是 G，還是 Y 字頭。我也沒問藍，我是否有榮幸，遷居在他那個鄰裡。那時我結婚不久，新娘身分證 A 字頭，我是戶長，鄰長不記得了。

臺灣想列英語為官方語言　2018 年 9 月 3 日

行政院院長賴清德說,明年要確立英語為臺灣第二官方語言,以提升國際競爭力。想法頗具創意而且勇敢,引發朝野正反意見。創意是否美意,勇敢是否正確,需經邏輯分析,理性解讀。即便結果是美意並且正確,還要考慮可行性,因為提升國際競爭力也要看國內和國際環境,否則徒然自我感覺良好。

英語是國際語言,觀光,貿易,外交,國際爭訟都需要英語,臺灣去年成立英語推動委員會,配合小學生學英語,做法很正確。然而「學英語」和「列為官方語言」是兩回事,臺灣如果把英文列為官方語言,現在的國語和英語都是「國語」,那政府文書,發表聲明,議會質詢,乃至公文書都得具備兩種語言。法庭兩造辯論,若一方聽不懂也不得要求改說另一種,因為「我在說法定語言,聽不懂是你的事」。如果法官英語稍差,朝野會因此混亂。

臺灣加強學生英語的目的,當然不是為達成「官方語言」,當前小學中學大學十六年,能說流利得體的英語,寫順暢正確英文的人不多。為達成「官方語言」,必將大量增加英語課業,會傷害國文,數學,理化,史地,體育的上課時數。就算如此,也不能保證提升國家競爭力,因為農產賣不出去非農民不懂英語之過,友邦斷交不是外交官英語差。極端地說,對岸果真對臺動武,雙方說的都是「國語」。光憑說英語救不了貿易,外交,內政,軍事的競爭力。

　　或謂新加坡，菲律賓，香港，印度，馬來西亞都會說英語，北歐西歐英語也強。這些亞洲國家長期是英語國家殖民地，臺灣不是。北歐西歐文化相近，語言字母同源，瑞士語言甚多，朝野習以為常，他們的英語是歷史血緣形成的，不是強求的結果。

　　有人認為，設第二官方語文顯示臺灣包容性和國際化，有人質疑「去中化」不順暢，就該擁抱英語，還有人拿眾多外傭說英語為理由。這些想法老實說，愚蠢，狹隘，可笑，尤其外傭是外籍人，英語的程度普遍不高，拿他們的語言作模範，算什麼，是拿英語削弱自己語言文化。

　　總歸一個觀念，加強學英語，吸收歐美文明，在文化溝通上很有必要，但是把英語列為國家語言，會造成朝野語言文化的混亂，社會制度的紊亂。會說英語，可作為終極目標，但不能貿然而為。臺灣的行政掌舵者如果一時衝動，隨口決定，國力還沒提升，先亂成一遭。

　　病急亂投醫很危險。

那個陰沉的早上

2018 年 8 月 6 日

　　舊金山遊民傳染到了南灣，臺灣有家電視派人到聖荷西，採訪遊民生活，鏡頭中遊民以便宜票價夜晚睡在有空調的公車裡，最多的還是露宿街頭，有的撐開厚硬的大紙盒，算臨時有了家，天亮把家折疊起來，放進隨身推車裡。太平洋彼岸派專人來採訪，顯示美國遊民問題受到國際的關切。

　　遊民現象世界各地由來已久，多年前還住在澳洲墨爾本時，遇到一件事，印象深刻。那是個秋冬陰沉的早上，刮著冷風，我送孩子到學校後，把車停在麥當勞，點了早餐，取了報紙，坐到窗邊。店內冷清，桌上有些紙杯，紙盒，薯條，等待收拾。一名媽媽帶個五六歲男孩進來，點了攜出早餐，坐在旁邊桌上等待。

　　這時自動門開了，一名裹著舊大衣的流浪漢微駝著背進來，灌進來的風吹得髮絲飛揚。他掃了下全場，移近一張杯盤狼藉的桌子，打開紙盒檢視，捏起一根冷薯條，放進嘴裡，接著又一根。

　　小男孩揚起眉毛，小聲說，「媽，那人在吃別人的東西！」

　　媽媽也小聲說，「噓，他沒錢買漢堡，可是肚子餓。」

　　小男孩壓低聲音說，「媽，可不可以給他買個漢堡？」

　　媽媽想了下說，「我想，他只肯吃別人剩下不要的。」

　　流浪漢聽到聲音望過來，當他與小男孩四目交投時，有些尷尬，放下薯條，向小男孩擠擠眼睛，笑了下。他那原先冷峻的面孔忽然和藹起來，就像陰霾的天空，撒下一道陽光。

　　這時女店員拿了兩個紙袋過來，把大紙袋交給媽媽，小紙袋交給小男孩。當他們走到門口時，小男孩忽然做出個不尋常的舉動，匆忙打開紙袋，拿出熱騰騰的漢堡，大咬一口，轉身跑過來，把漢堡放在他剛才的桌上，然後滿臉通紅，害羞地低著頭，向門外奔去。

　　那流浪漢很驚訝，看看桌上咬了一口的漢堡，轉過頭，目送小男孩直奔到遠處媽媽的車旁。

　　我想現在最好也離開，便起身歸還報紙，走出門外。我沒回頭，卻看見烏雲裡露出了藍天。

　　這故事寫下來後，在《中央日報》發表，名叫〈那個陰沉的早上〉，後經《福報》，新加坡轉載。此外《讀者文摘》中文版於1993年11月轉載，更名為〈善哉童心〉，隔月英譯，在國際版發表名為 A boy's Virtue Heart。 該故事收錄在1994年爾雅出版的《張至璋極短篇》中。

于成龍和東方快車

　　春節看了部英國電影《東方快車謀殺案》和大陸央視 40 集連續劇《大清總督于成龍》，這一影一視引發狗年趣味，憑欄仰天長嘯，旺旺旺。

　　《東》是克莉絲蒂的偵探小說，四度搬上影視。全列車只有十數名上流社會男女，包括法國名探賀丘烈。車上一名商人深夜被刺死，賀要在列車抵達終站前破案，將兇手法辦。經過賀深入探案，原來全車乘客都是兇手，他們知道商人要搭這列車，便購票占據所有包廂，當夜每人捅他一刀。賀發現那商人破壞很多家庭，引發眾人報復，死有餘辜，於是在到達終站時告訴警方，兇手已跳車逃跑。賀一手免了全車乘客殺人罪，贏得觀眾掌聲。

　　《東》片重拍，不以劇情取勝，大卡司，峻嶺風光，特別是英式幽默成為看點，觀眾忘了克莉絲蒂。好電影常見重拍，鉅片如《亂世佳人》卻沒有，因為編導演技若重拍無法超越，所以儘管藝術價值前生後世永恆，人性不怕時間滴水穿。

　　文弱的于成龍是真人真事，四十五歲才出仕六戶人家的小知縣，因解紛，救人，賑災，招降，平亂，二十三年內從七品做到一品，皇上欽點兩江總督。最後康熙召見，暢談孔孟四書經史，惺惺相惜，百官無顏色。于最受朝野愛戴者為清廉節儉，上任總帶一罈故鄉土，一車蘿蔔白菜，人稱「于青菜」。于悲憫仁愛，以解除饑苦受欺壓為己任，他膽識包天，隻身入山招降大盜，使大

盜感恩朝廷，服務鄉梓。一直跟隨于的，除了兩位人格高尚，足智多謀的同鄉外，還有一個受其感化的大盜。

　　于也因此險阻極多，奸商，惡勢力，最後碰上康熙的親外甥，兩江大將軍愛新覺羅赫理。赫理與宰相沆瀣一氣，隨意殺人，天怒人怨，于成龍抓了這軍事大統領問斬。康熙上朝，流淚痛罵于殺他的外甥，但話鋒一轉，「天子犯法，庶民同罪！」反要求百官以于為榜樣。于在位壽終，康熙悲慟不已，追念于為「天下第一廉吏」。觀眾看至此，受感動的不只因為于成龍。

　　戴上有色眼鏡，大陸央視拍于成龍相信不只為票房。以前對清廉，官逼民反，孔孟經史類的主題有顧忌，可能因為儒家思想過重。現在准許拍，想來有其政治背景，但也說明中華文化的價值不容任何朝代改變。賀丘烈和于成龍對人性的表揚，好像一車雙轍。

余，光，中

舊金山華裔市長李孟賢驟逝的次日，高雄墜落一顆文學明星，余光中。

儘管背負尖銳的政治人格批評，余光中的文學粉絲遍及兩岸和華人世界，說他是散文泰斗和現代詩代言人，都不為過。現代詩相對古詩，但不論什麼詩，與小說相比，詩的文字更精煉，詩是熟透的五花肉，入嘴即化，失牙老人也沒齒不忘。諾貝爾文學獎歌頌最多的是小說和詩，去年給了民歌作詞者巴比迪倫，引發很大爭論。

巴比迪倫不能混比余光中，臺灣的近代民歌引用余詩而益顯風采，「我是高塔風鈴，叮嚀，叮嚀。」「有一首民歌，風也聽見，沙也聽見。我的血結冰，哭也聽見，笑也聽見。」余詩情懷還連接了鄉國，「一灣淺淺的海峽，是最大的國殤，最大的鄉愁。」溫家寶訪問美國時，吟誦這首詩，也唱出兩岸意識論戰。余愛臺灣白玉苦瓜，「詠生命曾經是瓜而苦，被永恆引渡，成果而甘。」他歌頌南部甘蔗香蕉，「屏東是最甜的縣，是方糖砌成的城，忽然一個右轉，最鹹最鹹，劈面撲過來那海。」

究竟是詩的熱血脈衝了動脈，還是余的尖銳催化出激情？這問題或許永難蓋棺論定。余的散文和現代詩都是白話，卻疾呼聲援文言文和唐宋詩詞，反文言文和反詩詞者大加撻伐，余是叛國者。諾貝爾文學獎得主，薩林納斯的史坦貝克小說寫實鄉情，卻

被鄉民趕走，因為鄉民老在小說裡「看見自己的影子」。等到史得
了大獎，薩林納斯一夜成名，鄉民反過來擁抱他。史晚年遍歷大
江南北，但一句「人不該葬身異域」薩林納斯感激涕零。余光中
祖籍福建，臺大畢業，美國碩士，一生教學演講遍及臺，美，中，
港和各地，余最後選擇終老高雄。

　　五十年前初見余光中，是準岳母林海音女士介紹他，來到我
的節目《早晨的公園》，後來欲罷不能，常常談詩文。幾年前和余
回憶起往事細節，余說年代久記不清了，我說，「不是說記憶像鐵
軌嗎？」余的散文和現代詩雖然表現中文的精華，他在臺大和美
國念的卻是英美文學，也教這門課，然而名如其人，「余光中」正
是，我光耀了中文。

灣區走了條漢子

舊金山加大教授，生化實驗室主持人，臺灣中央研究院士王正中博士，上週逝世，在他所說，「不畏死生，勤奮研究，濟助世人，關愛世界，做個好丈夫，好父親，好兄弟，好兒子。」乃至好乾兒子的八十年之後！

最近接到他的音信是 7 月 18 日，「這回是真的！無藥可治的胸腺癌，在史丹福化療了一個月，沒什麼效果，即刻開刀，吉凶未卜呢！」信末囑咐大家別去看他。不料幾天後他上了手術臺，注入麻藥後就沒醒過來，掙扎到 8 月 22 日早上。

八年前王正中罹患血癌和淋巴癌，陸續治療，仍抱病旅行，談笑風生，毫不隱瞞病情。王個性乾脆爽朗，熱情誠懇，不只對人對事，也對世界。王主持三十七年實驗室的最大成就，是發明醫治非洲河盲症失明兒童藥方，挽救了地球彼端萬千孩童，達成他「幫助世界窮苦大眾」的願望，生化界認為他有資格得諾貝爾獎。

豁達的人有自信，自信的人有成就，王正中和夫人李詠湘這對生化博士就是這樣。王愛喝酒，談笑之餘感情豐富，那年在作家林海音女士追思會上，他談到和弟弟王正方留學美國時，「乾媽」林海音如何照顧他們在臺灣的雙親，說著說著臺上王正中涕淚俱下，臺下全場動容。前年夫婦二人旅遊愛爾蘭，王正中摔斷了腿，幾經折磨回到灣區。他出示 X 光片，三處骨折，鋼條鋼釘

令人怵目驚心，可是沒多久他們又出國旅行了，帶根拐杖。

我們的聚會，多半在他們的舊金山古樓，詠湘嫂主廚，正中大哥「執壺」，鶼鰈情深。2010 年他經過六次化療，「今年大腦袋改了髮型，區區頭髮數根，丟了也罷。」幾次大型聚會在他們索諾馬莊園，或七十歲，或八十暖壽。2013 年收到他們金婚邀請函，上面印著「白駒過隙五十春，驀然回首已黃昏，濁酒一杯夕陽好，心懷故舊淚紛紛」。下面是他的親筆跡，「不容易呀，兩人婚後都能再活五十年，相忍這麼久，沒有拳腳相加，非慶祝一下不可。」

王正中永遠對朋友伸出熱情的手，每年聖誕節都收到他們的照片賀卡，附帶一封幽默長信，報告生活，數十年不變，令人敬佩，做他們的朋友真是有福之人。現在，大家一定深深覺得王正中「音容宛在」，寫到這兒，彷彿見到正中大哥咧開大嘴，「來，至璋老弟，把酒杯斟滿！」

王正中院士接受夏祖麗訪問

人間世態百字足　　　《聯合報》2023 年 1 月 8 日

　　長篇，中篇，短篇，極短篇，英美小小說，日本掌中小說，大陸微型小說，如何以字數區分，沒有定論。或者，文學本來就不應以字數區分，寫作不能以規尺量長度，文章不該以磅秤論重量。請問「妳的話溫暖了我的心」，合攝氏幾度？「今夜月色皎潔」，合多少燭光？

　　小說的要素，包括故事的起承，轉合，結尾。內容的感情，寓意，思想。技巧的文筆，結構，懸宕。英國小說家白萊安阿迪斯 (Brian Aldiss) 主張，掌握所有要素，英文五十字已足寫成小說。阿迪斯稱其 mini saga，即迷你故事。澳洲《時代報》*The Age*，1982 年創設「迷你故事競賽」，規定以整五十字寫出一篇小說，必須具備小說所有要素，且需言之有物。時代報初創迷你故事競賽時，收到四千多件作品，評審報告說，「多半無法涵蓋完整小說的要素，還不論文筆技巧。」因為作者多半寫長篇故事的段落情節，或以五十字描寫殘忍謀殺片段，不算完整小說。後來逐年進步。

　　關於英文譯成中文，字數多少很難界定。我認為論文學，英翻中平均比一比二，新聞可以更少。比如 "idiot"，「傻子」，一比二，少個字都不行。"He planned a perfect murder"「他設計了個精密的謀殺」，五比十，也是一比二。因此五十個英文字的迷你故事，翻譯成一百個中文字已足。mini saga 倡導五十個英文字，中

文可謂百字小說，最迷你的極短篇。當然九十九，九十八，一百零一，一百零二個又何妨，但遊戲就要嚴守規則，籃球禁區三秒，哨音一響，端線改發，無可爭辯。唐詩七言絕句，有哪句出現八言或六字？所以寫百字小說，也該嚴謹，且包括標點符號。當年的《讀者文摘》，很認同我的說法。

下面四篇，前兩篇是 mini saga 競賽作品的中譯，後兩篇是筆者創作，中文均為百字，證明「人間世態百字已足」。四篇的創作背景都在四十年前，當時電腦寫作不發達，中國人夢寐西方國家，縱使現在依然。

〈道高一尺〉　露絲裴文絲

他設計了個精密的謀殺，先用電腦偽造她遺書，再把她淹死海裡。

人們知道她不會游泳，他不會電腦，沒有人懷疑死因。

事情辦完，他在沙灘休息，突然背後響起她的聲音，

「約翰，想得到嗎？你上電腦課時，我去學了游泳。」

〈當我六十二歲〉　阿拉斯坦艾迪

「傻子！」他站在門前自責，「時光無法倒流。」

門應聲而開，他愣住了。她，仍然像十七歲，四十三年前的初次約會。

「麗莎，」他結巴地勉強開口，「記得我嗎？」

仍是那一貫的嫣然一笑，她扭頭向屋內叫，「有人找你，奶

奶！」

〈緣〉　張至璋

她獻上一捧花，「原諒我，明天我要再嫁了。」

她親了下墓碑，「一年前，你在病床對我說，遇到合適的，就再婚吧。」

她起身，拭去淚，「我和老包的姻緣真該感謝你。」

她走向車邊情人，車門上漆著燙金字「包氏葬儀社」。

〈家〉　張至璋

她駕車時，他坐邊上看報。

路邊閃過輾斃的無尾熊，令她心酸，「無尾熊不該下地，一生住在樹頂，吃一輩子尤加利樹葉，樹是他家，下地過街就碰上宿命。」

她無奈問他，「有什麼新聞嗎？」

「又一名大陸留學生車禍死亡。」

2022 年 9 月 19 日　英女王國葬日整理

三民／東大 好書推薦

《寧靜的世界》

陳景容／著

　　本書集結作者多年來在創作、學習、教學及生活等各方面的心得所成。透過作者詳盡且生動的描述，讀者可以於字裡行間認識到作者與藝術初相遇的故事，一窺作者創作臺灣第一件大型濕壁畫〈樂滿人間〉、法國沙龍得獎作品〈裸女與騎士雕像〉背後創作的心路歷程。甚至可以從書中見證臺灣前輩畫家們：李梅樹、廖繼春、鹽月桃甫等的生平事跡及軼聞趣事。

《河宴》

鍾怡雯／著

　　本書收錄了鍾怡雯一九九一至一九九四年間發表於臺灣、大陸及新馬等地的散文，包含十餘篇得獎作品，是她的第一本散文集，更是她自我成長經歷的「交待」與「總結」。輯一所錄的作品，以靈動自然的詩化語言和略帶小說架構的敘述手法，糅合記憶、見聞與冥想，重構作者心中的人間。輯二和輯三記錄了作者在散文創作上的計畫性經營與探索歷程。前者以感性的工筆回首眺望如外島般遙遠的童年舊事；後者則是對生命與時間的沉思，有理性的脈絡與重量。輯四多屬詩意盎然的短篇創作。

《留俄回憶錄》

王覺源／著

　　一九二〇年代，經由國民政府選派的中國第一批留俄學生，在經歷遙遠的旅途後，終於來到蘇聯首都莫斯科。蘇聯迴異於中國的風土民情，以及詭譎多變的政治氛圍，在在呈現於這批留學生眼前，一切都顯得那麼新奇，而又神祕。且看首批留俄學生——王覺源，如何用既寫實又風趣的筆調，生動記錄他的第一手觀察，這不僅是一部個人回憶錄，更是一個時代最珍貴的見證！

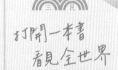

國家圖書館出版品預行編目資料

迷離在時空裡：壯遊山海、行腳人間，資深記者作家
的人生短箋／張至璋著.——初版一刷.——臺北市：
三民，2024
　　面；　公分.——（輯+）

　　ISBN 978-957-14-7543-1 （平裝）

863.55　　　　　　　　　　　　111015662

迷離在時空裡：

壯遊山海、行腳人間，資深記者作家的人生短箋

| 作　　　者 | 張至璋 |
| 責任編輯 | 簡敬容 |

發 行 人	劉振強
出 版 者	三民書局股份有限公司
地　　　址	臺北市復興北路 386 號 (復北門市)
	臺北市重慶南路一段 61 號 (重南門市)
電　　　話	(02)25006600
網　　　址	三民網路書店 https://www.sanmin.com.tw

出版日期	初版一刷 2024 年 1 月
書籍編號	S821190
I S B N	978-957-14-7543-1

三民書局